I0664974

LA TRADICIÓN DEL PRESENTE

El fin de la literatura universal y la narrativa latinoamericana

*La tradición del presente / El fin de la literatura universal
y la narrativa latinoamericana*
Carlos Cortés
Primera Edición
© Carlos Cortés, 2015
© Sobre esta edición: La Pereza Ediciones, Corp
© Fotografía del autor: Beatriz Cortés
Diseño de cubierta: Eric Silva

Reservados todos los derechos. Ninguna parte de este libro puede ser reproducida, almacenada en sistemas de recuperación o transmitida de ninguna forma, ya sea electrónica, mecánica, por fotocopia, grabación, o de otra manera, excepto que sean expresamente permitido por los estatutos de derechos de autor aplicables, o escrito por el autor.

Impreso en Estados Unidos de América
ISBN–13: 978-0692422304 (La Pereza Ediciones)
ISBN–10: 0692422307

La Pereza Ediciones, Corp
10909sw 134ct
Miami, Fl, 33186
United States of America
www.laperezaediciones.com

LA TRADICIÓN DEL PRESENTE
El fin de la literatura universal y la narrativa latinoamericana

CARLOS CORTÉS

CARLOS CORTÉS, ARQUEÓLOGO

Si algo sorprende en *La tradición del presente*, de Carlos Cortés, es la mesura y la lúcida distancia con que retrata un mundo que, como él mismo reconoce, parece haberse extinguido: esa Edad de Oro de la literatura latinoamericana que se extiende entre la publicación de *Ficciones* y *Pedro Páramo*, y el Premio Nobel concedido a Mario Vargas Llosa en 2010. Más que como un periodista o un crítico literario —aunque destaque en ambas disciplinas—, Cortés se comporta como un arqueólogo capaz de desenterrar, limpiar, estudiar y exhibir esas reliquias de una civilización extinta, de ubicarlos en su contexto y de analizarlos con la pericia y el amor que sólo puede tener alguien que ha dedicado su vida a esta apasionante empresa.

Conocí a Carlos Cortés en el que, para los escritores de mi generación, resultó un encuentro mítico: la reunión organizada por la editorial Lengua de Trapo y la Casa de América de Madrid en 1999 con motivo de la aparición de la antología *Líneas Aéreas*. Yo acababa de publicar *En busca de Klingsor* y allí pude encontrar a quienes serían desde entonces mis compañeros de batallas: de Edmundo Paz Soldán a Alberto Fuguet, de Alejandra Costamagna a Fernando Iwasaki o de Rodrigo Fresán a Santiago Gamboa, por sólo nombrar a unos cuantos. Entre ellos, Carlos destacaba por su sobriedad y su elegancia, así como por un humor sutil, casi británico, en medio de los excesos de tantos otros de los participantes. Poco después lo reencontré en San José de Costa Rica, un país al que me une un cariño especial, y desde entonces nos hemos encontrado en distintas partes del

7

mundo, si bien no con la frecuencia que nuestra complicidad exigiría.

Tras leer sus novelas y textos periodísticos, sumergirme en *La tradición del presente* no ha hecho sino confirmarme la peculiar simpatía que me une con él: si no fuera poco creíble decir esto en el prólogo a un libro que incluye un ensayo sobre una de mis novelas, diría que se trata de uno de los más lúcidos y serenos ensayos literarios que he leído en muchos años. Igual que Cortés, yo también creo que la literatura latinoamericana —o más bien la *narrativa* latinoamericana— ha desaparecido en nuestros días. Nada queda de aquella sensación de hallarnos frente a una corriente colosal, en la cual era posible distinguir ciertos rasgos característicos —la imaginación, la fantasía, la crítica social, la ambición formal, la polifonía y los ecos del pasado—, como en ese período tan fecundo y tan anómalo encarnado por el *boom* y sus coetáneos.

Era inevitable que sea así. Después de que una horda de visionarios modelase ese corpus —esa civilización— a lo largo de medio siglo, la decadencia o la extinción de sus principios resultaba inevitable. Ello no implica, por supuesto, que al desaparecer la *literatura* latinoamericana hayan desaparecido los *escritores* latinoamericanos; sólo que éstos ya no son claramente identificables, no defienden los mismos principios estéticos y políticos y no se asumen como portavoces o conciencias de América Latina, como ocurrió en el apogeo de García Márquez, Vargas Llosa y Fuentes.

Sepultados los colosos, queda sin embargo otro mundo por descubrir, por revelar: el de aquellos que, queriéndolo o no, han seguido sus pasos. Esas nuevas especies que encuentran en el *boom* su antecesor común y su principal fuente de conflicto, con Bolaño como máximo ejemplo. En este panorama movedizo, Cortés nos sirve como el mejor guía posible. Se trata de alguien que, en vez de tener una hipótesis preestablecida, como tantos otros estudiosos, prefiere desmenuzar con cuidado extremo tanto los fenómenos generales como las conductas y las obras de los escritores de la región: esas especies mutantes que todavía no hemos sido capaces de clasificar.

Tras revisar las obras de algunos maestros latinoamericanos y de insertar tres magníficos perfiles de tres extranjeros imprescindibles, Cortés se lanza a explorar otras regiones, en particular el desarrollo que a lo largo de los últimos años ha tenido la crónica. A continuación, se detiene a reflexionar y especular sobre su propia zona geográfica — esa siempre inasible Centroamérica— para luego dedicar algunas de las mejores páginas de *La tradición del presente* a examinar, con idénticas dosis de celo y de destreza, de cariño y de cuidado, algunos libros y autores que le parecen indispensables a la hora de trazar el mapa de nuestro tiempo. Conviven en sus observaciones toda clase de especies, marinas y terrestres, anfibias y voladoras, con puntos particularmente agudos al revisar el papel de los clásicos del boom e insertar, entre ellos, esas voces nuevas o discordantes tan necesarias para escapar de los prejuicios.

Quien se adentre en *La tradición del presente*, no dejará de sentir un punto de nostalgia al constatar el esplendor de un mundo ido, pero a la vez se quedará con la esperanza de que el Nuevo Mundo que Cortés anticipa se alza ya, con fuerza propia, entre nosotros.

Jorge Volpi

Toute la maladie du siècle présent vient de deux causes: le peuple qui a passé par 93 et par 1814 porte au cœur deux blessures. Tout ce qui était n'est plus; tout ce qui sera n'est pas encore. Ne cherchez pas ailleurs le secret de nos maux.

Alfred de Musset, *Confession d'un enfant du siècle* (1836)

El gozo del ciempiés es la encrucijada.
José Lezama Lima

Borges narra las maniobras de alguien que construye perversamente una trama secreta con los materiales de una historia visible.
Ricardo Piglia

I
EL FIN DE LA LITERATURA UNIVERSAL
Y LA TRADICION MODERNA

LA NOVELA LATINOAMERICANA Y
EL FIN DE LA LITERATURA UNIVERSAL

El boom de la novela latinoamericana fue el último movimiento literario en dominar la imaginación del siglo XX, como antes lo hizo la Generación Perdida norteamericana (Faulkner, Hemingway, F.S. Fitzgerald, etc.), y previamente la literatura rusa, a finales del siglo XIX. Después de los primeros signos de cansancio del boom, a mediados de los años setenta del siglo pasado, comenzaron a sucederse una serie de *posboomes*, al punto de que varios especialistas llegaron a enumerar dos o tres corrientes sucedáneas hasta llegar a lo que el mexicano Carlos Fuentes, con más ingenio que precisión, denominó el bumerán.

Muy pocos de ellos pasaron de la etiqueta con excepción de lo que podría considerarse el verdadero posboom, y que consiste en la incorporación del kitsch, la cultura de masas, el humor, la ironía y el melodrama, en vez del barroco, la alta cultura, la épica y la invención de un pasado mítico, en la literatura latinoamericana. Esta última tendencia fue representada por Guillermo Cabrera Infante, Manuel Puig, Alfredo Bryce Echenique y Osvaldo Soriano.

Medio siglo después de su inicio se entiende que un fenómeno como el boom tuvo predecesores, aunque hayan sido el resultado de un proceso de apropiación posterior, pero no podía tener continuadores, a pesar de que muchos escritores intentaron seguir por el mismo camino. Desde entonces mucha tinta ha corrido bajo el puente de la modernidad.

Con el boom muere la literatura universal y nace la literatura global. La novela latinoamericana, concebida como un movimiento, entre 1960 y 1980, fue la última gran manifestación literaria moderna que tuvo una recepción

15

totalizadora: mercado masivo, impacto mediático y legitimidad académica. De paso, continuó enriqueciendo un megarrelato: esa ficción que llamamos Latinoamérica, un continente imaginado antes de haber sido descubierto, que no existe nominalmente sino en la mirada exterior que lo dota de sentido, en un dispositivo de representación más verosímil que cualquier realidad objetivable.

Desde Cristóbal Colón, el primer gran imaginador, Latinoamérica es un discurso generado por otros discursos, en interrelación con múltiples nudos textuales. Si antes de *ser* fue India, Cathay y Ciambia; más tarde será Eldorado, Florida, Paradiso y Utopía. Durante el siglo XX llegará a convertirse en revolución, descolonización, Tercer Mundo, dependencia, antiimperialismo, subdesarrollo y todos sus contrarios, y la literatura lo transmutará en Macondo, Comala, Lima de Vargas Llosa, París-Buenos Aires de Cortázar y otros mitos literarios.

Si el crítico estadounidense Harold Bloom hubiera escrito su famoso canon medio siglo atrás no lo hubiera llamado occidental sino universal. En la segunda década del siglo XXI queda poco de lo que Goethe llamó la *weltliteratur* en 1827, la literatura universal, como una especie de quintaesencia de la Ilustración que mezclaría la búsqueda de la verdad con una idea absoluta del mundo y del universo. Este *imago mundi* será denominado alma del mundo por el romanticismo; mapa del universo por Borges e enciclopedia universal por autores como Italo Calvino y Umberto Eco.

Si Occidente pasó de la alegoría a la novela popular, la literatura moderna nació cuando el mundo dejó de ser una metáfora. La novela como género se desarrolló en la encrucijada de la revolución industrial, la democracia burguesa y la sociedad urbana. Como herencia de su pasado medieval, consagró la búsqueda del absoluto al tiempo que descubrió que la realidad era una ficción.

Este absoluto se encarnó en la vanguardia radical. En el fondo, los grandes autores de la primera mitad del siglo XX, como Proust, Joyce, Kafka y Musil, al ficcionalizar la memoria, el día como unidad de vida, la burocracia racional como absurdo y el intelecto como dimensión espiritual no hacen sino intentar apresar el tiempo mítico y escapar al hastío impuesto por la secularización moderna. La modernidad literaria intentó salirse de la modernidad.

La búsqueda de la novela infinita en Occidente se clausura y se abandona con el boom, tal y como intentó Julio Cortázar, pero también Italo Calvino y Georges Pérec. Podemos encontrar su agónico reflejo en la brillante proyección literaria de la paradoja de Gödel que hace el mexicano Jorge Volpi en la novela *En busca de Klingsor* (1999): "En una galería de cuadros un hombre mira el paisaje de una ciudad, y este paisaje se abre para incluir también la galería que lo contiene y el hombre que lo está mirando", dicho en palabras de Calvino. Es decir, la novela total, la historia que se cuenta a sí misma porque incluye al lector.

Con su lucidez escalofriante, que lo convirtió en el mejor prosista de la lengua alemana, Nietzche lo dejó dicho en 1888: "El mundo, por el contrario, se ha vuelto para nosotros por segunda vez infinito: tanto que no podemos refutar la posibilidad de que contenga interpretaciones hasta el infinito. Una vez más el gran estremecimiento nos sobrecoge, pero, ¿quién tendrá afán de divinizar de nuevo, inmediatamente, a la antigua, este monstruo de mundo desconocido? ¿De adorar quizá desde entonces esta incógnita objetiva?". La muerte de Dios no es otra cosa que la muerte del sentido del absoluto y la irrupción de la incertidumbre: "¡Dios ha muerto! ¡Dios está muerto! Y somos nosotros quienes lo hemos matado! ¿Cómo nos consolaremos nosotros, los asesinos de los asesinos? Lo que el mundo ha poseído hasta ahora de más sagrado y más poderoso se ha perdido bajo nuestro cuchillo... ¿La grandeza de este acto no es demasiado grande para nosotros? ¿No estamos obligados a volvernos nosotros mismos dioses para por lo menos parecer dignos de los dioses?".

Esta tentativa imposible la ficcionalizó la literatura moderna durante todo el siglo XX por medio de la auto-reflexión, el narcisismo, la enfermedad del yo, la invención de la originalidad y de la función autor en contraposición con la tradición. Fundir el arte y la vida, ser dueños del tiempo y del espacio, de la memoria y del sueño. En una sociedad regida por la tradición no existe el plagio ni el copyright, aunque predomina la jerarquía.

En *La voluntad de poderío*, Nietzche parece que se refiere a la actualidad cuando habla de la ebriedad de la libertad: "Somos más libres que nunca y podemos lanzar la mirada en todas direcciones; no percibimos límite por ninguna parte. Tenemos esta ventaja de sentir alrededor de nosotros un espacio inmenso, pero también un vacío inmenso. Y el ingenio de todos los hombres superiores de este siglo consiste en triunfar sobre este terrible sentimiento de vacío. Lo contrario de este sentimiento es la embriaguez en la cual el mundo entero nos parece haberse concentrado en nosotros, y donde sufrimos de una plenitud excesiva".

De ahí proviene la larga querella de la vanguardia con el modernismo integrado al capitalismo. Pero la literatura contemporánea, después de intentarlo todo y el todo, pasó del Café Voltaire al fast-food. El *Make it new* del modernismo, para Ezra Pound, se transformó en la novedad del mes. Y, más tarde, el flujo continuo. La globalización no es la negación sino la modernidad devorada por sí misma. ¿Qué es lo nuevo si todo cambia permanentemente?

¿Queda algo del proyecto de literatura universal tal y como lo entendió Occidente en el siglo XIX? Yo creo que no. Queda la economía del terror externada en las palabras de un pragmático de la globalización, George W. Bush, en 2002: "Cuando pasemos a la acción no vamos a disparar un misil de dos millones sobre una tienda vacía para darle en el culo a un maldito camello". Moraleja: hay que dar en el blanco. Quedan las anécdotas: el entierro de Diana de Gales fue televisado a la mitad del planeta y un año después volvió a la comodidad de la sala familiar inglesa. Y luego al paulatino olvido, como cualquier otra telenovela. Y más allá a la melancolía de haber perdido lo que no se tuvo.

Sergio Ramírez cuenta que un nicaragüense perdió su empleo por seguir los funerales de Lady D. durante una semana, con tal de identificarse con su esposa muerta, de nombre Diana, de profesión adúltera y de destino bastante menos inmortal que la inglesa. Los afganos, después de 30 años en guerra, incluyen en sus tapices tradicionales helicópteros soviéticos, tanques de combate, granadas y fusiles AK-47 al lado de los símbolos geométricos, zoomorfos y florales.

Moraleja: las identidades globales se construyen tomando más o menos lo que uno pueda. Quedan los vasos comunicantes: Salman Rushdie y Arundhati Roy confiesan que basaron su literatura en *Cien años de soledad*; Naguib Mahfuz ha sido adaptado al cine mexicano; Vikram Seth describe a un tibetano diciendo que le recuerda a un peruano.

Moraleja: la globalización no tiene moralejas ni moralinas ni escalas de valores que no sean económicas. Contiene moralidades, identidades, especificidades difíciles de aprehender. En una oferta dominada por la demanda, la imaginación individual prevalece de vez en cuando sobre el sistema global.

La oferta es local y la red es global: a la literatura globalizada se le superpone aún la literatura internacional heredada del primer sistema de circulación creado tras la Segunda Guerra Mundial, gracias a la emergencia de la sociedad de clases medias, la segmentación de los mercados y la personalización de las necesidades. Este proceso dio paso al libro de bolsillo, al best-seller, al libro como objeto de consumo –no de culto– y al mercadeo.

Lo que caracteriza a la modernidad globalizada es la imposibilidad de inscribir la actualidad dentro de la tradición. Todo es posible, pero, o no hay antecesores o no se sabe de qué lo son, a qué anteceden, qué es lo que viene después, cuál es ese pasado mañana que se está deslizando dentro del presente. Esta urgencia de perseguir ansiosamente una nueva

19

modernidad –el presente que se escapa del presente, la modernidad que hay que reconstruir cada día, el mito del progreso permanente–, un nuevo paradigma más o menos estable, es una herencia de la vanguardia, pero desposeída de su carga explosiva contracultural y de su visión utópica.

Borges hizo un descubrimiento literal y literariamente fantástico: la literatura como biblioteca de Babel. Descubrió que la literatura contemporánea es parte de la literatura clásica, que es como decir que Dios está en todas partes sin estar en ninguna: "porque todo él está en todo el mundo y en cada una de sus partes infinita y totalmente" (en palabras de Calvino). Borges bordeó el vacío con el juego, es decir, lo evadió, haciendo no solo como si su escritura hubiera sido escrita por otro sino como si hubiera sido escrita anteriormente –no por un autor sino por la tradición–.

La literatura, entonces, se convierte en una serie de fantasías finitas que incluyen fantasías infinitas –el mundo a la vez como enciclopedia y como modelo abstracto del mundo–, siendo a la vez absolutamente moderno –modestamente moderno– y potencialmente posmoderno, como lo dice en *El jardín de los senderos que se bifurcan*: "Creía en infinitas series de tiempos, en una red creciente y vertiginosa de tiempos divergentes, convergentes y paralelos. Esa trama de tiempos que se aproximan, se bifurcan, se cortan o que secularmente se ignoran, abarca *todas* las posibilidades. No existimos en la mayoría de esos tiempos; en algunos existe usted y no yo. En éste, que un favorable azar me depara, usted ha llegado a mi casa; en otro, usted, al atravesar el jardín, me ha encontrado muerto; en otro, yo digo estas mismas palabras, pero soy un error, un fantasma".

Con Borges volvemos a la literatura de artificio pero también a la fábula. La literatura contemporánea vuelve a los géneros porque volver a las reglas del arte es reencontrarse con las estructuras primarias del sentido –el cuento como nostalgia organizada del absoluto– y oponerse a la arbitrariedad y desmaterialización del mundo. Es volverlo tangible de nuevo. El mundo no como utopía sino como ajedrez, cábala o albur. Saltar el abismo saltando a la cuerda o jugando a la rayuela o a la gallina ciega. Pero no hay nada más serio y terrible que el juego. El hilo de Ariadna, que es el hilo de la narración, nos saca del laberinto.

En la metáfora de una Gran Metáfora, como internet, se percibe una nostalgia por una totalidad perdida, por volver a enlazar el arte y la vida, el tiempo y el espacio –más allá del tiempo y del espacio–. Ante esta perspectiva, es difícil vaticinar el futuro de la ficción o preguntarse si las palabras de William Faulkner, al recibir el premio Nobel, cuando pretende "partir de los materiales del espíritu humano", de "los problemas del alma humana en conflicto consigo misma", aún tienen sentido o nos recuerdan una especie de misión idealista pero no programática: "El escritor debe ponerse en contacto nuevamente con estos conflictos… (con) las verdades universales de otros tiempos, que cuando ausentes hacen de cualquier historia algo efímero y vano: el amor y el honor; la piedad y el orgullo; la compasión y el sacrificio". Faulkner habla de la Guerra Civil estadounidense, del Sur profundo y del honor como Homero habló de los tiempos épicos. ¿Qué queda de aquel herrumbroso resplandor?

Hay que huir de los programas, sin duda, pero no de las visiones, aunque sean amargas y pesimistas. Si en la actualidad reunir la poesía y la verdad, como deseaba Goethe, suena a literatura de autoayuda, el escritor no debe renunciar a permanecer entre la zozobra y la extenuación, como pretendía Faulkner, y rendir testimonio. A pesar del exhibicionismo, el individualismo y el narcisismo imperantes, a pesar del fin de la literatura universal y de los conceptos universales, la humanidad sigue siendo una abstracción probablemente necesaria.

La literatura actual no está hecha de estilos, como fue caracterizada la modernidad literaria a partir del romanticismo, sino de géneros: la forma nos preserva del caos, la fábula nos recuerda la irrecuperable armonía del universo.

Sin embargo, la muerte de Dios como absoluto y principio integrador reduce todas las historias a melodramas: tragedias kitsch, comedias sin redención, sobrevivientes sin moraleja. Ya lo dijo Alejo Carpentier adelantándose a su época: "Hoy los grandes melodramas de la época cobran una importancia planetaria". ¿Hablaba de Diana de Gales? ¿Imaginaba a Paolo Coelho? De ahí la importancia del psicoanálisis, de la psicología y de la autoayuda —los nuevos oráculos universales—, que transforman a los seres comunes y corrientes en héroes y heroínas tragicómicos.

El melodrama —del *best-seller* al *talk-show*— es a la posmodernidad lo que la novela popular fue a la modernidad: "el sujeto es convocado a un lugar extraordinario que lo saca de su experiencia cotidiana" (Piglia). Lo dijo con una lucidez desconocida Julia Roberts, la misma que cobra $25 millones por cada melodrama lacrimógeno y sensiblero que filma: "Soy una persona ordinaria con un oficio extraordinario".

En la edad de la confusión, todas las novelas son telenovelas. El hilo de palabras para salir del laberinto del yo y perseguir las huellas del sentido en las historias, fábulas y telenovelas con los que los seres humanos recuerdan que, en un tiempo, ansiaron ser dioses. Pero los dioses y los dioses de los dioses están cansados.

Por medio de la fábula, del relato organizado, el lector piensa que aun es protagonista de su propia tragedia, la objetiva, y vuelve a hacer suyo el destino de los grandes personajes de la antigua literatura universal, cuyas cenizas impregnan con imágenes, íconos y relatos el entramado de la cultura popular, desde el cómic hasta el videojuego y las redes sociales.

El destino, la nostalgia del absoluto, la confianza en que las historias comienzan y terminan, en que los hechos humanos conducen a alguna parte y que ese acto de lectura, como efecto de realidad, repara la descompuesta unidad de la existencia, es lo que explica que la fábula, tan universal antes como ahora, regrese.

El reencantamiento del mundo

En *Historia personal del boom*, José Donoso habló del Congreso de Intelectuales de Concepción de 1962 en estos términos: "...por lo menos en lo que se refiere a mi experiencia, trazó una línea clarísima que me dio el pase para atreverme a pensar literariamente ya no en términos de lo 'nuestro' en cuanto a lo chileno, sino de lo 'nuestro' en cuanto a que lo mío y lo chileno podía, y tenía, que interesar a los millones y millones de lectores que componen el ámbito de habla castellana, y rompiendo las fronteras tan claramente marcadas, inventar un idioma más amplio y más internacional".

Hoy no creo que nadie en el ámbito iberoamericano, y dudo que en el resto del mundo, se atreva a proclamar algo parecido. Octavio Paz, por esa misma época, escribía: "hoy es solsticio de invierno en el mundo". Décadas más tarde, al comentar el poema, recalcó: "En el mundo moderno: ¿qué quiere decir: *hoy es solsticio de invierno en el mundo*? ¿Qué quiere decir *mundo, hoy, solsticio de invierno*? ¿Qué quiere decir –hoy, en este mundo– *decir*?". Hoy, necesariamente, somos provisionales, modestos, inciertos, perplejos. Cuando Umberto Eco, en 1980, publicó *El nombre de la rosa*, y rescata en un juego intertextual la figura del semiólogo medieval Guillermo de Ockham –en su lucha contra los universales–, no hace sino recordarnos que vivimos una época nominal, minimalista y precaria, en la que el conocimiento se reduce a lo individual. La realidad cognoscible viene revelada por la experiencia y el mundo, es decir, *lo creado*, son nombres concretos, cosas singulares o individuos específicos, no generalidades.

No olvidemos que Guillermo de Baskerville, doble homenaje a De Ockham y a *El sabueso de los Baskerville*, una de las mejores aventuras de Sherlock Holmes, se enfrenta a Jorge de Burgos, un bibliotecario ciego, sabio y políglota, detentor de una verdad única en un laberinto de libros y de espejos.

El escritor, iberoamericano o no, se enfrenta cotidianamente al sentido de trascendencia del acto de escribir. Hasta mediados del siglo pasado, el escritor fue una figura de autoridad. Para bien y para mal, era considerado una especie de mensajero del absoluto, un profeta pagano encargado de decir lo verdadero (lo que convencionalmente era considerado como tal), lo justo, lo bello, lo ideal. Como dice el chiste: pasamos del Gran Mago a Saramago.

Ya no hay "grandes escritores" considerados en estos términos, no porque escriban mal, sino porque ya no ocupan ese lugar, y su legitimidad no procede de los valores estéticos que representan sino de la oferta y de la demanda en el mercado editorial. Lo vemos, a veces con crueldad, en los autores del boom, que en 40 años han encarnado todos los papeles: desde la vanguardia a la tradición, la contradicción y ahora a la repetición. Tesis y antítesis de sí mismos.

Ya nadie pone en duda su derecho no de escribir sino de considerarse escritor porque se ha pasado de una aristocrática república de las letras –la literatura universal– al supermercado de las novedades literarias, donde cada quien encuentra –compra, que es más importante para los editores– lo que necesita. ¿No estaremos condenados a ser todos autores, autores de nuestro propio melodrama, en un futuro Big Brother de la impresión digital?

¿Cómo encontrar una identidad en medio de la pluralidad, hablarle a todos sin dejar de hablarle a cada uno, lo universal dentro de lo particular? Latinoamérica ya no existe: vivimos la emergencia de las literaturas nacionales y hasta regionales (y podemos ir más allá: tribales, locales, comunales).

La perspectiva ha pasado del totalizante y excluyente boom –necesariamente restringido– pasamos al zapping. Hace 20 o 30 años había unos pocos escritores que vendían 50 mil ejemplares, ahora hay muchos autores que venden 5 mil ejemplares. ¿Esto es malo? No, porque por un lado han reaparecido escritores que se consideran en la actualidad puntos de referencia. A la vez esto provoca una fragmentación del espacio público de la literatura: ya no nos leemos casi entre nosotros, porque es imposible. Estar actualizado, en tiempo real, es la única utopía que no está en sincronía del espacio-tiempo sin tiempo ni espacio del presente. Las novedades literarias llegan tan rápido como desaparecen, por lo tanto dejan de serlo. Las antologías intentan remediar este paroxismo, dar algunas señas de identidad a una pantalla de puntos borrosos, pero dentro de poco haremos antologías de antologías. ¿Qué es la literatura iberoamericana actual? Cada quien lee y dice su propia respuesta.

Ahora sabemos que la literatura universal no existe, que era quizá un proyecto de literatura occidental en vías de recomposición o un canon en proceso de reedición. La tradición literaria subsiste, pero en competencia con otras formas de organización de la cultura: ¿qué es lo importante?, ¿lo trivial?, ¿lo banal?, ¿qué hay que leer y qué desechar?, ¿tenemos capacidad de juzgar? Antonio Muñoz Molina se quejaba hace una década de que no podía releer a Charles Dickens. Hoy el mercado ha impuesto el relanzamiento del libro de bolsillo y podemos releer los clásicos del siglo XIX.

Ricardo Piglia escribió que la ambición del escritor es un problema estético. En una reveladora conferencia de 1967, Alejo Carpentier se quejaba de las dificultades de entender el mundo moderno: "El hombre es el mismo... pero está rodeado de fuerzas, de técnicas, de medios de acción, de comunicación, que se valen del lenguaje que lo supera. Y este lenguaje, que supera al hombre de cada día, supera también al novelista. Los progresos de la técnica, las adquisiciones de la ciencia, los medios de comunicación, de información... han superado, desde hace unos 30 años, los modos de percepción del novelista". Y eso que Carpentier no conoció el genoma, el *big bang*, la clonación, la manipulación genética y la biotecnología. Pero tampoco conoció a autores contemporáneos que han demostrado, en sus ficciones, que se puede explicar el mundo de modo convincente a partir de estos conceptos.

25

Max Weber ya había hablado del "desencantamiento del mundo" para referirse a los límites de lo real: por obra de la ciencia y del conocimiento, la realidad dejó de ser una mitología –una explicación narrativa del mundo– y se redujo a un cúmulo de datos, a la espera de un orden, una razón o una orientación. "Este no era el mundo de Balzac; este no era el mundo de Zola; este no era el mundo de Proust, ni aún el de Joyce. Ellos eran señores de sus mundos. Nosotros, los novelistas de 1967, estamos retrasados con respecto a un mundo que es en realidad el mundo actual. De esta verdad puede deducirse una hipótesis sobre la decadencia de la novela. En efecto, si la novela deja de alcanzar a su época, si no puede ya traducirla, expresarla, fijarla, ¿cuál es el destino de la novela? ¿De qué sirve escribir novelas? ¿Qué hacer de la novela", añadió Carpentier.

La paradoja es que nunca antes se han escrito, editado, vendido y posiblemente leído tantas novelas como antes. Si la novela ha dejado de decir una realidad verosímil para el lector, ¿por qué sigue habiendo no solo novelas sino un mestizaje múltiple de géneros narrativos, como los de no ficción? Es cierto que, por un lado, los escritores han dejado de ser "especialistas de la no especialidad" y han abandonado, tanto como lo han abandonado las ciencias humanas, los megarrelatos, las grandes interpretaciones generales de la historia, para privilegiar la épica cotidiana (en vez de las ideologías), la intimidad y las historias personales –lo que Piglia llama "lo que está en el cuarto de al lado"–. Pero en esta nueva estrategia de acercarse a sí mismos y al lector hay una semilla de universalidad, que es la estructura narrativa, el hilo de Ariadna.

Los seres humanos estructuramos nuestra realidad a partir de lecturas colectivas del mundo, estructuras de sentido, que nos llevan del deseo a la voluntad: relatos, redes, vínculos, rituales, tradiciones, organizaciones, circuitos integrados, sistemas. En resumen: ficciones. Se trata de una necesidad vital: necesitamos ser parte de algo, subirnos a alguna nave de sentido social –digo tautológicamente– que lo lleve a alguna parte. El relato es la invención humana que nos permite ir de un lado a otro y crear la ilusión de un principio y de una consecución. Eso explica el regreso de la fábula, de la literatura de contenido, y la muerte de la muerte de la novela –la novela experimental, la *nouveau roman* y la narrativa autorreferencial encerrada en sí misma–.

También contextualiza la reemergencia de los géneros, sobre todo el de la novela negra, histórica y de aventuras: "Un tiempo cerrado que permite determinar las jerarquías de las cosas y los hechos, el valor de las personas, los efectos y las causas, los vínculos entre las acciones (Vargas Llosa)".

El desafío de la humanidad en el siglo XXI es enfrentarse a la sensación de vacío y a la búsqueda del sentido de pertenencia –que sentimos desde que la acción colectiva y la religión dejaron de ser la misma cosa, en el Renacimiento– y de trascendencia –el más allá de los absolutos–. La ilusión del fin sin finalidad, en la que estamos presos, explica tanto la mejor literatura actual como la peor: por un lado, el retorno de la novela total –como intento o proyecto de explicación del mundo–, la ambición fabuladora y la literatura como forma de conocimiento; por el otro, los libros de autoayuda, las fábulas místicas y los melodramas.

La lectura, en sí misma, crea sentido. Algunos de los autores más interesantes de la actualidad proponen un reencantamiento del mundo en la medida en que las estructuras, géneros y relatos religan la experiencia humana como antes lo hizo la religión, los conceptos universales o el absoluto. No por nada los prisioneros que se contaban cuentos entre sí, en los campos de concentración, fueron quienes sobrevivieron. *La palabra o la vida.*

En un momento en que pasamos de la emoción en directo al tiempo real, la narrativa puede volver a hacer real el mundo y, con toda la modestia, precariedad y fragmentación de los tiempos actuales, devolverlo a su dimensión humana.

LA LITERATURA LATINOMERICANA
(YA) NO EXISTE, *REVISITED*

La dialéctica entre lo que ahora llamamos lo local y lo global siempre ha permeado las relaciones cultura y sociedad en Latinoamérica. En el pasado, este debate ha asumido múltiples manifestaciones, de acuerdo con sus implicaciones políticas, económicas o específicamente ideológicas: imperio y colonias, centro y periferia, metrópoli y provincia, federales o republicanos, dependencia o autonomía, desarrollo o sub-desarrollo, integración o segregación, arielismo o criollismo, universalismo o nacionalismo.

A lo largo de casi 200 años, el problema latinoamericano en sí ha sido la definición de lo que es esta entidad sobre la que ni siquiera hay unanimidad: Indias Occidentales, Nuevo Mundo, Latinoamérica, América Latina, Hispanoamérica, Iberoamérica... Lo que ha marcado la aventura de inventar una imaginación propia o de conciliar la razón moderna con la diversidad fue la imposibilidad de integrarse a la moder-nidad desde una identidad excluyente, idéntica a sí misma. Latinoamérica fracasó en su proyecto por construir una modernidad en pluralidad porque intentó hacerlo desde la unicidad.

A partir de la revolución cubana y de la década de 1960 se convirtió en una especie de efecto de lectura de sus propias imágenes y encontró un espejo ideal para verse reflejada: la narrativa del boom, una especie de literatura supra-latinoamericana como principio aglutinador de lo americano, que resolvió temporalmente el debate entre lo local y lo global en favor de lo universal. Este gran malentendido que es Latinoamérica siempre había sido un imaginario desde los viajeros que soñaron una tierra incógnita antes de haberla descubierto.

28

Latinoamérica no existe nominalmente sino que adquiere identidad en la mirada exterior, ajena, del otro, desde afuera, sobreponiéndose a las diferenciaciones en un dispositivo transcontinental. Así empezó a hablarse de la novela latinoamericana y no de la novela *en* América Latina y la historia de la literatura dejó de verse como la sumatoria de una serie de tendencias y autores nacionales para encarnarse en un movimiento continental. Sobre las fuerzas centrífugas se resaltaron las centrípetas e integradoras, lo general por encima de lo particular.

Ahora vivimos la tendencia contraria y el reflujo del péndulo. Con excepción de los autores del boom y de ciertos autores contemporáneos aparentemente incuestionables, se ha vuelto a fortalecer notablemente la dimensión nacional, local o regional de la literatura latinoamericana. A la jerarquización universalizadora y canónica que implicó la modernidad literaria, desde las vanguardias poéticas hasta la novela del boom, el fin de siglo XX impuso una posmodernidad que constata la dificultad para inscribir la actualidad dentro de la tradición.

Si con el boom se hizo verdad el decir de Cabrera Infante –"La literatura es todo lo que se lea como tal"–, para la posmodernidad "la literatura es todo lo que se venda como tal". El horizonte de la novela del boom fue la literatura universal. Hoy en día eso es imposible por dos razones: Latinoamérica ya no se encuentra en la periferia literaria y, bajo esta tesitura, su literatura es plenamente moderna. A la vez, la característica esencial del fin de la modernidad es su resistencia a ser comprendida en términos de universalidad.

Supraliteratura o identidad supraliteraria

El boom fue un fenómeno hasta cierto punto estéreotipico y exógeno basado en una industria cultural supranacional, fuertemente arraigada en polos cosmopolitas de atracción cultural y económica como Barcelona, París y Buenos Aires. Contradictoriamente, estas mismas características, de por sí universalizadoras, cosmopolitas o modernizantes, le permitieron imponerse en el resto del área como un dispositivo literario y sociocultural supracontinental.

El boom llegó en oleadas o generaciones hasta particularizarse tanto que no quedó nada del fenómeno o quedó lo que fue originalmente: la eclosión internacional de un grupo de narradores excepcionales, más o menos de la misma generación.

El boom creó la literatura latinoamericana en el mundo, en singular, pero borró las literaturas latinoamericanas, en plural, y fijó una tradición canónica de cómo debe leerse, entenderse e interpretarse lo latinoamericano. Entre 1960 y 1990, al menos, esta narrativa marcó un paradigma que sigue parcialmente vigente. Un paradigma literario, un hito sociocultural y una ideología de la literatura. Lo que quedó del boom y sus principales representantes sigue siendo un estado de gracia que cobijó a sus tres autores paradigmáticos –García Márquez, Vargas Llosa y Fuentes– y el paradigma –o la superstición– de la modernidad consumada o concluida. La pregunta futura es si la modernidad queda completa o no; o si, por el contrario, el concepto de modernidad implica en sí mismo su carácter inconcluso.

Estos autores y otros como Borges –que fue un clásico sin haber dejado de ser un contemporáneo– son indiscutibles, si bien es imposible saber cómo serán incorporados a la tradición occidental y, al cabo, cómo serán leídos en este contexto. Aunque la literatura latinoamericana actual le debe relativamente poco a la literatura europea reciente y más bien se produce el fenómeno contrario, el llamado canon universal sigue siendo el mismo en la institución académica: es decir, continúa siendo occidental, eurocéntrico y excluyente.

De cualquier manera, el boom, sea lo que haya sido, sea lo que será, en su recepción futura, fue la última gran manifestación literaria del siglo XX en generar una recepción total en Occidente: una masiva penetración en el mercado, un impacto unánime en los medios y una sacralización académica inmediata. A partir de entonces, estos tres elementos tenderán a separarse.

En los años ochenta del siglo pasado, la decadencia de los macrodiscursos y otros fenómenos de la posmodernidad, cuyos primeros signos registra la realidad latinoamericana desde la ruptura desarrollista de los años cincuenta y sesenta, ponen en crisis cualquier concepto integrador, jerárquico, polifónico, polisémico o totalizador.

El contenido ataca de nuevo

En Latinoamérica, a partir de *La guerra del fin del mundo* (1981) de Vargas Llosa y de *Palinuro de México* (1977-1981) de Fernando del Paso, la novela épica se recicla en la llamada nueva novela histórica. Al desaparecer o caer en decadencia conceptos macro como boom, novela-río, novela total, épica, realismo mágico, modernidad, tradición, desarrollo, progreso y hasta Latinoamérica –como principio integrador–, se produce una oposición a estas formas de hiperbolización estética, que iban del barroco a la literatura fantástica, para estimular una recuperación del minimalismo, de las formas del realismo y de los géneros.

Después de *La casa de los espíritus* (1982) de Isabel Allende y de *La nieve del almirante* (1986) de Alvaro Mutis, el relato es de nuevo el soporte de cualquier tipo de narratividad, aunque se trate de recetas de cocina, canciones, poemas o fragmentos, aparentemente divergentes con el nuevo paradigma. A la imaginación desbordada del barroco se superpone un declinante realismo maravilloso, la rentabilidad calculada del argumento, la historia hecha a la medida, el lector cuidadosamente dirigido. Es la demanda que predomina sobre la oferta, el sistema de recepción sobre el de la escritura.

31

El cosmopolitismo, independientemente de su expresión artística concreta, ha cedido a una relocalización geográfica de la literatura. La globalización impone sus leyes y el mercado, por encima de los géneros o de las etiquetas estéticas, impone la venta de contenidos. La literatura es una más entre las industrias de contenidos y, finalmente, del entretenimiento. El contenido es local, por supuesto, pero todo lo demás es global –universal, planetario o mundial son términos improcedentes–. Un gran grupo editorial –las editoriales independientes subsisten en nichos reducidos y áreas geográficas limitadas– distribuirá masivamente en el continente a algunos autores de venta segura, sin correr riesgos, y el resto de su catálogo será segmentado. La industria cultural transcontinental, en este caso editorial, es el resultado de un proceso de concentración y ya no puede ser latinoamericana, ni siquiera hispanoamericana, sino pura y simplemente globalizada.

España y Latinoamérica

En 1994, cuando por primera vez un escritor español –Javier Marías– obtuvo el premio Rómulo Gallegos, el jurado reconoció las dos temáticas que reflejaban las obras en concurso. Aquellas provenientes de España enfatizaban en la exploración de la vida cotidiana. Las novelas latinoamericanas más bien se centraban en el problema de la identidad colectiva desde una perspectiva maximalista. Aunque dos décadas después estas tendencias no son excluyentes, sino entreveradas, revelan la creciente separación literaria entre Latinoamérica y España.

Durante el periodo de emergencia del boom, España prestó su industria cultural como plataforma de lanzamiento de la nueva novela latinoamericana. Después de la transición democrática, y muy especialmente en los últimos 40 años, la cultura española experimentó un fuerte proceso de autoafirmación y consolidación dentro de Europa. El público español y el latinoamericano se han separado en concordancia con la diferenciación literaria peninsular y la desagregación del mercado americano.

En España, con mucha mayor tardanza de lo que se esperaba, la transición democrática dio como resultado una nueva generación de escritores internacionales, como Javier Marías, Antonio Muñoz Molina, Enrique Vila-Matas, Almudena Grandes y Rafael Chirbes, por mencionar algunos, que responden a un universo cultural específico. Si bien son parte del mismo ámbito lingüístico y por ende de la misma escritura, que comparten con todos los autores que escriben en castellano, su relación con la literatura latinoamericana es ambigua y a veces imprecisa. Lo mismo puede decirse de los latinoamericanos con respecto a la literatura española contemporánea.

Al menos una generación de escritores, editores y lectores españoles resintió la excesiva tropicalización del gusto literario ibérico durante los años setentas. A pesar de los discursos oficiales y de la retórica americanista, que no permean la vida cotidiana, unos y otros no son parte del mismo proceso sociocultural y cada quien tomó su propio camino.

La literatura latinoamericana despierta curiosidad en la España contemporánea pero su interés es esencialmente comercial, en la medida en que la industria editorial española sigue siendo el soporte económico de la literatura latinoamericana global o masiva. Después de 40 años de aislamiento franquista, España inició un proceso de autodescubrimiento y a la vez de apertura hacia Europa, en la década de 1980, en una gama de referencias culturales que la alejan de su pasado colonial o de sus taras atávicas, y que la retrotraen a una ansiada modernidad nunca lograda o inconclusa.

¿Identidad/identidades?

La literatura española se internacionaliza al tiempo que se regionaliza en busca de sus identidades perdidas u olvidadas, al igual que lo ha hecho la latinoamericana. En los últimos 15 años se interesó por recuperar la temática de la Guerra Civil, que durante décadas estuvo latente, y recientemente por acercarse a la crisis económica y social.

El fin del siglo XX encarnó un regreso a la confusión en un momento en que la incertidumbre, la particularización y la fragmentación forman el entramado de la cultura. Ya no hay ningún principio aglutinador, aunque es posible constatar que esta inmersión en el minimalismo y en el realismo aún está atravesada por una búsqueda identitaria compleja.

¿Todavía participa la narrativa latinoamericana en la revelación, fijación y reproducción de una identidad cultural macrorregional? ¿Cuál identidad? ¿Una identidad idéntica a sí misma, a una identidad ideal o a una identidad de identidades?

En el mercado global, la literatura ha tendido a particularizarse y hasta a especializarse. Más importante que la comunidad latinoamericana como totalidad son las microcomunidades. La segmentación y popularización de los lectores ha roto la coincidencia estética, comercial, crítica y académica de que gozó la literatura latinoamericana hasta la década de 1980.

¿Quién construye ahora el gusto literario? ¿El mercado, la crítica, los medios industriales y redes sociales, la recuperación institucional por parte del aparato escolar? ¿Existe un público medio, un "lector culto", un mercado meta? Se habla, para bien y para mal, de un conglomerado industrial entre grupos editoriales, premios y agencias literarias. ¿Cómo ubicar los autores megaventas como Paolo Coelho, Isabel Allende, Marcela Serrano, Luis Sepúlveda y Laura Restrepo, por mencionar algunos, dentro de la tradición? En un flujo que no se detiene, el tiempo posmoderno, ¿cómo inscribir la contemporaneidad en la tradición? ¿Roberto Bolaño, el autor de *Los detectives salvajes* y *2666*, es una subversión de la tradición o su culminación?

Es difícil decirlo. Lo que es un hecho es que ya no hay estado de gracia ni unanimidad posible. Para algunos, estos son los grandes autores del presente. Para otros, son los grandes autores de un hoy efímero reñido con el presente histórico de la tradición —concebido como el futuro actualizado por el pasado—. La tradición, sin embargo, como también descubrió Borges, es otro nombre para la ficción.

LA TRAMA DE ARIADNA:
LOS CLÁSICOS COMO CONTEMPORÁNEOS

Un amigo en su blog me hizo recordar que Giacomo Leopardi decía que "Todo ha mejorado desde Homero. Excepto la poesía". Leopardi era romántico y moderno y creía en la idea de progreso; nosotros no. Otro romántico, John Keats, rechazó esta idea al advertir que "los griegos somos nosotros". Quiso decir que somos, de algún modo, contemporáneos de los griegos. En 1942, el filósofo español Xavier Zubiri retomó esta idea al oponerse al clasicismo arcaizante: "Los griegos no son nuestros clásicos, somos nosotros los griegos. Es decir, Grecia constituye un elemento formal de las posibilidades de lo que somos hoy".

Ya sea que no queramos o no podamos verla, porque se funde con lo que somos ahora, la tradición clásica es parte del presente, aunque ya no sea interpretada como tradición. Desde el mito del hilo de Ariadna, que le permitió a Teseo salir del laberinto, hasta la frase de Borges que encabeza la última novela de Vargas Llosa –"Nuestro hermoso deber es imaginar que hay un laberinto y un hilo"–, no hemos dejado de ser parte de esta trama intertextual o hipertextual. El hilo de Ariadna representa la transmisión cultural y el minotauro la naturaleza, el choque entre la cultura y la bestia, la edad de la razón y la edad oscura.

Para contestar la pregunta que se plantea a menudo, ¿por qué leer a los clásicos? –como reza el libro de Italo Calvino–, podría remitirme a sus preguntas implícitas: ¿deben leerse los clásicos?, ¿se leen o no? –entre los cinco libros que se consumen en promedio en Latinoamérica–, ¿por qué no se leen? E incluso: ¿qué son los clásicos? He preferido hacer el camino contrario, que incluso es anterior al hecho básico de haber jugado hace muchos años a algo políticamente incorrecto en la actualidad como indios/malos y vaqueros/buenos, y haber actualizado la estructura de la tragedia clásica por medio del western.

Hace 40 años, en el galerón que remataba mi casa, mi prima Sandra reunió a la familia y nos dio su primera lección de Estudios Sociales. Usó la técnica del mito de la caverna en tiza y pizarra. Sin saberlo, hizo el camino de vuelta que emprendió Homero en el siglo XVIII a.C., cuando pasó de la literatura oral al texto escrito, y nos contó los cantos homéricos como si fueran historia y no literatura. Hasta ahora me doy cuenta de que mi relación con los clásicos, antes de haber sido escrita, fue narrada. *El Quijote*, antes de ser un libro, fue una aventura. Una vez que leí, *Peter Pan* –el fauno verde, dios de los bosques– era de lo que vendría después de la infancia –porque nadie, aunque quiera, puede dejar de crecer–, y Alicia, y más tarde la literatura de Borges y de Kafka, así como el surrealismo, un laberinto de espejos.

Desde ese momento me fascinó *La Ilíada* y esta elección es extraña porque estoy plenamente consciente de que *La Odisea*, al menos en su primera parte, se relaciona con mi mitología personal. *La Telemaquia* representa la búsqueda del padre. El hijo de Ulises/Odiseo, Telémaco –cuya etimología es "el que lucha lejos"–, pudo haber dicho: "Vine a Comala porque me dijeron que aquí vive mi padre, un tal Pedro Páramo", como Juan Preciado al principio de la novela de Juan Rulfo. La paternidad fragmentada hermana a Telémaco, Juan Preciado, Batman, Luke Skywalker, Harry Potter y muchos otros héroes, que han perdido a su padre y en tanto se buscan a sí mismos lo buscan y se confrontan con el fantasma de un pasado que no les pertenece y que, en la búsqueda, se transforma en literatura.

En un pasaje relacionado con *Pedro Páramo*, en el códice azteca de Cuautitlan, Quetzalcóatl también busca a su padre: "Cuando ya un poco discierne, cuando va a cumplir nueve años, dijo él: –¿Cómo era mi padre? ¿Cómo era su figura? ¡Yo quisiera ver su rostro…! Y le respondieron: –Ha muerto. Muy

37

lejos queda enterrado. Ven a ver. Fue Quetzalcóatl y removió la tierra: buscó sus huesos y cuando hubo sacado el esqueleto, lo fue a sepultar en el palacio de la diosa de la verdura (Quilaztli)". Quetzalcóatl es el dios de la agricultura y muele sus huesos para formar la humanidad, como si se tratara del barro primordial.

Juan Preciado-Quetzalcóatl acude a Comala-Mictlán, el reino de los muertos, al igual que Odiseo viaja al Hades para conocer su destino y Dante, como personaje literario, no como autor, desciende a los infiernos acompañado por el poeta latino Virgilio, en *La comedia*.

Los personajes de Pixar tampoco tienen padres o están muertos. *Buscando a Nemo* es una historia de roles contrapuestos: un padre inmaduro, que no está preparado para asumir la paternidad, va detrás de su hijo. El que está incompleto no es el hijo sino el padre. *Los Increíbles*, claramente situada en los tiempos post-heroicos, es un mundo de héroes cansados que terminan siendo burócratas. Hércules se reduce a ser un personaje de una novela social de Carmen Naranjo hasta que la nostalgia por la adrenalina Marvel lo salva. Pero su némesis, Síndrome, resulta ser un antiguo admirador que deseaba ser su hijo simbólico y que, al verse rechazado, termina odiándolo.

La tradición clásica es el código genético de la cultura occidental, por un lado, y a la vez la conciencia de su pérdida. Los cantos homéricos son el testimonio de la transición entre la edad de oro de la literatura oral —el presente de la memoria–, y el texto escrito —que implica la posibilidad de tener pasado y recordarlo–. El paso de la leyenda a la historia.

La novela occidental surge de dioses que se comportan como seres humanos y de seres humanos que se comportan como nosotros imaginamos que lo haría un dios, aportando los elementos psicológicos que en el transcurso de los siglos formarían el realismo de la literatura europea.

Cuando en *La Ilíada* Héctor se despide de su mujer, Andrómaca, lo hace como cualquier soldado que se dirige a la muerte. Sabe que Aquiles es un inmortal y que él no lo es, pero no es un hombre libre, sino un héroe condenado de antemano. Está encerrado en el texto mítico como Judas en el canon evangélico. Sin embargo, una vez que lloran y ella le ruega que permanezca a su lado, Héctor va hacia su hijo y este se asusta al verlo: "Lo intimidaron el bronce y el penacho de crines de caballo, al verlo oscilar temiblemente desde la cima del casco".

El poema continúa: "Y se echó a reír su padre, y también su augusta madre". Después de elevar una plegaria a Zeus por el niño, "en los brazos de su esposa puso a su hijo, y ésta lo acogió en su fragante regazo, entre lágrimas riendo". Situarse entre la risa y el llanto, como después lo harán los personajes satíricos de *Gargantúa y Pantagruel*, *El Quijote*, *Gulliver* y *Tristam Shandy*, en la novela moderna, parece ser la situación esencial de la condición humana.

El otro pasaje conmovedor de *La Ilíada* es el encuentro entre Aquiles y Príamo, el rey de Troya. Aquiles no solo mató a Héctor, sino que lo arrastró por el campo de batalla e impidió que se le diera sepultura. Príamo abandona de noche las murallas de la ciudad y se humilla ante el asesino de su hijo: "con sus manos abrazando de Aquiles las rodillas, besó humilde la diestra poderosa, homicida, terrible, que con sangre de tantos hijos suyos se manchara."

Admite que es "el más desdichado de los hombres…" porque "cincuenta hijos tenía y la vida a casi todos el furioso Marte habiendo ya quitado, me quedaba uno solo que a Troya defendiese". A diferencia del Job del *Antiguo Testamento*, tal vez el primer personaje literario que reniega contra el destino, y al que Yaveh somete a prueba para templar su espíritu, aunque es justo entre los justos, Príamo se pone en manos de su enemigo, se entrega a él y a los dioses y ruega: "Que me entregues su cadáver te pido".

Aquiles y Príamo lloran juntos y sus alaridos inundan la noche y se dispersan por entre las tiendas de los soldados. "Yo soy más infeliz; pues obligado a sellar con mis labios ya me veo la mano del varón que dio la muerte a tantos hijos míos; desventura a que jamás llegaron las desgracias de otro ningún mortal", solloza el rey. Aquiles se conmueve ante él y le entrega los despojos ensangrentados de Héctor para los rituales de purificación.

"Que me entregues su cadáver te pido", suplica Príamo ante Aquiles y, a partir de él, repetirán los seres humanos ante la sombra de la muerte, sea esta convocada por el designio divino, el hado, la fortuna, el escepticismo moderno o esa nueva fe pagana que es la cultura tecnocrática.

Con ese ruego, que se desprende, como toda la epopeya de la cólera de Aquiles, nace la literatura tal y como la entendemos hasta ahora, aunque no la leamos, o no queramos leerla. En su famoso *El canon occidental*, Harold Bloom escribe que "Somos los últimos herederos de la tradición occidental. La educación, fundada sobre la *Ilíada*, la *Biblia*, Platón y Shakespeare sigue siendo, de manera más o menos sostenida nuestro ideal, aunque la relevancia de esos monumentos culturales en la vida de nuestras ciudades interiores es inevitablemente bastante escasa".

Si bien eso es cierto, la tradición, como la memoria, nace de lo que hemos perdido y olvidado. La idea que tenemos de la literatura grecolatina pasa por lo que fue salvado por los editores alejandrinos, quienes consideraron que era necesario crear un canon o crestomatías –las antologías o *reader* de la antigüedad– de lo que debía ser conservado. Y eso es lo que podemos leer en la actualidad. De los cientos de tragedias quedó apenas un puñado porque eso fue lo que la tradición leyó como tal.

Por esta razón, la literatura occidental nace de una conciencia trágica, que ya se manifiesta en Petrarca. La nostalgia de la pérdida es un sentimiento que ha acompañado a la cultura occidental desde el Renacimiento. Si para nosotros el Renacimiento fue el periodo de mayor esplendor occidental, para sus hombres y mujeres la época ideal se situaba en una Antigüedad perdida para siempre.

La única edad occidental –e insisto en decir *occidental*– en que coincidió la historia y una determinada filosofía de la historia fue durante la Grecia clásica. Los griegos, por lo menos hasta el apogeo de la tragedia, mucho antes de que Aristóteles escribiera su *Poética*, fueron contemporáneos de su tiempo, sin "mirar hacia atrás con ira" o con nostalgia. Es quizá por eso que los seguimos viendo como el mundo proteico y prometeico de donde surgió todo.

El paulatino derrumbe del mundo pagano fue previsto por Plutarco, en la era de Augusto, en su libro *Por qué callan los oráculos*. Según cuenta la leyenda, en un viaje hacia Italia, el marinero Tamo escuchó un retumbo surgir de las profundidades del Mediterráneo y una voz misteriosa anunció: "¡Tamo! ¿Estás ahí? ¡Cuando llegues a Palodes encárgate de anunciar que el gran dios Pan ha muerto!".

La tradición clásica surge de la cólera de Aquiles en *La Ilíada*, así como la literatura occidental nace del exilio de Dante cuando fue expulsado de Florencia y escribe su famosa definición del exilio: "Conocerás por experiencia el sabor amargo, la boca llena del pan del destierro y cuan duro es el camino de subir y bajar las escaleras en un piso ajeno". Dante, el autor de la *Comedia*, que el Renacimiento leyó como un nuevo evangelio, es también el creador del italiano como idioma literario.

En el siglo XXI, no hay que leer a los clásicos como epígonos del clasicismo o de la Antigüedad. Lo clásico permanece en lo que no es clásico, como descubrió Borges. En lo que no se lee como clásico. Decir lo contrario sería como si los latinoamericanos nos preguntáramos si debemos leer en castellano o como si consideráramos este hecho una tradición extraña a lo que somos. También somos lo que renegamos que somos.

No sé si se consumen más o menos clásicos porque lo que me interesa es interrogarme cómo se consumen, las cenizas de sentido que quedan después de la combustión simbólica. Y así como el 80% de las películas se basan en un

41

texto literario, probablemente un ciento por ciento de los textos literarios encuentran su fundamento en intertextos, arquetipos y relatos clásicos.

Por esa razón hay que leer los clásicos aunque no los leamos. Ellos nos leen a nosotros. La hipermodernidad se lee a través de ellos en un ejercicio de transtextualidad. Es imposible escapar del espejo sino cruzarlo de un lado y de otro. Si lo hacemos en papel, soporte digital o 3D es una superstición tecnológica.

LA CIUDAD COMO ESPACIO DE LA
IMAGINACIÓN MODERNA

¿Qué ciudad no es imaginaria o qué imaginación no fue urbana en el siglo XX? La primera ciudad imaginaria vendría a ser el cuarto de la infancia o la calle, el cuadrángulo o la manzana del barrio primigenio. En 1920, Le Corbusier concibió una ciudad-utopía de tres millones de habitantes y condensó una imagen típicamente contemporánea del planeta-ciudad o de la confusión sociedad-ciudad-civilización.

La modernidad se ha dedicado a imaginar la ciudad. El cine expresionista alemán, el neorrealismo italiano, el cine negro anglo-norteamericano, el cubismo e incluso la moda fueron los ejemplos más destacados. La ciudad es el espacio-espejo de la modernidad y el escenario de la imaginación moderna.

La modernidad se ha expresado en el surgimiento de géneros literarios puramente urbanos, como la narrativa policiaca o la novela negra, desde la imagen de *La jungla de asfalto* (1949) –título de la novela de W.R. Burnett que dio pie a la película homónima de John Huston– hasta la *Trilogía de Nueva York* de Paul Auster.

Después del romanticismo, el modernismo literario y la modernidad se han construido sobre las ciudades y se han imaginado en interacción con esta espacialidad propia, completamente artificial, ficticia, nacida de sí misma, sin relación con la naturaleza, que es la ciudad.

Los grandes escritores realistas del siglo XIX, como Balzac, Stendhal, Dickens, Tolstói y Gogol, por mencionar a los más significativos, son urbanos y sus ciclos narrativos están enclavados en las circunstancias espaciales precisas que otorgan las míticas ciudades europeas, ya para entonces establecidas como microsociedades. Esto coincide con el desarrollo de la novela popular, de la novela por entregas y del folletín, que son el primer soporte literario de la modernidad y que se vehiculiza a través de la expansión de la prensa, la democracia política, el liberalismo económico y la alfabetización positivista, los ejes de la modernidad burguesa del siglo pasado.

El ser humano moderno surgió del mundo cerrado de la Edad Media para refugiarse en los burgos y ahora, en el siglo XXI, abandona de nuevo las ciudades, como hizo en la época de peste, en busca de una seguridad amurallada en el campo artificial de los suburbios, urbanizaciones y residenciales privados. Todo se ha convertido en una ciudad descomunal y parece imposible escapar de ella. En los tiempos hipermodernos, la barbarie ya no es la no-ciudad sino la ciudad, que se protege a sí misma dividiéndose en zonas o estratos de exclusión socioeconómica.

Con la modernidad la ciudad se convirtió en burgo, en *city* económica, en *polis* política, en *urbs* habitable, civilizada y civilizante, en agora democrática. La ciudad es el centro espacial de la modernidad, donde se concentran sus grandes tensiones y contradicciones. El fin de siglo XX vivió simultáneamente dentro y fuera de la ciudad, en el apogeo y en la decadencia de la modernidad, en un interregno donde todo era ciudad o parte de una gran ciudad o civilización urbana que carecía de contornos exclusivamente físicos y que era difícil de asimilar en un plano de dos dimensiones, como es imposible visualizar la red de redes que es internet. Inclusive el campo, ese lugar donde los pollos andan crudos, para subvertir las palabras del surrealista francés Max Jacob, se vuelve una referencia de la ciudad.

La megalópolis del siglo XXI es inabarcable en su integralidad física y se escapa de los símbolos. Un filósofo francés, Jacques Perriault, plantea que a finales del siglo pasado las alegorías de la modernidad murieron y la posmodernidad es simbólicamente irrepresentable. De igual manera, la ciudad se tranforma en una enciclopedia de íconos o una colección de imágenes, pero no hay un símbolo que la represente porque se ha salido de los bordes de la imaginación moderna.

La ciudad o la imaginación urbana es a la vez el espacio humanizado, habitable, humanizador, y el escenario de la deshumanización humana y el dispositivo físico deshumanizador, como lo plantea Kafka por primera vez en *El castillo*, donde la sociedad parece una ciudadela horrible. Ya en 1902, Georg Simmel, uno de los fundadores de la sociología alemana, hablaba del carácter impersonal de la vida moderna y del individuo prisionero de la ciudad de masas.

El cubismo hará del arte contemporáneo un arte de ciudades: cubos, planos, espacios. El surrealismo lo poblará de fantasmas. El arte conceptual convertirá la ciudad en un inmenso museo: el arte es coleccionar objetos, descontextualizarlos, hacer de la ciudad una gran naturaleza muerta, pero no pintada, sino coleccionada.

El surrealismo literario hizo de la ciudad un laberinto de pasos perdidos –de Breton a Octavio Paz– y regresó al mito de la ciudad secreta, la ciudad dentro de la ciudad: París-Buenos Aires (en *Rayuela*, por ejemplo), Nueva York-Ciudad Gótica –en el cómic de *Batman*, las películas de Tim Burton o series de televisión como *La bella y la bestia*–.

La ciudad es el encuentro entre el individualismo radical –mal de un tiempo en decadencia–, como vestigio de la barbarie comunitaria, y la sociedad como sueño civilizatorio, entre el espacio privado y el espacio público. Por esa razón, física, icónica y simbólicamente permite descubrir en sus calles, plazas, parques, túneles, redes y alcantarillas, espacios abiertos y cerrados, visibles e invisibles, la desagregación del espacio público y la descomposición de la imaginación urbana.

La literatura del siglo XIX osciló entre las ciudades prohibidas de los viajeros que penetraron hasta los confines del mundo desconocido –Timbuctú, Lhasa, las Montañas de la Luna en Africa o las fuentes secretas del Nilo– y las grandes metrópolis de la primera modernidad burguesa: París, Londres, San Petersburgo. Esto es incluso perceptible en la literatura fantástica anglosajona: *Alicia en el país de las maravillas* es una ciudad fabulosa.

En el siglo XX, los fundadores de la novela contemporánea recorrerán las ciudades más bien como una aventura íntima que ocurre en el tiempo y no solo en el espacio: es el caso de *Dublineses* o del fundamental *Ulises*, ambos de Joyce, pero también del *Manhattan Transfer* de Dos Passos o de su monumental trilogía *USA*, o de Proust. Faulkner y la narrativa del sur de Estados Unidos, hasta llegar a la novela latinoamericana, será profundamente espacial o trans-espacial: la modernidad es un juego absurdo que se juega en el fondo de una obsesiva ciudad imaginaria, que también puede ser una casa, un pueblo maldito o una casta condenada.

Las sagas urbano-familiares propugnan una suerte de terrible premodernidad condenada a la inevitable modernidad normalizadora, entre la sociedad patriarcal y el capitalismo salvaje: Yoknapatawapa (Faulkner), Comala (Rulfo), Macondo (García Márquez) o Santa María (Onetti) testimonian la desgarradura del mundo social cerrado y obsesivo, que resiente el choque entre el atavismo primitivo y la estable mediocridad de la sociedad moderna.

A la vez, la ciudad se convierte en el paradigma de la confusión humana, en Kafka, o en un laberinto de espejos, en Borges, Calvino y la narrativa posmoderna que proviene de Borges, Queneau y el grupo Oulipo. Pero también, hasta los años sesenta, dará vida a grandes ciclos narrativos de una ácida mitología urbana, como *El cuarteto de Alejandría* de Durrell e incluso *Rayuela* de Cortázar.

Rayuela es la ciudad imposible: el mito París-Buenos Aires traspuesto al combate del cielo y la tierra en un mandala cuajado de textos históricos y culturales, en un viaje hacia dentro y desde fuera de la modernidad de los años sesenta.

La novela de la modernidad urbana enmarca espacialmente los conflictos mayores del fin de siglo: la violencia

(*La naranja mecánica* de Anthony Burguess o *Crash* de J.G. Ballard), la historia no dicha, la marginalidad y los márgenes de la literatura europea clásica (Saramago, por ejemplo, así como la literatura periférica, incluyendo la del Tercer Mundo, Latinoamérica y el mundo poscolonial), la ruptura de la civilización urbana occidental –eurocéntrica, logocéntrica y falocéntrica– gracias a las nuevas literaturas femeninas. "Nuevas" porque son los lectores-hembra los que subvierten la desafortunada frase de Cortázar –de lector hembra como elemento pasivo– al convertirse en consumidores de la nueva literatura, escrita o no por mujeres.

La modernidad ha urbanizado la imaginación. No hay imaginación moderna sin urbanismo. Las ciudades son imaginarias porque la modernidad las ha vuelto realmente ciudades o ciudades ícono: Metrópolis o Ciudad Gótica, París o Nueva York, México o Buenos Aires. La ciudad contemporánea es el espacio de la modernidad y el tiempo de la posmodernidad.

El mito de la ciudad cerrada de la Edad Media se ha vuelto a actualizar a lo largo del siglo XX, literaria y artísticamente, y nos defiende de la barbarie modernizante y civilizada. Esperamos que lleguen los bárbaros, pero los bárbaros somos nosotros.

II
TRES ESCRITORES MODERNOS

FAULKNER Y LA PÉRDIDA DEL REINO

Entre los fundadores de la novela moderna (Mann, Proust, Joyce, Woolf), William Faulkner (1897-1962) fue el más influyente en el ámbito de la lengua castellana. Su impronta es inseparable de la concepción narrativa del español Juan Benet y de latinoamericanos como Juan Carlos Onetti y Gabriel García Márquez. En cuanto a este último, aunque él lo haya negado, es difícil no pensar en Faulkner para comprender el desarrollo de su universo personal, el hálito bíblico de sus historias, la importancia de las sagas familiares y la creación de un espacio imaginario como centro mítico (Yoknapatawpha, para el escritor sureño; Macondo, para el otro).

Las razones para explicar el lugar que ocupa Faulkner en nuestra tradición son numerosas y memorables. Una de las primeras es que fue parte de la famosa Generación Perdida, el ambiguo apelativo que utilizó Gertrude Stein para llamar a Hemingway y que se extendió a Scott Fitzgerald, Faulkner, Dos Passos y otros narradores estadounidenses que vivieron en París, en el período de entre guerras, y dominaron la literatura occidental en la primera mitad del siglo XX.

García Márquez encontró en Faulkner, el poeta del Deep South, el mismo paisaje de casas victorianas construidas por las compañías bananeras de Nueva Orleans que él narraría después y que expelían un inconfundible hedor a decadencia moral, duelos de honor e inextricables lazos de sangre que podían remontarse a varias generaciones atrás. La misma desolación atemporal, el mismo perfume de lo irremediable, el mismo laberinto en que la violencia masculina corrompe las intenciones humanas.

51

Faulkner no es un escritor barroco, como García Márquez, sino gótico. Sus fábulas son realistas, aunque oscuras, obsesivas y de una extrema complejidad. Por esa razón, el traductor y editor de la nueva edición de sus *Cuentos reunidos* (Alfaguara, 2009), Miguel Martínez-Lage, dice que su narrativa breve, directa y concisa, ofrece un mejor acceso al mejor Faulkner que sus obras maestras, que podrían desestimular al lector lego.

Las novelas y relatos de Faulkner remiten al peso aplastante del fracaso, la Guerra Civil norteamericana, y a la imposibilidad de los estados confederados de aceptar la pérdida del reino; es decir, el advenimiento de la modernidad, el fin de la esclavitud y la preponderancia de la nueva producción industrial sobre el antiguo régimen agrario de las plantaciones de algodón y la esclavitud. La Guerra Civil es el espejo deformante a través del cual se ve su ingente esfuerzo por relatar todo lo que pasa por la cabeza y el alma de sus personajes atormentados.

El mundo de Faulkner no está hecho de clases sociales sino de castas y quizá de ese aspecto provenga la similitud con Latinoamérica. Las relaciones no están dominadas por la economía de mercado sino por los viejos pactos: la familia (el clan), el honor (el código de una caballerosidad brutal y estúpida), el color de la piel (las tensiones racionales), la riqueza desvanecida de otros tiempos que queda gravitando en el aire como una llama melancólica.

Es un paraíso al revés escrito con una poesía de atroz belleza, inflamada del verbo de Yaveh, Shakespeare y los mitos clásicos. Borges, quien tradujo *Las palmeras salvajes* en 1942, lo entendió muy pronto al escribir: "Una infinita descomposición, una infinita y negra carnalidad hay en este libro de Faulkner. El teatro es el estado de Mississippi: los héroes, hombres desintegrados por la envidia, por el alcohol, por la soledad, por las erosiones del odio. *¡Absalón, Absalón* es equiparable a *El sonido y la furia.* No sé de un elogio mayor".

Entre sus 29 y sus 39 años Faulkner escribió y publicó el núcleo de su infierno particular. *El sonido y la furia* (1929), *Mientras agonizo* (1930), *Santuario* (1931) y *¡Absalón, Absalón!* (1936) representan lo mejor pero solo un fragmento de su enorme producción literaria y llevan hasta el extremo el flujo de conciencia y a la vez un único y cerrado cúmulo de obsesiones, centradas en el fracaso, la muerte y la redención humana.

Recibió el premio Nobel de Literatura a los 52 años, después de sufrir casi 15 años de indiferencia por parte de los lectores y críticos norteamericanos.

EL CURIOSO CASO DE F.S. FITZGERALD

Francis Scott Fitzgerald fue el único de los grandes escritores de la Generación Perdida norteamericana en no ganar el premio Nobel y cuya vida, desgarrada entre el alcoholismo y la relación autodestructiva con su esposa Zelda, se asemeja a sus novelas. "Una vez más la vida real había copiado a la ficción", dijo el crítico Malcolm Cowley.

A pocos como a él puede aplicársele con tal precisión el término de malogrado después de disfrutar de "un brillante porvenir", como expresó de aquella época otro de sus mayores representantes, John Dos Passos.

Con su primera novela, *A este lado del paraíso* (1922), Fitzgerald se convirtió en rico y famoso y "creó realmente a la nueva generación para el público", según Gertrude Stein. La novelista bautizó como Generación Perdida al grupo de escritores que emergió de la Primera Guerra Mundial, desembarcaron en París y determinaron la literatura moderna hasta los cincuentas.

Francis y Zelda ya eran célebres cuando conocieron en Francia a un joven cuentista desconocido, tres años menor que Fitzgerald, un tal Ernest Hemingway. Por supuesto, el futuro autor de *El viejo y el mar* no le perdonó la fama prematura al primero y siempre que pudo contribuyó a la leyenda negra de la pareja, como puede leerse en su libro de memorias póstumo, *París era una fiesta* (1964). La tensión entre ambos escritores, reducida a la caricatura, se ve en una de las peores películas de Woody Allen, *Medianoche en París* (2011).

Entre 1920 y 1930, Fitzgerald y su esposa fueron el prototipo de "una especie de reyes, casi infalibles, con una aura mágica alrededor", como los describió el escritor francés

Pierre Drieu La Rochelle, en una atmósfera que permea el ambiente glamoroso de *El gran Gatsby*.

En 1925, en la cumbre de su carrera, publicó esta novela que sigue considerándose su obra maestra. A partir de entonces, el autor iniciaría su lento descenso hacia una forma particular de suicidio, "a la irlandesa", como sus antepasados: la ginebra.

Otro escritor alcohólico, Raymond Carver, escribió que demasiada ambición o demasiada mala suerte pueden matar a un escritor. Fitzgerald tuvo ambas cosas y murió a los 44 años sin recuperar el lugar que tuvo dos décadas antes, después de haber escrito con implacable honestidad sobre la frustración del sueño americano.

Del jazz a la Gran Depresión

El crack de la bolsa de Nueva York, en 1929, y la Gran Depresión confirmaron los presagios que alimentó desde sus primeras obras y que impregnan, de forma magistral, el velo melancólico de *El gran Gatsby*. Profeta de la era del jazz y de los locos años veinte y, al mismo tiempo, su trágico reverso, Fitzgerald fue mucho más que eso. Era, sobre todo, un extraordinario escritor y, al igual que otros de sus contemporáneos, su talento solo puede sopesarse por la dimensión de los obstáculos que enfrentó.

Con el estilo lapidario que lo hizo narrador, Hemingway acusó a su colega de estar obsesionado con la vida de los millonarios y de querer emularlos. También escribió que Zelda estaba celosa de su esposo y que competían entre sí.

Refiriéndose a su personaje más famoso, el impostor Jay Gatsby, Fitzgerald explicó que "Es lo que siempre fui: un joven pobre en una ciudad rica, un joven pobre en una escuela de ricos, un muchacho pobre en un club de estudiantes ricos, en Princeton. Nunca pude perdonarles a los ricos el ser ricos, lo que ha ensombrecido mi vida y todas mis obras.

Todo el sentido de Gatsby es la injusticia que impide a un joven pobre casarse con una muchacha que tiene dinero. Este tema se repite en mi obra porque yo lo viví".

Su literatura, aunque trunca, bordea el fallido y espléndido fulgor de la mejor prosa estadounidense y ha sido objeto de numerosas adaptaciones cinematográficas –*El curioso caso de Benjamin Button* de David Fincher (2008) y *El gran Gatsby* (2012) de Baz Luhrmann son las más recientes–, que periódicamente hacen renacer el interés hacia su narrativa y su perspectiva sobre el período marcado por la desilusión de la Primera Guerra Mundial, la Ley Seca (1920-1933) y la crisis de 1930.

Probablemente la mejor adaptación de una obra de Fitzgerald fue la de *El último magnate* (1976), dirigida por Elia Kazan. El guión fue escrito por el dramaturgo Harold Pinter, premio Nobel de literatura en el 2005, y se filmó con un elenco formado por Robert de Niro, Jack Nicholson y Robert Mitchum.

Fitzgerald es tanto el autor de algunas de las mejores obras de la narrativa breve ("Primero de mayo (S.O.S.)", "El diamante tan grande como el Ritz", "El extraño caso...", "Corto viaje a casa", "Un viaje al extranjero") como de dos novelas memorables, *El gran Gatsby* y *Suave es la noche* (1934). Lo que sería su última novela, *El último magnate* (*The Love of the Last Tycoon*), quedó inconclusa a su muerte, en 1940, y se publicó póstumamente en 1942.

Suave es la noche

Fitzgerald se mantuvo siempre en la bancarrota financiera y emocional y solicitó numerosas prórrogas y adelantos económicos para finalizar *Suave es la noche*. La novela, la última que llegó a concluir, no tuvo el éxito esperado, aunque la crítica y sus colegas la consideraron una de las mejores.

La obra tiene un aire de inconfundible modernidad al inspirarse en sus experiencias personales y en la esquizofrenia de su esposa Zelda. "Hay mucho de su propia vida en este atormentado retrato de la opulencia destructiva y el idealismo malogrado", escribió ella misma sobre la novela que los retrataba como una pareja en caída libre hacia el abismo.

The Crack-up

Para poder vivir, en 1930 Fitzgerald aceptó trabajar en Hollywood como guionista y malgastar su talento en cuentos livianos para revistas populares, aunque siempre se las arregló para que aflorara su genio en medio de la hojarasca. El mundo del cine le sirvió de fuente para *El último magnate*, que se basa en la vida del productor Irving Thalberg, pero a la vez lo hundió en el alcoholismo y en la frustración de una carrera literaria para siempre postergada.

En sus ensayos y escritos autobiográficos finales, reunidos en el libro póstumo *The Crack-up* (1945), Fitzgerald habló de "la grieta" en su existencia, su derrumbe vital y espiritual, y confesó: "Le he pedido demasiado a mis emociones: ciento veinte cuentos. El precio era alto… porque había una gota de algo que no era sangre, ni una lágrima, ni mi semilla, sino algo mío más íntimo que eso en cada cuento: algo 'extra', que era mío. Ahora se ha ido…"

Un castillo imaginario

El gran Gatsby utiliza el símbolo de una mansión de Long Island y de las fiestas que se realizan en ella para construir un castillo imaginario alrededor del amor imposible y del tiempo perdido. El inolvidable Jay Gatsby, un héroe condenado de antemano, que se inventa a sí mismo, derrocha su fabulosa fortuna para conquistar a la mujer equivocada y perseguir una ilusión juvenil.

Las imágenes que construye Fitzgerald son de un poder hipnótico y van del amarillo dionisíaco al azul elegíaco, como ha dicho la crítica, en su descripción de la casa palaciega y de la costa de Long Island.

Toda la obra de Fitzgerald, a contrapelo de la forma en que la quiso interpretar Hemingway, es una elegía a la era del jazz y al sueño americano. En el clímax de *El gran Gatsby* afloran los temas que habían permanecido ocultos debajo del oropel y de las lentejuelas de las *flappers* –las chicas libertinas de la época– y de las bailarinas de charleston: la violencia, la corrupción, de la que es parte Gatsby, y la obtusa mezquindad de la clase alta y del capitalismo. A las puertas de la mansión, en la sombra agazapada de la muerte, se anuncia la Gran Depresión.

Fitzgerald murió en 1940 y su epitafio lo dijo Hemingway al definir la valentía: "elegancia bajo presión". El redescubrimiento de su obra comenzó diez años después de muerto cuando se recopilaron sus mejores cuentos. Zelda le sobrevivió ocho años y falleció en el incendio de uno de los hospitales psiquiátricos en los que estuvo recluida desde 1932, cuando se le diagnosticó esquizofrenia.

CELINE SIN CE(N)SURA

El refinado escritor y capitán de la Wehrmacht, Ernst Jünger, era parte del Estado Mayor alemán durante la ocupación de París cuando se encontró con otro escritor el 7 de diciembre de 1941. La descripción del momento es uno de los más famosos pasajes de su *Diario de guerra* y tal vez de la historia de la literatura: *"dice que está estupefacto y asombrado de que nosotros los soldados no fusilemos, colguemos, exterminemos a los judíos (...), le asombra que alguien provisto de una bayoneta no haga uso indiscriminado de ella. 'Si los bolcheviques estuvieran en París; ellos les enseñarían cómo hay que hacer las cosas; les mostrarían cómo se purifica una población; barrio por barrio, casa por casa. Si yo llevase una bayoneta, sabría lo que tenía que hacer'."*

El escritor es Louis-Ferdinand Céline, quien, junto con Ezra Pound, es el más importante escritor fascista del siglo XX. Los epítetos que puedan atribuírsele no son banales: fascista, racista, xenófobo, antisemita —al punto de la histeria verbal, digo redundantemente—, pronazi (o filonazi) —aunque se discute si fue germanófilo o no— y, contradictoriamente, pacifista —como Herman Hesse—, no antibelicista. Pacifista en un sentido individual, feroz adversario de la intervención en Europa de democracias —como Estados Unidos e Inglaterra— y de la Unión Soviética.

La crisis del capitalismo, suscitada por la caída de la bolsa, en 1929, y la depresión de la década siguiente suscitaron una generación de escritores reaccionarios entre los que destacaron autores notables como el estadounidense Pound, los ingleses T.S. Eliot y D.H. Lawrence y el noruego y futuro colaboracionista Knut Hamsun. Sin embargo, hay un círculo del infierno que va de la posición "conservadora, anglicana y monárquica", según la propia definición de Eliot, al asqueante y vergonzoso delirio antisemita de Céline.

Como novelista, Céline es uno de los narradores fundamentales de la primera mitad del siglo XX, al lado de Joyce, Proust, Mann y Woolf, aunque, como ciudadano, no hay nada que lo exculpe. Es tanto el autor de *Viaje al fin de la noche* (1932) y *Muerte a crédito* (1936) como de los panfletos incendiarios *Mea culpa* (1936), contra la Unión Soviética, y *Bagatelas para una masacre* (1937), *La escuela de cadáveres* (1938) y *Las bellas banderas* (1941), en los que denuncia la conspiración judía internacional para devorar la civilización europea.

Para él, como para Pound, capitalismo, comunismo, judaísmo, degeneración racial, banca mundial, apocalipsis y guerra equivalen a lo mismo. Es vano buscar dos Céline, como algunos pretenden. No existen. No hay un "buen doctor Destouches —su nombre de familia— y el malvado señor Céline". Dr. Jekyll y Mister Hyde son uno y el mismo y se encuentran en muchas de las alusiones racistas de *Viaje al fin de la noche* y en la ruptura radical de sus novelas. Aunque sus ideas y algunas de sus conductas puedan parecernos esquizofrénicas, y probablemente lo sean, el autor de una lúcida crítica contra la política colonial, la violencia desalmada del sistema económico y la ideología del imperialismo blanco es el mismo que vomita "prefiero doce Hitler antes que un Poincaré omnipotente" —presidente de la República Francesa durante la Primera Guerra Mundial y primer ministro en tres ocasiones—.

En uno de sus programas en radio Roma, que le valieron la celebridad, la cárcel y la ignominia, Pound se dedicó a resumir las tesis de Céline y a recomendar su lectura: "…lo hace muy bien. Son tiempos en que se debe leer a Céline… la simple verdad… expresada con perfecta sinceridad y simplicidad".

Pound se expresa en los mismos términos que el novelista en contra de lo que llama la "inmovilidad biológica de los franceses": "Céline observa, también, que no ha encontrado nunca a un judío, por mísero o insignificante que fuese, que haya hablado nunca mal de Rothschild o de los soviéticos". Y añade: "Es un gran escritor. La búsqueda de la realidad necesita de hombres de raza diferente para alcanzar a descubrir algo importante. No soy profeta de las desgracias. Seguramente las democracias han querido la guerra; es decir, los usureros la han iniciado y sus esclavos la continúan. Mi querido Céline en París. Céline tiene toda la razón".

En otra de sus transmisiones, Pound se identifica plenamente con el tópico antisemita por excelencia: "La antimoral bolchevique procede del Talmud, que representa la más obscena doctrina de las codificadas por aquella raza. El Talmud es el único y exclusivo generador del bolchevismo... Del Talmud proceden los bolcheviques. Del Talmud se deriva la voluntad de destruir a Europa, de arrasar a la Cristiandad, de institucionalizar el ateísmo, y es irónico o trágico el hecho de que los cristianos ingleses y americanos se encuentren doblemente ligados en una colaboración con la cruenta Rusia. Escuchad a unos cuantos comunistas, mongoles o tártaros. (...)los intereses comerciales de los Baruch y los Warburg. Escuchad a esos sucios puercos, dispuestos a destruir la música de Bach; basta de Bach, basta de Shakespeare. Es preciso destruir todo lo que lleva a la civilización".

En muchos aspectos, Céline es el reverso del mito del intelectual como conciencia moral de su sociedad que inicia Emile Zola con su célebre *Yo acuso*. El 13 de enero de 1898, Zola publicó en el periódico *L'Aurore* la primera carta abierta de la historia (*J'accuse...!* la tituló Georges Clemenceau, entonces periodista del diario y después primer ministro de Francia), dirigida al presidente Félix Faure, pidiendo la revisión del caso del capitán Alfred Dreyfus, acusado injustamente por sus orígenes judíos bajo cargos de espionaje y alta traición y condenado a cadena perpetua en la isla del Diablo, Guyana francesa.

Céline acaba con la ilusión del pensador que reconoce la belleza y la bondad del mundo y la proclama, lo cual nos lleva

61

a numerosas interrogantes. ¿Un escritor, por su mera condición, es inmune a la estupidez humana? ¿De qué sirve la razón? En el siglo XX, muchos de los genocidios y grandes matanzas colectivas fueron el resultado de intelectuales y de ideologías. Mientras recitaba líricamente "que florezcan 100 flores y 100 escuelas de pensamiento", el gran carnicero Mao Zedong llevó a la muerte a 40 millones de chinos en el Gran Salto Adelante. Gran salto hacia la muerte. Gran salto hacia la cámara de gas. Los sueños de la razón engendran monstruos.

Céline fue un psicópata de las palabras, un místico del mal, dotado de un genio para destruir, tanto la sintaxis tradicional y la escritura lineal como los restos de humanismo occidental que encontró a su paso entre las ruinas del edificio europeo destruido por la Primera Guerra Mundial. Cada vez que lo leo no puedo dejar de tener presente la frase de Adorno –"Piensa y actúa de manera que Auschwitz no se repita jamás"– y preguntarme o responderme que es un ser humano despreciable o que solo un miserable puede intentar ocultar el Holocausto bajo una catedral de palabras. Pero el asunto es complejo.

Fue un pequeñoburgués venido a menos, pobre, nacido en la atmósfera de tóxico antisemitismo y nacionalismo que estalló durante el caso Dreyfus, con un fabuloso detector de mierda –como decía Hemingway– para las peores circunstancias en que la condición humana puede expresarse. En él, la violencia verbal y la brutalidad instintivas se confabulan para descubrir un nuevo territorio moral, ilimitado, hecho de frases quebradas, puntos suspensivos y silencios, en que el ser humano puede ser libre a pesar de la pesada carga de nihilismo, desesperanza y desarraigo que lleva sobre las espaldas.

Formó parte de una "infame turba de nocturnas aves", en palabras de Góngora, de escritores y editores franceses de extrema derecha que, como era esperable, sufrieron en carne propia el fin de la Segunda Guerra Mundial y la Liberación de Francia. Su editor, Robert Denoël, murió asesinado en 1945; el escritor franquista y colaboracionista Robert Brasillach fue fusilado por orden de De Gaulle y el novelista Pierre Drieu La Rochelle, antiguo amante de la intelectual argentina Victoria Ocampo, se suicidó el mismo año. Céline escapó a Dinamarca, donde, después de permanecer año y medio en prisión, quedó en libertad bajo palabra. En 1951 fue condenado a un año de prisión y 50 mil francos de multa y se le declaró en estado de indignidad nacional. Al año siguiente, un tribunal militar lo indultó como veterano de la Gran Guerra.

Sin embargo, las preguntas sobre Céline no son sencillas: ¿se puede condenar a alguien por sus ideas y no por sus acciones? ¿Pueden independizarse las ideas de las acciones? ¿Es posible establecer una relación causal entre la expresión de determinadas ideas y determinados actos? El ajusticiamiento de Brasillach, en 1945, suscitó una polémica en torno a la responsabilidad individual de un colaboracionista en la Segunda Guerra Mundial y el Holocausto.

En Noruega, Hamsun llegó al extremo de entregarle la medalla del premio Nobel de literatura, obtenida en 1920, a Joseph Goebbels, ministro de Propaganda nazi. Durante la ocupación de su país se reunió con Hitler y hasta el final de su vida lo definió como "un guerrero, un guerrero para la humanidad y un predicador del evangelio sobre el derecho de todas las naciones: un reformista del más alto rango y su destino histórico fue precisamente actuar en un tiempo de brutalidad, que finalmente le hizo caer". Al final de la guerra fue despojado de sus bienes, perdió sus honores y a pesar de sus méritos literarios aún Noruega no lo reconoce entre sus grandes escritores.

Al igual que con respecto a Heidegger, de Céline aún se discute si intervino en delaciones y actos de colaboración directa, pero la responsabilidad sobre sus palabras es indudable. No estamos hablando de un antisemita en la intimidad de su conciencia sino de un antisemita activo en el espacio público. Sus declaraciones, artículos, libelos, manifestaciones, entrevistas y actos lo condenan aunque se trate de un escritor extraordinario.

En este sentido, no justifico la censura que hasta hace poco pesó sobre su obra panfletaria pero puedo entender que esas palabras, de alguna manera performativas, palabras que son actos – Auschwitz, Auschwitz, Auschwitz–, aún 80 años después de haber sido pronunciadas, sigan repitiendo el horror para las víctimas de la Segunda Guerra Mundial y del Holocausto, sean judías o no.

Como dije antes, no hay dos Céline sino uno y su obra narrativa presenta las mismas aristas que su obra panfletaria bajo la perspectiva de la ficción. Si tomáramos sus ensayos como distopías o utopías perversas o mundos imposibles, o no hubiera existido todo lo que se profetizó en ellos, podríamos tomárnoslos como delirios, pesadillas y artificios verbales. No lo son. Lo que en la ficción lo hace un gran escritor, en el plano ideológico lo convierte en un extremista.

A partir de *Muerte a crédito,* Céline renuncia al compromiso y a la crítica ideológica radical, en sus novelas, y de alguna forma su obra posterior se empobrece. *Viaje al fin de la noche* permanece como una de las grandes novelas del siglo pasado, justamente, por su capacidad de llevarnos al corazón del infierno humano y no ofrecernos otra salida moral que aceptarnos como somos. Por supuesto, llevar dicha ficción a la realidad es algo monstruoso.

En su última década de vida, Céline se ampara a su defensa del estilo y de la oralidad transmutados en escritura. En 1957 declaró, tramposamente, "las ideas, los mensajes, no son mi dominio. Yo no soy un hombre de mensajes. No soy un hombre de ideas. Yo soy un hombre de estilo".

El escritor norteamericano Jack Kerouac hizo un elogio fúnebre de Céline que resume la recepción que tuvo su obra narrativa después de su muerte: "fue un escritor de enorme encanto e inteligencia… nadie puede compararse a él. Es la mayor influencia sobre la escritura de Henry Miller …ese moderno tono llameante que sacude las pelusas del hombro del horror, esa sincera agonía, ese redentor encogimiento de hombros, esa risa. Hasta hizo que Trotsky riera y llorara. Camus nos hubiera hecho convertir la literatura en mera propaganda, con toda su cháchara sobre el 'compromiso'."

Kerouac, en plena generación beat y anticipándose a la euforia de los floridos y optimistas años hippies, rechaza la angustia existencial de Sartre y de Camus y se decanta por el vitalismo celiniano: "Yo sólo recuerdo a Robinson... Solo recuerdo al Doctor orinando en el Sena al amanecer... solo soy un ex marinero, no tengo política, ni siquiera voto. *Adieu, pauvre souffrant, mon docteur*".

Estilo. ¿Podría reducirse Céline a su estilo? Frédéric Schifter dijo del estilo que "es la única obligación moral de todo pensador". Esta parece ser la mejor definición de Céline junto con una de sus últimas frases antes de morir: "la experiencia es una tenue lámpara que solo ilumina al que la sostiene... y es incomunicable..." En efecto, el horror, el horror es incomunicable.

III
CRONISTAS DE INDIAS

LA VERDADERA HISTORIA DEL FALSO
REPORTAJE EN CENTROAMÉRICA

En 1979, a los 17 años, escribí mi primera reseña literaria, que no fue publicada, por supuesto, y en ella manifestaba mi indignación porque ya desde entonces se le prestaba más atención a la biografía del escritor costarricense José Marín Cañas que a su obra. Casi 30 años después tengo que admitir que me obsesionan ambas facetas por igual, pero que me es muy difícil abstraerme a la fascinación que ejerce sobre mí, y pienso que sobre cualquier escritor que la conozca, su personalidad y, de modo particular, sus aspectos trágicos. Esto hace que un escritor, cada vez que habla de Marín Cañas, no pueda evitar referirse a sí mismo y al gran pavor, al gran pánico, al espectro supremo del oficio literario.

En *Bartleby y compañía*, el escritor catalán Enrique Vila-Matas narra la historia de los escritores que, como Rulfo, Salinger y Rimbaud, consagraron su vida a no escribir más. Y lo hace a partir del relato de Herman Melville traducido por Borges, *Bartleby, el escribiente*, en el que un oscuro escribano de Wall Street rechaza las solicitudes de su jefe con la frase impacible e imperturbable: "Preferiría no hacerlo", que se convierte en el hilo conductor del relato y en una de las expresiones más conocidas y exasperantes de la literatura universal. "Preferiría no hacerlo".

Marín Cañas cuenta que a los cinco años su padre le preguntó: "¿Qué querés que te traiga el Niño?", y que él contestó: "Una máquina de escribir". Años después la bautizó como "una Remington sin apellido". Esta anécdota cobra sentido cuando pensamos que a los 29 años se convirtió en el director del periódico *La Hora*, el primer tabloide popular que hubo en Costa Rica, y que en 1935 escribió sin sosiego las 56 entregas de *El infierno verde* en dos meses, del 11 de enero al 13 de marzo, a un ritmo vertiginoso de cuatro páginas por noche. La serie, presentada en *La Hora* como el *"Diario de un soldado paraguayo en la guerra del Chaco. Formidable y palpitante documento humano"*, apareció en el vespertino entre el 14 de enero y el 20 de marzo del mismo año. El periódico, que se vendía a cinco céntimos, el más barato de la época, se agotaba al momento de llegar a la calle, por lo que el público se arremolinaba a la salida de la imprenta, cada día a las tres de la tarde, para obtener de primero el ejemplar. La circulación subió a 18.000 ejemplares diarios y casi cuadruplicó los tirajes del *Diario de Costa Rica* y de *La Tribuna*.

Unos meses más tarde, sin corrección alguna, salvo por una nota editorial firmada por el autor, fechada el 27 de abril, la serie se publicó en España en forma de libro con el título *El infierno verde (La guerra del Chaco)*, en el prestigioso sello editorial Espasa-Calpe, y dejó de ser "un documento humano" para transformarse en una novela. A partir de entonces, cada vez que alguien se atrevía a reprocharle la temeridad de haber escrito sobre un lugar desconocido para él, contestaba: "¿Acaso el Dante estuvo en el infierno? ¿Acaso estuvo Julio Verne en la luna, o anduvo por el fondo del mar? Y Salgari, ¿cuándo navegó por el Mar de los Sargazos, o por las costas del Caribe?"

Cinco años después, Marín Cañas escribió su segunda novela, *Pedro Arnáez*, expresamente para el concurso internacional de novela de la Unión Panamericana y la editorial neoyorquina Farrar and Rinehart. Perdió el premio, en medio de una célebre controversia a la que haré alusión más tarde, pero la novela se publicó en 1942 como segundo tomo de la editorial Letras Nacionales. Nunca más, en los 40 años que le quedaron de vida, escribió una línea de ficción ni un libro unitario. De hecho, entre 1942 y 1968, año en que el periódico *La Nación* lo invitó a colaborar en la naciente sección de opinión de la Página 15, y aceptó, no publicó absolutamente nada. Ese mismo año se reeditó por primera vez una de sus obras, *Pedro Arnáez*, para contrarrestar el hecho de que su autor venía de recibir el Premio Magón de Cultura sin tener ni un solo libro disponible.

El silencio de Marín Cañas, como el de Rulfo, quizás el más famoso de la lengua castellana, es un misterio significativo si lo confrontamos con la importancia de su obra. El contrapunto de este misterio es que, en sus diez años finales, en que fue un febril articulista de *La Nación*, escribió cientos de artículos, recopiló con ellos cuatro libros y reeditó lo más importante de su narrativa en Costa Rica y España.

El silencio de Marín Cañas, que, como en un buen relato de misterio, su autor nunca despejó, sigue siendo un misterio y terminó convirtiéndose en leyenda. ¿Por qué dejó de escribir Marín Cañas?

Harakiri literario

La vida de Marín Cañas está llena de novelas, unas reales y otras íntimas, en las que es difícil trazar la línea, justamente imaginaria, entre la ficción y la historia documental. Que el escritor ejecutó un "harakiri literario", como lo llama Alberto Cañas, es algo público y notorio ya en 1959 cuando Abelardo Bonilla y Enrique Macaya Lahmann presentan su candidatura ante la Academia Costarricense de la Lengua, para ocupar el sillón que dejó vacante al morir el cronista Joaquín Vargas Coto, y aducen que el reconocimiento podría motivarlo y llevarlo de vuelta a la escritura.

Carlos Catania, el escritor y actor argentino que estuvo 20 años en Costa Rica, tenía predilección por contar una versión, sin duda la más extraordinaria, de su negativa, que le relató el propio Marín Cañas. En 1941, cuando envió *Pedro Arnáez* a la editorial Farrar and Rinehart, en Nueva York, para representar a Costa Rica en el premio continental de novela de la Unión Panamericana, tomó la precaución de pegar con goma uno de los lomos del manuscrito. Ese mismo año, fue escogida como ganadora la novela *El mundo es ancho y ajeno*, del

71

escritor peruano Ciro Alegría; no sólo la obra de Marín Cañas quedó relegada, sino también la de autores que llegarían a ser fundamentales en Latinoamérica, como Juan Carlos Onetti y José María Arguedas. Como es todavía usual en las editoriales norteamericanas, Marín Cañas recibió a vuelta de correo el ejemplar de *Pedro Arnáez* y comprobó que el sello de goma estaba intacto y que novela no había sido leída.

Lo que Catania o Marín Cañas no cuentan, en esta especie de poética del bloqueo del escritor —el sello de goma sin abrir, el libro mudo—, es que Costa Rica fue previamente descalificada como consecuencia del folclórico fallo del jurado nacional, que en vez de seleccionar una novela, como lo establecían las bases, escogió tres y recomendó otras dos. Del triple empate, Yolanda Oreamuno no aceptó publicar su novela, *Por tierra firme,* mientras que Fabián Dobles y Marín Cañas publicaron las suyas un año después en la efímera editorial que nació al calor del concurso continental.

Si la desilusión hubiera sido tan grande, como para dejar de escribir, lo más probable es que Marín Cañas hubiera hecho lo mismo que Yolanda Oreamuno, destruir su manuscrito o, al menos, no permitir que se publicara.

Sobreviviente de sí mismo

El 17 de diciembre de 1971, a sus 67 años, Marín Cañas fue despedido como profesor de la escuela de Periodismo de la Universidad de Costa Rica por carecer de un título profesional, la misma noche en que, por una jugarreta del destino, se le otorgó el Premio "Joaquín García Monge" de periodismo cultural. El rector Eugenio Rodríguez le ofreció entonces una cátedra de apreciación literaria en la Facultad de Ciencias y Letras; sin embargo, Marín Cañas, para justificar su decisión de no volver a poner un pie en la universidad, le contesta con una carta pública en la que, después de asegurarle que prefiere volver a las vacas de su finca, en las laderas de Barba, nos deja una imagen imborrable de su visión de mundo: "Si Ud. se anima, podemos dar una vuelta a caballo. Si no está acostumbrado, mejor no. No me ha de creer, pero la verdad es que todos los sábados y domingos me ensillan la yegua retinta, la que vio en la cuadra; y me siento importante, más importante que dando clase, encaramado en mi silla andaluza". Antes de la despedida, en la última frase de la carta, remata con venenosa ironía: "Ahí, por el frío, no hay culebras".

La figura del hombre a caballo encierra la filosofía de vida de Marín Cañas y recuerda la escena central de su reportaje *Coto (La guerra del 21 con Panamá)*, que publicó en *La Hora*, en 1934, y más tarde en forma de libro, y que fue el laboratorio experimental del que surgió *El infierno verde*, un año después. Es la misma imagen que se repite varias veces en esta novela y que, de forma esperpéntica, recupera la portada de la edición española de 1935, un año antes de la guerra civil y a cuatro años de la Segunda Guerra Mundial. Esta ética de la sobrevivencia, porque Marín Cañas fue un sobreviviente, y sobre todo un sobreviviente de sí mismo, puede resumirse con la conocida frase de Hemingway: "Un hombre puede ser destruido, pero no derrotado". Marín Cañas lo esbozó en su credo personal, "No aflojar": "El arte de vivir está encerrado en dos palabras sencillas: no aflojar. Frente a los tres enemigos del hombre, el miedo, el amor y el hambre, esas dos palabras tienen su más profunda trascendencia. Cuando el destino, la suerte y la naturaleza se confabulan, cuando hasta el mismo Dios parece que se ceba en uno, hay que sacar del último rincón del morral humano la dura sencillez de esas dos palabras: no aflojar. Con ese lema hasta la muerte lo respeta a uno".

Hay en Marín Cañas una mezcla resignada y a la vez turbulenta de escepticismo, sensación de fracaso y redención moral, que intuyó el periodista Enrique Benavides, el autor de *El crimen de Colima*, un hombre que también proviene de una sucesión de pequeñas tragedias y resurrecciones. Cuando

Marín Cañas habla de Benavides parece que habla de sí mismo: "Sin esa pasión, toda la obra tendría un sentido polémico erudito y fascinante. Pero es el arrebato, la furia con la que ataca los temas... lo que presta a sus escritos una fascinante devoción... Una fina y florentina amargura corre por sus escritos. En el fondo de la frase sintácticamente pura, se adivina el hilo amargo del desengaño, de la dolorosa desollada del mito... nada ya de su cultura y formación corresponde a los libros. Todo su pensamiento está trazado sobre las líneas de una vida profunda, desesperada y superada... La vida es una verdad difícilmente vestida de engaño..."

El descarnamiento del engaño y de los mitos americanos es, precisamente, el motivo central de *El infierno verde*. Pero, ¿por qué dejó de escribir Marín Cañas?

La otra hipótesis que se ha hecho pública es que se volvió demasiado conciente de su importancia y, en palabras de Alberto Cañas, "se esmeró en ser profundamente serio", como una forma de distanciarse de su estilo anterior, que había sido un permanente e irreverente juego literario. Cuando García Márquez publicó *El otoño del patriarca* en 1975 y la crítica la comparó negativamente con *Cien años de soledad*, Marín Cañas se decantó en favor del silencio. No lo dijo, pero rememoró la fábula "El zorro es más sabio". Cuenta Monterroso que un zorro escribió dos libros famosos y se dio por satisfecho: "Pero los demás empezaron a murmurar y a repetir '¿Qué pasa con el Zorro?', y cuando lo encontraban en los cocteles puntualmente se le acercaban a decirle tiene usted que publicar más. —Pero si ya he publicado dos libros —respondía él con cansancio. —Y muy buenos —le contestaban—; por eso mismo tiene usted que publicar otro. El Zorro no lo decía, pero pensaba: 'En realidad lo que éstos quieren es que yo publique un libro malo; pero como soy el Zorro, no lo voy a hacer.' Y no lo hizo". Como diría el mismo Monterroso: "Había una vez un zorro llamado Juan Rulfo que soñó que era un tirano llamado Pedro Páramo que soñó que era un

74

escritor llamado Herman Melville que soñó que era un escribidor llamado Bartleby que soñó que era un cuento de Borges".

El hecho significativo es que después de los 27 años, cuando publicó *Tú, la imposible*, en 1931, y que le valió el mote de "Marín Cañas, el imposible", no escribió nada que no naciera de la actualidad y de la urgencia inmediata: *Coto*, *El infierno verde* y *Pueblo Macho* fueron originalmente reportajes; *Pedro Arnáez* fue escrito para ganar un concurso. Después de 1968, justificó siempre su decisión de volver a escribir por razones económicas. Para rehuir su destino de escritor adujo: "El hambre fue la que me impulsó", "Yo no soy un escritor, soy un empresario cinematográfico"; "Yo no soy un escritor, soy un criador de vacas", "Yo no soy un escritor, soy un gacetillero". Pero, como todo periodista, Marín Cañas vivía o sobrevivía de su resonancia pública y se multiplicaba en los infinitos espejos de sus lectores.

Ser humano al fin y al cabo, no pudo dejar de mostrar sus contradicciones en el inventario de catástrofes que realizó en 1968, como parte de una entrevista: "No terminé el bachillerato porque me fui a España... No realicé mis estudios porque mi padre se arruinó y no tuve más que regresar a Costa Rica. De manera que mi vida siempre ha sido rota por circunstancias adversas. *El infierno verde* fue escrito todas las noches, hasta la madrugada, después de haber trabajado todo el día, y de haber tocado violín en el teatro Adela. Yo llegaba al periódico y me sentaba a trabajar. El hombre está capacitado siempre para vencer, y si no vence es porque no tiene carácter".

Haber aceptado que no lograba o no quería o no podía permitirse volver a escribir hubiera representado, dentro de su ética vital, una debilidad de carácter; negar que era escritor zanjaba cualquier discusión, duda o contradicción interna.

El drama de Marín Cañas es el de la generación de novelistas latinoamericanos anterior a la de 1950, tales como Eduardo Mallea, Agustín Yáñez, Ciro Alegría y Mario

Monteforte Toledo, que desaparecen al no ser ni precursores de la modernidad (como Güiraldes, José Eustaquio Rivera y Rómulo Gallegos) ni contemporáneos (como Carpentier, Rulfo, Onetti y, obviamente, García Márquez y los autores del *boom*). Incluso, el futuro Premio Nobel, Miguel Angel Asturias, sin la industria cultural que surgirá en Latinoamérica en los años sesenta, tarda 15 años en publicar *El señor presidente*, en 1946, y en sus últimos años no puede evitar criticar al "novel" García Márquez al sentirse relegado por *Cien años de soledad*. Carpentier, de la misma edad que Marín Cañas, es tardío, a diferencia del costarricense; no publica *El reino de este mundo* hasta 1949, con 45 años, y su obra de madurez es posterior a 1953.

Por si fuera poco, la novela voluntarista y a la vez antiheroica de Marín Cañas, que anticipa la narrativa latinoamericana de las décadas de 1950 y 1960 y es heredera de la vanguardia y del existencialismo cristiano, queda encerrada entre la guerra civil española y la Segunda Guerra Mundial. Su silencio es también el silencio de todo el humanismo occidental después de los campos de concentración.

En 1971, la editorial española Anaya publica su libro de crónicas *Tierra de conejos* y reedita *El infierno verde* y *Pedro Arnáez*. A sus 67, Marín Cañas se ve inmerso en una repentina celebridad literaria y, al desempolvar las viejas críticas en que se le compara con Rómulo Gallegos, debe recriminarse en silencio por no haber escrito al menos una novela más. Pero, 30 años antes, ¿quién iba a decir que los escritores latinoamericanos iban a convertirse en los más leídos del último tercio del siglo XX?

Periodismo fantástico

A *El infierno verde* se le puede aplicar lo que García Márquez escribió sobre Janet Cooke, la reportera del *Washington Post* que obtuvo el premio Pulitzer con la historia de un niño que se inyectaba heroína, y cuya notoriedad hizo que sus jefes averiguaran que todo había sido inventado: "Lo malo es que en periodismo un solo dato falso desvirtúa sin remedio a los otros datos verídicos. En la ficción, en cambio, un solo dato real bien usado puede volver verídicas a las criaturas más fantásticas... en periodismo, hay que apegarse a la verdad, aunque nadie la crea, y en cambio en literatura se puede inventar todo, siempre que el autor sea capaz de hacerlo creer como si fuera cierto".

Pero en 1935 ningún lector se escandalizó porque *El infierno verde* resultara una novela, sino todo lo contrario, y la explicación es que aún en los años cincuenta la tradición del periodismo fáctico, factual o informativo aún no estaba claramente definida en Costa Rica. En 1912, el periodista Fernando Borges aterrorizó a los lectores de *La Información* con las andanzas apócrifas de un tigre suelto; en 1935, y también en *La Hora*, Adolfo Herrera García, el autor realista de *Juan Varela*, le dio vida a un fantástico hombre lobo en los barrios de San José; y aún en 1950, otro periodista, Joaquín Vargas Gené, bautizó a José León Sánchez como *El Monstruo de la Basílica* y montó una novela truculenta alrededor del robo de las joyas de la Virgen de los Angeles.

Sin embargo, *El infierno verde* se basa en lo que García Márquez llama una "documentación de cemento". En diciembre de 1934, Marín Cañas recibió de su amigo Mario González Feo un ejemplar de la revista *Berliner Illustrierte Zeitung* con un reportaje fotográfico sobre la guerra del Chaco, que en ese momento se libraba entre Paraguay y Bolivia. Unos días después publicó aquellas fotografías con el anuncio de la publicación inminente de las memorias de un soldado paraguayo y escribió de un tirón el introito o incipit de la novela, en el que se esbozan las imágenes esenciales: *"...y quedaron tronchados, como bejucos sobre troncos de quebracho.... Los mató la sed... No tengo caminos por donde huir ni sitio en donde enterrarme... Soy un viento amarrado".*

Luego echó mano a sus años de estudiante de ingeniería en la Academia Militar de Segovia, a un atlas universal, a una historia del Paraguay y a un manual del Estado Mayor de Bolivia –que le envió el futuro Presidente de la República, Teodoro Picado, entonces ministro de Educación–, y se sentó a escribir. Como explicó 35 años después: "Escribir una novela es relativamente fácil. Es cuestión de poner los cigarrillos a un lado; quitarse el saco y sentarse a la máquina... Usted tiene que darle duro a la máquina, y rápidamente, para poder seguir la cantidad de ideas que se le vienen en cuanto usted vea el paisaje ya en función".

En realidad, Marín Cañas estaba perfectamente conciente de las técnicas para darle verosimilitud a un relato o lo que él llama "la impresión de realidad". En 1934, cuando reconstruyó la guerra de Coto entre Costa Rica y Panamá, se basó en el relato auténtico de uno de los coroneles de la expedición; en cambio, *El infierno verde* incluye numerosas referencias documentales, justamente, porque es una narración ficticia, y "la mejor fórmula literaria es siempre la verdad... las mentiras son más graves en la literatura que en la vida real", como dice García Márquez.

El infierno verde es, como todas las novelas de Marín Cañas, y es uno de los principales rasgos de su modernidad literaria, un "relato enmarcado". En su difusión original en forma de crónicas, en *La Hora*, se presenta como "un cuaderno de impresiones... retazos de la guerra del Chaco" que el empresario alemán Wilfred Wandrey le remite a su amigo Herbert Erkens en Hamburgo, con la esperanza de que lo venda a alguna revista de actualidad y le envíe el dinero de vuelta. Wandrey se lo compró a un soldado paraguayo herido que, a su vez, lo encontró "entre los papeles de un compañero que había muerto de sed perdido en la selva del Chaco..."

Esta carta, supuestamente en alemán, Marín Cañas la escribe en español y la manda a traducir en un alemán defectuoso para dar la impresión de que Wandrey no domina la expresión culta. En el periódico, aparece la prueba documental, el supuesto original en alemán, y a su lado la falsa traducción al castellano. En la edición en forma de libro, sin embargo, Marín Cañas le añade una carta firmada con su propio nombre, que no aparece en la publicación por entregas; en ella explica que Erkens le obsequió el manuscrito al saberlo periodista y verlo interesado en el contenido del diario de guerra. Es decir, en el juego de identidades múltiples, Marín Cañas se reserva el papel de editor y no el de autor.

Novela de la identidad escindida

El lector nunca sabrá finalmente quién es con precisión el narrador protagonista de *El infierno verde*, porque, justamente, lo que se cuenta es la pérdida de la identidad. Como en *Crónica de una muerte anunciada*, el relato adelanta la verdad última: el narrador está muerto, y aún así seguimos leyendo, porque *El infierno verde* es un contrapunto agónico, existencial, entre el tiempo estático, mítico, que es el de los mitos americanos —la naturaleza, el buen salvaje, la "raza de bronce", la "raza cósmica" de Vasconcelos, la Indoamérica del APRA y de Haya de la Torre—, y la violenta incursión de la historia moderna, que es la guerra.

El Marín Cañas de *El infierno verde* es ideológicamente descentrado. La conciencia escindida del personaje se muestra perplejo ante el espectáculo brutal de la guerra e, incrédulo, plantea preguntas sobre el sentido de la guerra, la patria, la nación, la burocracia y el negocio de las petroleras norteamericanas en Bolivia: "¿acaso el caciquismo y la política no eran también pampas donde se resecaban los cuerpos inútiles, los hombrecillos sin influencias, los muchachos que, como yo, veníamos de *lotrolao* del río?", dice en uno de los primeros capítulos.

En *Coto*, el antecedente estilístico e ideológico de *El infierno verde*, Marín Cañas ya nos ofrece una imagen espléndida de

79

lo que él mismo llama "la farsa del patriotismo". Un muchacho mexicano, Daniel Herrera Irigoyen, se sube a la barcaza La Esperanza con un enorme fonógrafo de corneta y se suma a la expedición costarricense que avanza por entre los farallones del río Coto hasta el destacamento militar. A punto de llegar a la desembocadura, coloca en el fonógrafo el Himno Nacional, que resuena contra los taludes de roca del cañon del río; al oír la música, el ejército panameño lanza el ataque y acribilla a la tripulación.

En la portada original de *El infierno verde*, de 1935, vemos la imagen del teniente Zavala: es el espectro de la patria. Un cadáver uniformado blandiendo un sable ensangrentado y el cráneo desollado: "Zavala se pone de pie como un energúmeno. Salta a tientas fuera de la trinchera. Quiero sujetarlo. Ya es tarde. Avanza en la sombra. El claror rojo del incendio de Boquerón lo recorta. Da traspiés y va con el sable levantado. Se bate ciego..." Varios capítulos, más adelante, después de que buscan sin encontrar el cadáver entre las fosas de cal, se nos dice: "A Zavala se lo había tragado Boquerón, tal como yo lo vi, a ras de la trinchera: dando zancadas, con las cuencas vacías, con el sable y los gritos tiesos, tal que si corriera a ensartar un rosario de estrellas".

La conclusión, que también nos la ofrece la voz desconocida del protagonista, parece ser: "La derrota y la gloria tienen la misma máscara". La máscara de la muerte.

¿Para qué peleamos?

La novela, que se basa en frases aceradas, hirientes, cortas como letanías, repite obsesiva e hipnóticamente: ¿Para qué peleamos? ¿Para qué peleamos? Pero el tono se aleja del discurso colectivo de la novela indigenista o de la narrativa antibélica europea para asumir el desasosiego existencial que precede a la Segunda Guerra Mundial.

"La muerte se ha hecho individual", se nos dice, porque *El infierno verde* recrea la pérdida de la identidad ideológica y la imposibilidad de caer en el caos. El introito, las frases sueltas, el monólogo interior, la errancia de los signos de puntuación o su desaparición, la enumeración, la repetición taladrante de las frases, la multiplicación de planos, la secuencia de muerte de los protagonistas, la quema de los cadáveres, la desautorización de los discursos nacionalistas, la reiteración circular y estática, nos remite a la fragmentación de la visión de mundo y la aparición de la incertidumbre.

El infierno verde produce "una sensación de caos, de ensueño", como lo dice el propio autor, que está motivado por la dificultad para identificar al narrador. Este desmoronamiento de la certidumbre se entrecruza con la imagen del infierno como inmovilidad sin salida, que remite directamente a la iconografía del averno que nos ha legado la literatura occidental desde Dante.

Para Dante, el infierno es un lugar inmóvil, encerrado en sí mismo. En *Doctor Fausto*, Marlowe pone en boca de Mefistófeles: "El infierno no tiene límites, ni queda circunscrito a un solo lugar, porque el infierno es aquí donde estamos y aquí donde es el infierno tenemos que permanecer..."

Este leitmotiv se nos reitera en infinidad de formas circulares en *El infierno verde*, al punto de que torna la novela en una parábola existencial: "El Chaco no tiene caminos", "El Chaco es como una locura inmóvil", "una locura estática", "la maldición de la selva: está paralizada", "el río muerto". Pero la clave es que: "Avanzar sin avanzar es vivir dentro de una pesadilla. A veces todos pensamos que no hemos adelantado un paso. El matorral y las espinas. El claro. El desierto rojo".

¿Dónde está el infierno? La novela lo revela: "Quizá sea mejor venir del infierno verde que tenerlo dentro, en aquella larga espera de un día tras otro..." El infierno está dentro de nosotros, "somos naúfragos de nosotros mismos", como se nos dice textualmente. "¿Qué día es mañana? Nadie lo sabe.

81

Da lo mismo". "Otro día. Lo mismo da". "Hay que seguir esperando". "¿Nos quedaremos aquí toda la vida?" "Vivir es retrasar la muerte".

El personaje de la enfermera alemana representa la civilización occidental: no habla español y, por lo tanto, la comunicación es imposible. El protagonista se enamora de su belleza, de la estética clásica, pero no puede ir más allá: "No siento amor; dentro de mí no tengo ya un resquicio en que no está la marca de la desolación y del estupor y de la angustia. No sé amar... Seríamos el tronco sano de una raza nueva, de unos seres libertados del mal de la pelea, de unos hombres serenos, bondadosos y enérgicos. Mi raza guaraní, de alta presencia, de atávicas derrotas, fructificaría en mozos enamorados de la heredad. Su raza caucásica, castigada y enferma, se alzaría como un rosal en el vergel del trópico, succionando de la tierra toda la savia que hay en ella. Seríamos felices frente a la desolación de la pampa. Desplazaríamos el egoísmo y la ambición, y ni el sílice ni el petróleo, ni la cólera y la envidia podrían perturbar la serena alegría de nuestro surco y la mansa tranquilidad y de nuestra vejez... Debo de amar a esta mujer... Mi alma no vibra. Esta tarde pude andar sin muletas, pero tal vez no sea ese todo el mal... Veo, toco, respiro, como, duermo. Fisiológicamente aún no he entrado en la lista de los cadáveres. Pero el Chaco envenena y con nada se le reemplaza... No he muerto, pero me siento hueco".

El protagonista es un "ex hombre" y la novela se cierra con la deserción y la confrontación con la ética individual: "...dejarse matar es una cobardía, matar es otra gran cobardía... 'no vayáis', 'no vayáis' una oleada de gritos responde están perdidos no me hacen caso van como el alud ciegos locos enardecidos por el himno nacional marcha fúnebre de todos los pueblos".

Presagios del fin

El infierno verde es, desde su portada, una premonición de la gran carnicería universal de la Segunda Guerra Mundial y de la imposibilidad del ser humano –el *ex hombre*– de reencontrarse a sí mismo; mientras que *Pedro Arnáez* pretende, inútilmente, clausurar algunas de las preguntas esenciales con un retorno al humanismo cristiano.

¿Eso era posible después de los campos de exterminio? ¿No era más elocuente el silencio, acaso? El silencio de Marín Cañas, como lo dije más arriba, no calla las preguntas y los gritos de sus dos novelas más importantes, y en especial los gritos de los muertos de *El infierno verde*. ¿Una novela de la selva o una novela de la selva dentro de nosotros? "El Chaco no tiene caminos". La condición humana, tampoco, o en el siglo XXI, tiene demasiados caminos como para recuperarla.

CRÓNICAS AMERICANAS: DE LAS MUERTAS DE JUÁREZ A LOS SUICIDIOS DE LA PAT/AGONÍA

El poder ha adquirido ahora una cualidad fantástica. Es una realidad (terrible) que se ha convertido en ficción, y para convertirse de nuevo en realidad tiene que pasar a través de la literatura.
Leonardo Sciascia

Las crónicas, reportajes, investigaciones periodísticas, géneros mixtos y lo que se denomina no ficción, a falta de mejor nombre, disfrutan de un periodo de efervescencia en Latinoamérica, probablemente porque nuestra realidad alucinante no puede agotarse en los géneros narrativos de ficción. No obstante, continúan sin la legitimidad institucional y el mercado editorial que benefician a la novela, con la notable excepción de Argentina. Este no es el momento para ensayar una explicación, pero no hay que olvidar que la no ficción continental tuvo su bautizo de oro con la extraordinaria investigación *Operación masacre* (1957) del argentino Rodolfo Walsh.

El reconocimiento internacional de la obra del polaco Ryszard Kapuscinski pone nuevamente de relieve las complejas relaciones entre literatura y periodismo. En el ámbito iberoamericano no hay un parangón de semejante calibre, son escasos los grandes escritores que se han consagrado a la ficción real y en algunos países esta tendencia sigue teniendo la coletilla de género menor. Aún abundan los periodistas que confiesan que pretenden escribir una novela o muestran una bajo el brazo y relativamente pocos los que pretenden hacer periodismo más allá de sus límites espaciales y estilísticos.

Desde Walsh, y aparte de él mismo, de García Márquez (*Relato de un náufrago,* 1971, *Noticia de un secuestro,* 1996) y de Elena Poniatowska (*La noche de Tlatelolco,* 1971), las innovaciones fueron escasas hasta la década de 1990 y más bien predominaban las compilaciones "cajón de sastre", para tomar el título de un tomo de varia invención del mexicano Vicente Leñero. En este panorama, Carlos Monsiváis vendría a ser un ensayista cultural de excepcional talento; Cabrera Infante llevó el periodismo literario al límite de sus posibilidades estéticas, con casi todo lo que publicó después de *La Habana para un infante difunto* (1979), y Bryce Echenique (con *Permiso para vivir*) y Vargas Llosa (*El pez en el agua*) ficcionalizaron sus antimemorias —¿periodismo de sí mismos?—.

En la tradición de Truman Capote y la escuela de *The New Yorker*, habría que mencionar a la mexicana Alma Guillermoprieto como de lo más interesante de los últimos tiempos (*Samba*, *Al pie de un volcán te escribo*, *La Habana en el espejo*), junto al mexicano Juan Villoro (*Dios es redondo*, 2006) y el argentino Martín Caparrós (*El Interior*, 2005, entre otros títulos suyos), en el campo de la crónica "de larga distancia", para decirlo con un título de este último.

Es por todo lo anterior que me parecen especialmente significativos títulos como *Huesos en el desierto* [1] del mexicano Sergio González Rodríguez y *Falsa calma* de la argentina María Sonia Cristoff, los cuales, de un extremo al otro del continente, de la frontera con Estados Unidos a lo más sur del sur, testimonian un mundo de novela que sin embargo es real. No pretendo equiparar ambos libros, por supuesto, aunque sí compararlos, ya que expresan la diversidad y complejidad estilística en que se revela lo real en el contexto actual de la literatura latinoamericana.

Caparrós, González Rodríguez y autores como Leila Guerriero, Pedro Lemebel, Alberto Salcedo Ramos, Julio Villanueva Chang, Josefina Licitra, Juan Pablo Meneses y Fabrizio Mejía Madrid, todos ellos cronistas y escritores de ficción real, son indispensables para acercarse a la literatura latinoamericana actual. Este fenómeno, que se expresa de forma regular en las revistas Gatopardo, Soho, Etiqueta

---

[1] *Huesos en el desierto* de Sergio González Rodríguez. Barcelona, Anagrama, 2006. Colección Crónicas. Tercera edición actualizada.

Negra y El Malpensante, ha dado pie a la edición de compilaciones como *Idea crónica. Literatura de no ficción iberoamericana* (2008) de María Sonia Cristoff, *Crónicas latinoamericanas: periodismo al límite* (2008) de Ernesto Rivera y Froylán Escobar, *Antología de crónica latinoamericana actual* (2012) de Darío Jaramillo Agudelo y *Mejor que ficción. Crónicas ejemplares* (2012) de Jorge Carrión.

Los géneros de no ficción –de la paraficción– interpretan la necesidad de capturar el inaprensible presente de formas a veces tan antagónicas y diferenciadas que no siempre es posible leerlos bajo el mismo prisma. Esta pluralidad refleja el hecho de que no nos topamos con un mundo latinoamericano o con una sola idea de él sino con mundos diversos y paralelos, con una posmodernidad cuya característica principal es el exceso de realidad, la sobreinformación, saturación e hiperrealismo de los medios directos, y con la virtual imposibilidad de crear metáforas unificadoras que hagan coincidir las fábulas narrativas con las realidades que se pretenden recrear y trascender.

En el mundo del *reality show* y de las novelas-mensajes de texto por teléfono celular –o viceversa–, en el que todo pasa por real –demasiado real–, ¿cómo hacer creíble lo imaginario?, especialidad de la literatura occidental desde *La Divina Comedia* y *El Decamerón,* cuando la imaginación se pretendía más real que la realidad. O, lo que es lo mismo, en el mundo de la ficcionalización absoluta –del docudrama a la realidad virtual–, ¿qué espacio le queda a la ficción en la representación de lo real? Para decirlo en términos de la teoría del caos, ¿cómo puede comprenderse un mundo no lineal por medio de un universo ideal? –como el que crea la narrativa realista–.

La respuesta son varias y múltiples respuestas: los géneros o estrategias discursivas en los que la ficción, aunque lo sea, no parece serlo. Es decir, la inexactamente denominada no ficción no es la antificción sino el campo ampliado de la ficción, la novela por otros medios. Ya lo dijo García

86

Márquez: "La mejor fórmula literaria es siempre la verdad" –habría que añadir: la literaria–. O parafraseando a Cabrera Infante: "real es todo lo que se lea como tal".

Un descenso documentado a los infiernos

Huesos en el desierto no es un libro cualquiera. En el 2006 se publicó la tercera edición y primera impresión mexicana de una investigación periodística que es lo más exhaustivo que se ha escrito sobre las mujeres asesinadas en Ciudad Juárez, México, y que inspiró la novela-saga *2666* del chileno Roberto Bolaño. Desde su publicación original, en el 2002, le ha granjeado a su autor palizas, amenazas y mensajes de advertencia que no pueden tomarse a la ligera en el país en el que se asesinan más periodistas al año en Latinoamérica y tal vez en Occidente. Para entender su trascendencia, basta recordar que al salir de su cautiverio de ocho años, en agosto pasado, la austriaca Natasha Kampusch tuvo una palabra de consuelo para las mujeres de Juárez y dijo que quisiera consagrar su vida, su segunda vida, a ayudarlas. Solo leyendo el libro de Sergio González Rodríguez se entiende el por qué de este impacto planetario.

Los asesinatos de Juárez han dado pie a numerosos reportajes y artículos, entre ellos los de Alma Guillermoprieto, y algunos otros volúmenes excepcionales, como *Cosecha de mujeres. Safari en el desierto mexicano* (2005), de Diana Washington Valdez, porque no estamos hablando de homicidios aislados o casuales sino de un genocidio en forma, en el que se une el horror del *serial killer* con la lógica de la aniquilación planificada –y de su correspondiente impunidad– donde se confabulan el control social de la población, por la vía del terror simbólico y la masacre directa, la violencia indiscriminada contra la mujer, el narcotráfico –el cártel de Juárez– y la corrupción y complicidad del Estado mexicano, del PRI y del PAN. No estamos hablando del mal sino del sistema del mal en la sociedad mexicana, en un lugar en el que se borran las fronteras y se pierden las huellas del mal. La mera frase "violencia contra la mujer" es risible en una tesitura en la que las palabras se quedan cortas. Es mucho peor que eso: si no es la exterminación de "todas las mujeres" en la frontera, en esa tierra de nadie entre Estados Unidos y México que son las maquiladoras y los inmigrantes en busca de trabajo, sí es la exterminación de un cierto tipo de mujeres con una eficacia que crispa el espinazo del diablo.

En este punto podríamos detenernos y preguntarnos por qué Ciudad Juárez ha recibido y recibe tanta atención y no la situación similar que sufre Guatemala, que quizá estadísticamente sea peor. Bien, son las irregularidades en la geografía de la marginalidad latinoamericana.

Huesos en el desierto es un libro de referencia por numerosas razones. Para decirlo en corto, es tanto una reconstrucción notarial de los hechos como un concienzudo cotejo crítico de los casos, testimonios, investigaciones precedentes y documentos de las más diversas y autorizadas fuentes sobre los asesinatos en serie de Ciudad Juárez.

González Rodríguez, uno de los mejores periodistas investigadores y escritores de la última generación mexicana, explora las versiones oficiales e hipótesis explicatorias —en su mayoría peregrinas, cuando no absurdas—, que se han bosquejado por parte de las autoridades, los chivos expiatorios, las diversas líneas de investigación policíaca, tanto oficiales como extraoficiales, los esfuerzos de ocultamiento, manipulación, negligencia o descuido, la connivencia entre autoridades, grupos de poder y criminales y la reiteración —como si se tratara de un mapa genético— de los mismos nombres, círculos íntimos, familias poderosas y redes de poder que se reproducen en ámbitos como el narcotráfico, el narcosatanismo, el contrabando, el crimen organizado, la policía corrupta, el ejército, la plutocracia local y la política estatal y federal —especialmente en la administración de Vicente Fox y del PAN—.

El horror sin metáforas

Los hechos: desde 1993 han sido secuestradas entre 500 y 1000 mujeres en Ciudad Juárez y de ellas han aparecido asesinadas más de la mitad –hasta ahora, entre 400 y 500–, en su mayoría bajo un mismo patrón que hace pensar en la acción de varios psicópatas: desnudas, con rasgos de tortura, violación, mutilación, signos de una aberrante violencia sexual –que harían palidecer a Hannibal Lecter y *El silencio de los corderos*– y estrangulamiento. Estas características comunes se extienden al tipo de secuestros, que se producen en los mismos lugares del centro juarence, sin testigos ni evidencias, y a la aparición de los cuerpos, que se encuentran en lotes baldíos, a la orilla de carreteras desoladas y en fincas relacionadas con grupos poderosos o con el narcotráfico. Las víctimas siempre son niñas, adolescentes y mujeres jóvenes de bajos ingresos, inmigrantes y trabajadoras de la maquila, sin relaciones económicas o políticas como para que su tragedia sea advertida por nadie más allá de su familia.

Menos del 20 por ciento de los casos ha sido resuelto e incluso ese resultado se cuestiona en el país de la impunidad, como llama González Rodríguez a México. Abogados defensores –de las víctimas y de los chivos expiatorios–, investigadores independientes, expolicías que han querido apartarse de la línea oficial, activistas de derechos humanos, testigos y periodistas han sido asesinados o amenazados a raíz de su vinculación con la búsqueda de la verdad.

En el libro, este panorama se nos muestra bajo la óptica de un esfuerzo interpretativo por conocer las causas estructurales e históricas de la mortandad, si es que puede haberlas: la historia de sangre y muerte de una ciudad fronteriza, la desolación lunar del desierto –que nos remite a una dimensión desconocida en la que el páramo casi que conspira contra la vida humana–, el clima de permanente tensión que se respira en los bajos fondos de Ciudad Juárez y de Chihuahua, la liberación femenina en ruta de colisión contra la cultura del macho agresor y el autoritarismo patriarcal, la economía despiadada de la maquila, el poder transfronterizo del narcotráfico —un estado dentro del estado, un poder que se convirtió en *el power*–, el narcosatanismo a lo *Perdita Durango,* los rituales de la Santa Muerte y la combinación explosiva de estos factores en un lugar, la frontera, donde todo es posible, y la vida no vale nada, como en la canción ranchera de José Alfredo Jiménez.

"La música de *heavy metal* invade la calle desde las potentísimas bocinas interiores de algún vehículo, se estrella en el abdomen de los transeúntes o se entreteje con el espesor de batalla, desplante y teatro del ocio urbano en esta frontera. A un lado, corren riachuelos del drenaje descompuesto, el agua maloliente y el polvo en costras recala contra las aceras o los muros. La decadencia y la novedad se ayuntan. Un olor dulzón, añejo, se apropia de la noche entremezclado con el de la gasolina, la marihuana o el humo del escape de los cientos o miles de vehículos que allí transitan", es uno de los párrafos antológicos del narrador González Rodríguez. Pero ese no es el tono que predomina en el volumen sino el de una disección del infierno en versión mexicana, un documentado *Bajo el volcán* en los tiempos de Fox y del PAN —que han superado en todo al PRI y a quienes se les podría aplicar lo que le decía un ministro a Luis XIV: "No se preocupe, majestad, los liberales en el poder no son tan liberales"–.

Nos queda la memoria, ya estamos muertos

Lo más extraordinario del volumen y del estilo de González Rodríguez es su contención, su negativa a ceder ante las tentaciones de la crónica roja y de la retórica sensacionalista, su negativa a ponerle colores al terror y metáforas al horror, para decantarse en un testimonio moral de arriesgado valor en cualquier época. No en balde la portada es

90

en blanco y negro, las referencias bibliográficas incluyen a Leonardo Sciascia –que dedicó su vida y su literatura a entender a Sicilia y la mafia– y el título parece ser el último resto de la memoria o de la desmemoria: *Huesos en el desierto*. En el país de la impunidad perfecta, en el continente más desigual del mundo, nadie nos asegura que ese no será el destino final de las muertas de Juárez.

González Rodríguez realiza una investigación impecable, no la escribe como una autopsia, pero sí a veces como un testamento. En el epílogo del libro nos dice: "Por lo mismo, recuerda, me dije. Ya eres parte de los muertos y de las muertas. Te inclinas ante ellos y ellas. Recuerda, sí. Por ahora, sólo recuerda, aunque en estos tiempos parezca excesivo y hasta impropio recordar. Que otros sepan lo que recuerdas. Y puedan leer lo anotado con tinta roja para entender lo escrito en color negro. Tengo una certeza: contra la nada, perdurará el destino. O la memoria. Al fin y al cabo, la vida de cada quien es un desafío misterioso en aquello que nos sobrevivirá".

A pesar de su talento como narrador, que podría haberlo llevado por otros caminos, o a escribir una crónica incendiaria o una novela barroca con estos mismos materiales, González Rodríguez no se aparta un ápice de su responsabilidad de rendir cuentas –y no cuentos– ante su destino. En vez de cubrirse con la gloria literaria, se cubre con las voces de los acontecimientos y de las mujeres muertas de Juárez para conducirnos a una inapelable sentencia: los responsables están libres, han sido protegidos por las autoridades locales, regionales y federales, los cadáveres ahora aparecen menos porque se deshacen de muchos de ellos por métodos espeluznantes y la trama involucra a psicópatas, sicarios, narcotraficantes, policías y expolicías, grandes personajes, familias y grupos empresariales a ambos lados de la frontera, en una maquila de muerte de proporciones gigantescas y todavía difícilmente asimilables.

Del otro lado del espejo

María Sonia Cristoff nació en Trelew –pueblo de Luis, en galés, por su fundador, Lewis Jones–, provincia de Chubut, hija y nieta de inmigrantes búlgaros, y ha dedicado su talento de cronista a desentrañar el misterio de la Patagonia en artículos propios y recopilaciones de viajeros y exploradores de la Argentina. *Falsa calma. Un recorrido por pueblos fantasma de la Patagonia* es hasta el momento su libro más importante; es, por un lado, un regreso a una Patagonia que le fue familiar, hasta que la abandonó por Buenos Aires, y por el otro una mirada extrañada ante una realidad desconocida. El contraste entre estas dos visiones, entre la proximidad y la lejanía, es lo que hace conmovedor el libro, de una intimidad pocas veces lograda en una crónica: por experiencia o por intuición, Cristoff sabe dónde indagar, qué preguntar, hasta dónde llevar la indagación personal detrás del secreto de cada personaje, de cada situación retratada, sea un piloto aficionado, la hija de un alemán y una india tehuelche, una niña que se hace cargo de sus hermanos, una vidente, hasta que nos olvidamos de que, según se nos ha dicho, estamos en un episodio real y lo leemos como una colección de historias.

Lo primero que sorprende es que *Falsa calma* no parte de una búsqueda documental sino interior. Y eso lo hace profundamente contemporáneo. De la Patagonia no llegamos a saber casi nada de tipo factual o estadístico, tipo *Almanaque mundial*, y al principio eso puede desorientar al lector inadvertido, que poco a poco se aclimata a unas vidas íntimas que podrían acontecer en una estación espacial dada su característica primordial: el aislamiento, la soledad, la melancolía que guardan todos los confines. ¿*Solaris* o *2001: odisea del espacio* en la orilla de la Tierra del Fuego?

En *Huesos en el desierto* la desolación proviene tanto de las tierras baldías como de la miserable promiscuidad entre inmigrantes, maquiladoras, centros urbanos en decadencia y una criminalidad a flor de piel; en *Falsa calma*, como su nombre lo indica, "la procesión viene por dentro" y la permanente tensión entre paisaje, hombres y mujeres carcome los nervios, horada la estabilidad psíquica y emocional y nos embriaga con ese sopor entre catártico y enloquecedor que producen las alturas.

La autora olvida los "datos básicos" —de los que peca el periodismo fáctico— no sólo porque sea el camino fácil sino porque su propósito es, precisamente, desmentir los mitos paradisíacos de la Patagonia. Cristoff parece decirnos: Patagonia es otra cosa, es extraña, pero lo es bajo la superficie de los glaciares, donde habitan los dramas humanos, más allá de los lagos espejeantes, las minas desoladas, los "pintorescos" pueblos fantasma y el cielo de vértigo, y no en los cuadros de referencias estadísticas de la Patagonia exótica. Si es el mejor lugar sobre la tierra, según las guías de viaje, entonces, ¿por qué se suicidan los jóvenes?, tal y como lo hacen en una proporción aterradora en pueblos como Las Heras.

Este tema también fue explorado, de forma magistral, por Leila Guerriero en *Los suicidas del fin del mundo. Crónica de un pueblo patagónico* (2005).

La violencia en las antípodas

El método de observación de Cristoff es meterse dentro de sus seres, en la piel que está debajo de la piel, y contarnos historias por momentos tan sinceras y asfixiantes que el ritmo de lectura se convierte en el ritmo vital de la Patagonia —al menos de ésa, la de *Falsa calma*— y sentimos, como lectores, lo mismo que ella está sintiendo como autora. Si se quiere, es el método contrario al que utiliza González Rodríguez, pero no menos efectivo. En todo caso, Cristoff puede hacer de su estilo moroso, acompasado y a ratos desesperante, la respiración de esa vida cotidiana en la que nos metemos; González no puede jugar así con un tema urgente que le quema las manos —y la vida—.

93

Cuando dejamos de leer, es porque María Sonia se da una pausa, un paseo por esa atónita desolación que habita entre la tierra pelada y el cielo espléndido y, sin decírnoslo expresamente, nos describe "la especie de hipnosis que provoca esta meseta. Creo que proviene de una mezcla compuesta por la aparente monotonía del paisaje, el viento constante y la brutal presencia del cielo". Una hipnosis, por supuesto, de la que queremos escapar y no podemos, y algunos terminan evadiéndose con una soga alrededor del cuello, saltando de un vacío a otro.

La mitad del libro narra esa monotonía desde el punto de vista de los personajes y de ese otro personaje que nos abre la puerta de los pueblos y de las casas, que es el autor, y que nos cuenta la manera en que se subsiste en las antípodas, al final del mundo conocido. Monotonía en un lugar donde la línea del horizonte y la naturaleza parecen controlarlo todo, sin fin, sin escapatoria, y a la vez acumula los mismos problemas que cualquier comarca del Tercer Mundo: violencia intrafamiliar, abandono, depresión, disolución de los vínculos, desempleo, falta de oportunidades, precariedad social, dependencia de las compañías transnacionales, destrucción de la sociedad tradicional, incomunicación, choque generacional y desesperanza ante el futuro –o pérdida del sentido social del futuro–.

Entre la civilización y la barbarie

El mundo que nos retrata es el de un lugar fuera de la civilización, aislado, perdido, y a la vez víctima de las mismas contradicciones de una modernidad inconclusa, que nunca suplantó del todo la barbarie; que la pospuso, a veces a costa de su cultura o de su naturaleza o de la posibilidad de construir una sociedad justa –el exterminio de los indígenas, la explotación minera y petrolera, la terrible experiencia de los inmigrantes de fundar una nación en el límite de la tierra–, y que ahora resurge con fuerza, desde adentro, y se queda dentro, en el interior de la melancolía permanente que protege la Patagonia. Por encima de todo subsiste esa inclemente monotonía que vigila desde el cielo como un ojo insomne: "Día y noche. Día y noche. Día y noche", como se nos dice en la última frase del libro.

Si en *Huesos en el desierto* la violencia es exterior, en *Falsa calma* la violencia es silenciosa, no se oye, habita dentro de las cosas y de las personas. Cristoff la desnuda de una manera magistral en la segunda parte del libro y de forma obsesiva en los tres últimos capítulos —80 páginas de un total de 221—, que son los mejores, y donde se precipitan unas historias de vida —reales o no— de aplastante, definitiva honestidad, contadas en un tono de amiga íntima en una noche de confesiones inapelables.

Al mismo tiempo, la autora se confronta consigo misma, con la propia monotonía que probablemente la expulsó a ella también de la Patagonia: "La atención fijada en el detalle parece también formar parte de la receta para sobrevivir cuando no hay nada que mirar ni lugar adonde huir ni pensamiento que no derive en tormento". Y es donde el relato se entremezcla con un diario personal sobre el proceso de la escritura —que nos salva de la monotonía y nos ayuda a sobrevivir— y sobre los grandes solitarios como Thoreau, T.E. Lawrence, Saint-Exupéry y Chatwin, viajeros ellos mismos, quienes emprendieron por su cuenta y riesgo el trayecto hacia su propia Patagonia, hacia la gran soledad, y lo dejaron por escrito como un legado imperecedero a los solitarios del futuro.

La ficción de América

El estilo intimista de Cristoff, que nunca llega a una descripción desligada de una percepción general del entorno, que nos sumerge en una atmósfera a veces de pesadilla, entre adolescentes que se suicidan, viejas que deliran y que acusan a

95

sus enemigos de meterse dentro de sus sueños, mujeres indígenas que se enfrentan con el mundo o que reivindican la condición humana en cada acto cotidiano, en medio de unas circunstancias extremas, de una dureza alucinante, de una irrealidad naturalista, nos lleva a preguntarnos: pero, ¿en verdad esto es una crónica? ¿Es posible llegar tan hondo en la indagación de otro ser humano sin caer en la ficción?

Falsa calma, al desmentir esa imagen de tarjeta postal de la Patagonia, o quizá convertirla en un realidad de cuatro dimensiones, nos remite al malentendido original de América y a la metáfora que le dio origen. Patagonia nació de un mito, y América también. Y es un mito que sigue existiendo en el turismo de masas y el imaginario colectivo universal: un continente que es un paraíso encantado fuera del tiempo. Pero sobrevivir a un lugar intemporal es imposible, sobre todo si el ciclo mítico se trocó en el reloj descompuesto de la modernidad y su sarta de preguntas sin respuesta: pobreza, discriminación, desigualdad y todo lo que convierte las antiguas poblaciones patagonias, nacidas con el furor poblacional, minero, textil o petrolero, en pueblos fantasma.

El libro nos recuerda una Latinoamérica presa entre los cabos sueltos del pasado y las ataduras del presente. De *Huesos en el desierto*, el genocidio mafioso del siglo XXI, a *Falsa calma*, el paraíso visto desde el sótano asfixiante de la intimidad, se abren no sólo nuevas dimensiones de una realidad ya de por sí compleja y múltiple, sino prometedoras alternativas estilísticas, estéticas y morales para contarla y llevarla hasta la realidad de los lectores. "...recuerda... Ya eres parte de los muertos y de las muertas. Te inclinas ante ellos y ellas. Recuerda, sí. Por ahora, sólo recuerda..." Recuerda.

EL ÚLTIMO CRONISTA DE INDIAS

Polígrafo, enciclopédico, graforreico, coleccionista de casi todo, hasta de gatos, erudito de la calle, cronista oficial de lo extraoficial, epigramista del barroco, comentarista de lo humano y lo divino, conservador de la fluidez, improvisador genial, hijo bastardo de Cantinflas y Octavio Paz, Carlos Monsiváis parecía inmortal. En el 2008 me contaron que había cumplido 70 años y no lo podía creer. Y no lo creí. Parecía una leyenda urbana instalada desde siempre en la juventud de su imagen permanente. Con él empieza a desaparecer la generación mexicana de los cincuenta que, en el 2010, casi al mismo tiempo que él moría, alcanzó la plenitud con la concesión del premio Cervantes a su amigo José Emilio Pacheco.

De él podría decirse lo mismo que dijo John Lennon de Elvis Presley: "Antes de él no había nada". Bueno, antes de Monsiváis estaba Salvador Novo, el último cronista de la ciudad de México, y antes Rubén Darío y los modernistas. Monsiváis convirtió un género del XIX, la crónica urbana, en un arte del siglo XXI, en un antecedente de la sociología cultural latinoamericana y en un referente obligado de la no ficción en lengua castellana. Su proyecto estético, la trasposición de la cultura mexicana en palabras, era imposible, pero de ahí proviene su diletantismo, su afán de coleccionista de querer decirlo todo con todos los sonidos de la selva urbana. Las veces en que vino a Costa Rica se sumergía durante horas en la librería Nueva Década —que consideraba una de las mejores de Latinoamérica— y se marchaba cargado de libros destinados a una biblioteca personal que se calcula en más de 30.000 volúmenes. Esta pasión total —totalizante y anti-totalitaria, alérgica a la solemnidad, pero también a lo sistemático– la resumió muchas veces citando a Lezama Lima: "El gozo del ciempiés es la encrucijada".

Monsiváis debe ser el único escritor en el mundo que tiene un museo para albergar su colección de arte popular, El Estanquillo, que ocupa el antiguo edificio de La Esmeralda, en el centro histórico de México. En su obra también hay "de todo como en botica". Desde los 28 años, cuando aún era "Monsiváis, el joven" –como lo describe su amigo Sergio Pitol–, lo tenía claro cuando escribió su autobiografía: "Desde siempre he visto al Distrito Federal no como Ciudad, en el sentido de un organismo al que se puede pertenecer y por el que se puede sentir orgullo, sino como Catálogo, Vitrina, Escaparate, y Muestrario de librerías, cines y taquerías". Pulpería de varia invención, recetario del amor romántico latinoamericano, cancionero de los silencios mestizos, picaresca mexicana en estado puro, baratillo de géneros textuales, batiburillo de personajes de la farándula, celebración del espectáculo de la vida.

Lo efímero permanece

En un siglo en que el intelectual público se transformó en profesor universitario, Carlos Monsiváis es el último ensayista latinoamericano capaz de escribir de cualquier cosa sin ser un especialista técnico. Su mirada es la del curioso y no la del académico. Su estilo es la del escritor y su percepción la del antropólogo. A partir de él, la cultura popular se convirtió en disciplina académica o en indagación sociológica –con autores como Néstor García Canclini–.

Monsiváis estaba mucho más cerca de la literatura y su sensibilidad es la de los escritores del *posboom* como Bryce Echenique, Cabrera Infante y Manuel Puig, quienes descubrieron que el bolero, el melodrama, el cine mexicano –de María Félix a El Santo, de Cantinflas a *Lola la trailera*–, la telenovela, la historieta –el *Memín Pinguín* que todos llevamos

98

dentro– eran tan latinoamericanos como Macondo. Al igual que estos novelistas, también Monsiváis tuvo buen oído para una de las mayores creaciones literarias del imaginario latino-americano: el habla popular y lo que en México se denomina el albur. Sin la oralidad mexicana Monsiváis es impensable. En su primer libro, *Días de guardar* (1970), resumió el proble-ma latinoamericano en una frase al decir que los mexicanos aspiran a ser contemporáneos del siglo XIX.

Durante décadas su columna semanal se tituló "Por mi madre, bohemios" y sus mejores crónicas, reunidas en libros imprescindibles como *Amor perdido* y *Escenas de pudor y livian-dad*, recrean citas, intertextos –del cine, la radio, la televisión o la literatura–, chistes y chascarrillos en un juego infinito de espejos y de ecos. Esta expansión textual también contagiaba sus apoteósicas intervenciones públicas.

Sus conferencias eran dos o más al mismo tiempo, porque el Monsiváis improvisador no podía abstenerse de contradecir –decirse y desdecirse, divertirse y subvertirse– al Monsiváis escritor y corregir, complementar o referenciar en el registro oral lo que venía de leer en el texto escrito. *Lo fugitivo permanece*, como dice en uno de sus títulos inolvidables.

"¡Qué viva el placer, que viva el amor!" (*Amor perdido*)

Sus mejores libros de crónicas son dos clásicos de la literatura mexicana contemporánea: *Amor perdido* (1977) y *Escenas de pudor y liviandad* (1988). El bolero de Pedro Flores, interpretado por María Luisa Landín, "Amor perdido", le sirve de pretexto para aproximarse a lo que él mismo denomina "las versiones de lo popular". En el fondo, Monsiváis se hace la misma pregunta que muchos otros críticos culturales del siglo XX: ¿qué debe ser interpretado como popular?

En esta galería de personajes inolvidables –como él los llama con sorna– conviven los grandes compositores mexicanos (Agustín Lara, José Alfredo Jiménez) con los máximos íconos de la izquierda (David Alfaro Siqueiros, José Revueltas y el legendario sindicalista Fidel Velázquez), las figuras emergentes del espectáculo televisivo (Raúl Velasco de *Siempre en domingo*, Miss México) y las actrices del nuevo cine erótico (Irma Serrano, Isela Vega).

Escenas de pudor y liviandad puede ser leído como una historia del amor romántico latinoamericano a través de las estrellas del cine y de la televisión.

El arte de Monsiváis está hecho de fragmentos: comentarios, colaboraciones periodísticas, prólogos, artículos en antologías —es el único autor con dos artículos en *Mitos mexicanos* (1995) de Enrique Florescano—, conferencias, declaraciones y programas radiofónicos y televisivos. Su último libro importante, sin embargo, *Aires de familia. Cultura y sociedad en América Latina*, con el que obtuvo en el 2000 el premio Anagrama de ensayo, es quizás la mejor introducción a su obra.

Una vez le pregunté a Monsiváis dónde había proferido su célebre epíteto de que México era una ciudad postapocalíptica y me contestó, después de dudarlo, que en un periódico o en una entrevista (o tal vez de pasada en una conferencia, un programa televisivo o radiofónico). "Monsi", como lo conocieron al inicio sus amigos y después un país entero, reinventó la oralidad popular e interpretó la fugacidad del presente en un torrente de neologismos, albures y expresiones felices que tachonan sus libros con un aire de barroquismo volátil.

IV
CENTROAMÉRICA

LITERATURA CENTROAMERICANA
DEL SIGLO XXI:
EN LOS CONFINES DE LA (DES)MEMORIA

Centroamérica es una angosta hamaca de contrastes y contradicciones, "de volcanes y balcanes", como la llamó el escritor nicaragüense Sergio Ramírez al realizar el primer estudio clásico sobre narrativa regional. Rubén Darío, al igual que los guatemaltecos Asturias, Cardoza y Aragón y Monterroso o los costarricenses Carlos Luis Fallas y Yolanda Oreamuno, surgieron en un espacio que aún hoy carece de un mercado desarrollado de bienes y servicios culturales y de un espejo colectivo en el cual reconocerse, reconciliarse consigo mismo y unir las piezas de un complejo rompecabezas de identidades.

El mayor patrimonio del cual fue despojada Centroamérica, durante el periodo dictatorial de 1930 a 1979, al que siguió la Guerra Fría y el conflicto civil subsiguiente, fue la memoria. La virtual desaparición de los rasgos, lazos y redes de identidad cultural entre las etnias, comunidades y países provocó un extrañamiento hacia la tradición propia. En el istmo, no sólo se sufrieron las consecuencias de la doctrina de "tierra arrasada" sino también su equivalente cultural, la *tabula rasa*, partir de cero, comenzar siempre otra vez, dar vueltas alrededor de las mismas interrogantes sin respuesta.

A pesar de eso, Centroamérica ha disfrutado de modo intermitente de una notable riqueza literaria y de la posibilidad de socializarla regionalmente. En las décadas de 1950 y 1960, el editor salvadoreño Ricardo Trigueros de León publicó numerosos escritores modernos gracias al departamento editorial del Ministerio de Educación. Entre 1970 y 1997 lo hizo la Editorial Universitaria Centroamericana (EDUCA), fundada por el también salvadoreño Ítalo López Vallecillos y dirigida posteriormente por los salvadoreños

Manlio Argueta y Sebastián Vaquerano, el hondureño Julio Escoto y la costarricense Carmen Naranjo. Durante el periodo sandinista, la editorial Nueva Nicaragua realizó la misma labor, aunque al término de la revolución sus bodegas terminaron en el molino de papel y en el olvido.

Centroamérica se encuentra perdida y encontrada en la "audiencia de los confines" de la memoria, en los márgenes de la marginalidad, en la periferia de la periferia, como la llamaba el poeta y ensayista salvadoreño Roberto Armijo.

En el siglo XIX, los primeros viajeros europeos y estadounidenses que redescubrían las ciudades mayas no podían entender que unos "pobres indios" pudieran haber construido una civilización milenaria comparable a la de Egipto. Por este camino es fácil entender cómo Darío, el principal representante del modernismo latinoamericano, fuera incluido en antologías de poesía española y que aún haya teorías pseudocientíficas sobre la relación entre los mayas y la Atlántida o la construcción de pirámides como obra de extraterrestres. Esta incomprensión se actualiza hoy en día en el mito de las profecías mayas del 2012 y el fin del mundo.

Para evitar que a la vuelta de las décadas o de los siglos fuera considerado una especie de epígono o mero antecedente de García Márquez, a pesar de haber ganado el premio Nobel de Literatura en 1967, un perspicaz Asturias legó sus manuscritos a la Biblioteca Nacional de París, en 1974, antes de morir, como base para la edición crítica de sus obras completas. Este legado fue el origen a la colección Archivos de literatura latinoamericana, caribeña y africana, editada por la UNESCO.

Como en el mito de Quetzalcóatl, el espejo en el que nos reconocemos como centroamericanos no está en nuestras manos sino en las de otros, en las de Tezcatlipoca, el señor de los espejos, el espejo humeante. El reconocimiento no siempre proviene de nosotros mismos sino de la mirada ajena y de industrias culturales externas.

104

La legitimidad literaria centroamericana es una dualidad entre el adentro y el afuera, entre lo propio y lo extranjero, entre lo exógeno y exótico y lo cotidiano y familiar, y de ahí provienen las lecturas, a menudo contradictorias, si bien enriquecedoras, sobre lo que se entiende por literatura y literaturas centroamericanas.

En la década de 1980, como consecuencia de la revolución sandinista y de la guerra civil en El Salvador y Guatemala, la producción literaria local se leyó como "no ficción" autobiográfica, documento antropológico, crónica de guerra o testimonio antinorteamericano, antiimperialista, militante y comprometido. Esta visión sesgada, quizá necesaria, permitió una internacionalización mayor de los nuevos autores.

En el periodo siguiente emergieron narradores que son los más representativos en la actualidad, como los nicaragüenses Sergio Ramírez (1942) y Gioconda Belli (1948), el guatemalteco Rodrigo Rey Rosa (1958), el salvadoreño Horacio Castellanos Moya (1957) y las costarricenses Tatiana Lobo (1939) y Anacristina Rossi (1952).

Algunos de estos escritores han sido adscritos por la crítica a tendencias generales como la llamada nueva novela histórica, la estética de la violencia o el renacimiento de géneros populares como la novela negra o el relato fantástico. Aún así sigue siendo válida una pregunta que a menudo se hace Rey Rosa: ¿existe Centroamérica en tanto unidad cultural?, ¿qué es literatura centroamericana?, ¿realmente existe?

Hay una verdad en esta pequeña y gran provocación porque, a pesar de algunos vasos comunicantes entre sí, las diferencias entre estos autores son mucho mayores que sus coincidencias y cada uno ha construido un territorio propio, como se pone de manifiesto en la obra extraña y personal de Rey Rosa y en la de Castellanos Moya, intensa, a ratos delirante y de engañosa sencillez.

Ambos cultivan el cuento y la novela corta, que ha sido un género típico de la tradición centroamericana, y se acercan a la estética del fragmento o del universo narrativo fragmentario, más bien característico de la posmodernidad. También prefieren las formas breves escritores recientes como los guatemaltecos Méndez Vides (1956) y Eduardo Halfon (1971), las salvadoreñas Claudia Hernández (1975) y Jacinta Escudos (1961) y el costarricense Rodrigo Soto (1962), con lo cual se desmarcan de la generación que los antecedió.

Las novelas de Méndez Vides parecen minimalistas y opuestas a cualquier noción épica. Se aprovechan del discurso directo y de una narración tensa y factual, casi imparcial, para gobernar los acontecimientos y conducirlos hacia un destino irremediable, ya sea al plantear el fracaso del sueño americano para los inmigrantes centroamericanos, en *Las murallas* (1998) y *El leproso* (2007), o emprender una rigurosa y obsesiva reconstrucción de la década de 1950 y de los últimos días de Jacobo Arbenz en el poder, en *La lluvia* (2007).

Sin embargo, otros autores prefieren obras de gran aliento narrativo como el salvadoreño Mauricio Orellana (1965) con *Heterocity* (2011), que explora de forma directa y desenfadada las relaciones gay y la represión de las minorías. Sus textos anteriores son novelas polifónicas que se caracterizan por su originalidad y diversidad discursiva: *Te recuerdo que moriremos algún día* (2001) y *Ciudad de Alado* (2002). En 2011 publicó *Kazalcán y los últimos hijos del sol oculto* y *La dama de los velos*, en la que retrata la vida de la legendaria fundadora de la Sociedad Teosófica, Madame Blavatsky (2012), famosa por su libro *Isis sin velo*.

Narradores como los guatemaltecos Dante Liano (1948) y Arturo Arias (1950) y el nicaragüense Ramírez parten de un mundo ideológico, histórico y jerarquizado que progresivamente se pulveriza o reclama un orden abolido. La memoria y el significado social caen en el inframundo de lo grotesco, la ironía y el humor, que también son rituales de supervivencia en la caótica cotidianidad centroamericana.

Mientras Liano apela con virtuosismo a la estructura polifónica —en *El misterio de San Andrés* (1996)— y al relato policíaco –*El hombre de Montserrat* (1994) y *El hijo de casa* (2004)– Arias desestructura el lenguaje en un *pot-au-feu* corrosivo, verdadera olla podrida de estética esperpéntica en *Sopa de caracol* (2003). Al igual que otros autores –como Castellanos Moya y Rossi, Adriano Corrales y Magda Zavala, de Costa Rica– Arias plantea un discurso desencantado hacia los antiguos ideales revolucionarios.

A una tendencia más bien histórica, aunque apelando a la exageración y a la complejidad narrativa, también se adscriben los hondureños Julio Escoto (1944), con su obra mayor, *Rey del albor. Madrugada* (1992), y Roberto Castillo (1950-2008), autor de la extensa metáfora *La guerra mortal de los sentidos* (2002).

A lo largo de su evolución, la narrativa centroamericana plantea una permanente dialéctica entre la historia colectiva y la vicisitud individual, entre la exterioridad y la interioridad. Esto no deja de ser válido incluso para una autora como la mítica narradora costarricense Yolanda Oreamuno, conocida por su novela *La ruta de su evasión* (1949), introductora del monólogo interior en Centroamérica y protagonista de la más reciente obra de Ramírez, *La fugitiva* (2011).

Otro ejemplo es Panamá, donde novelistas actuales como Rosa María Britton y Juan David Morgan han dedicado algunas de sus obras más importantes a desentrañar el determinismo geográfico de su país, la circunstancia transoceánica de su pasado y presente y las complejas relaciones con Europa y Estados Unidos.

El material humano

En el 2009, Rodrigo Rey Rosa abandonó de forma radical las convenciones del género novelístico al publicar *El material humano*, un relato que se presenta a sí mismo como la transcripción de un cuaderno de notas y se inscribe dentro del

107

estilo lacónico y antirretórico que el narrador ha cultivado durante 20 años y más de diez libros.

La obra está temática y estructuralmente vinculada a *El hombre de Montserrat* de Liano y sobre todo a *Insensatez* (2004) de Castellanos Moya. En esta última, uno de los títulos fundamentales de su autor, junto con *Baile con serpientes* (1996) y *El asco* (1997), un periodista extranjero recibe el encargo de revisar el informe sobre el genocidio indígena en Guatemala.

El material humano no es una novela –¿es una novela?– sobre lo que está escrito sino sobre lo no dicho –en las páginas ficticias y en las reales–. No ocurre nada; lo que le sucede al narrador –fácilmente identificable con el autor– es irrelevante si no tuviéramos en cuenta que se sitúa en un espacio borrado, en una zona de penumbra como Guatemala. En este país mueren 5000 personas al año sin dejar rastro y en 2010 y 2010 esa cifra se incrementó a 19 muertes por día.

La portada del libro expresa lo que se niega a decirnos el texto al exhibir la fotografía rota de un rostro –un "masculino", en jerga policial–. Es la primera página de un expediente real de la Policía Nacional, rescatado por el Proyecto de Recuperación del Archivo Histórico. Ya fuera con el objeto de hacer irreconocible al individuo preso, o por azar, la foto está rota. A la cabeza le falta un fragmento y los ojos y la boca están tapados por trozos de papel –igual como se le cubre el rostro a los secuestrados–. Los títulos de la carpeta fueron tachados y no se distingue lo escrito. Sobre los ojos y la boca vemos lo que no se ve, lo tapado y oculto.

La narración, intrascendente para un lector desprevenido, reconstruye las visitas del personaje-autor al antiguo archivo de la Policía Nacional –disuelta después de la firma de los Acuerdos de Paz, en 1996– y la lectura, a veces aleatoria, de los informes de labores redactados por el jefe del Gabinete de Identificación, Benedicto Tun. En una carta de 1945, Tun, indio maya quiché y criminólogo empírico, le escribe al director de la Guardia Civil: "Dos son los campos amplios que se ofrecen... El primero es *el material humano* (el subrayado es

108

mío) que ingresa día tras día en los Cuarteles de la Policía... y que hay necesidad de identificar..."

Este proceso de leer —eso es lo que hace el personaje durante gran parte de la novela— se mezcla con otras lecturas: de los periódicos (que cuentan la muerte de los tres diputados salvadoreños del Parlamento Centroamericano y de su chofer, el 19 de febrero del 2006, el asesinato de sus homicidas y su secuela de crímenes), la biografía de Stefan Zweig sobre Fouché, el temible ministro de policía de Napoleón y las citas de Voltaire sobre el tratado *De los delitos y las penas* del jurista italiano Cesare Beccaria. De esta maraña textual surgen preguntas clave sobre el crimen, el castigo y la justicia. ¿Cómo puede compararse el crimen individual con el genocidio colectivo?

La vida cotidiana del narrador continúa al filo de sus visitas irregulares al archivo, de los desencuentros con su amante y de sus recuerdos, en los que aparecen trazas de la irreal realidad guatemalteca. El autor se obsesiona preguntándose si el jefe del Proyecto del Archivo Histórico fue uno de los secuestradores de su madre, en 1982, o si debe abandonar el país debido a las llamadas nocturnas que recibe. ¿Son amenazas reales o fantasmas de su conciencia?

En este laberinto entre conradiano y kafkiano, la historia de Guatemala ofrece los mismos espacios en blanco que los expedientes policiales: el golpe de estado de la CIA contra Arbenz, en 1954; el asesinato del militar golpista, Castillo Armas, siendo presidente, en 1957; los 45.000 desaparecidos y 150.000 ejecuciones de la guerra civil... El archivo guarda más de 80 millones de documentos escritos entre 1890 y 1996, sin clasificar, y se encuentra en un sector de la ciudad que se va hundiendo en un cráter sin memoria. Porque el alcantarillado de la ciudad se desploma de vez en cuando, con un ruido ensordecedor, y produce la desaparición de cuadras enteras.

La metáfora es clara. Es Centroamérica. Es otro país. Es el mismo país. Como en otros libros de Rey Rosa, el relato balbucea la casi indescriptible violencia latinoamericana desde

109

una mirada oblicua, que se niega a llenar de palabras los espacios en blanco de la historia. ¿Qué queda, entonces? El material humano.

Cómo narrar el horror es una cuestión esencial en la narrativa centroamericana contemporánea, especialmente entre los autores guatemaltecos y salvadoreños mencionados. ¿Cómo hacerlo verosímil sin caer en el sinsentido de los megarrelatos desacreditados tras la caída del muro de Berlín o en el sumario anodino de hechos? ¿Cómo, ante lo indecible, decir?

Esta ficción, surgida si se quiere de las ruinas tanto como de la sátira, la ironía y la burla, es un inmenso ritual de desacralización, en tanto la realidad humana no puede interpretarse de otro modo. La historia centroamericana convive con el terror y con la puerilidad y vulgaridad que la hacen posible y la sobrepasan.

La mirada oblicua

Mientras que algunos de los narradores centroamericanos más representativos de la actualidad surgieron del contexto ideológico de la Guerra Fría, otros lo hicieron de la crisis discursiva global, como Rey Rosa y Castellanos Moya, cuando el megarrelato latinoamericano se queda vacío sin sus grandes consignas: "Patria o muerte, venceremos", revolución, conciencia, compromiso, política…

La reacción contra la épica latinoamericana, monopolizada por el realismo mágico, el fresco histórico o la escritura barroca, es un universo personal minimalista que incursiona en la fragmentación oblicua o la narración fragmentaria.

José Saramago escribió que "La mirada oblicua es la que está atravesada por el error, la duda y la sospecha, es la que pone en cuestión lo que se mira o la que hace pensar en la posibilidad de otra respuesta a lo establecido, pensar que no hay verdades definitivas".

La oblicuidad es la mirada de soslayo, al través, que observa los objetos de costado, sin ángulos rectos, y que permite acercarse a lo que no puede contemplarse abiertamente. ¿Qué puede explicar el genocidio de 200.000 personas en Guatemala? ¿Qué palabras pueden convocarse en su memoria?

En 1983, Beatriz Sarlo reflexionó sobre la oblicuidad en la novela argentina de la dictadura y parece que estuviera hablando de Centroamérica, en su artículo "Literatura y política", cuando escribe: "Ante la represión o la muerte, ante el fracaso y las ilusiones perdidas, los discursos narrativos pusieron en escena la perplejidad, según dos estrategias principales: la refutación de la mímesis como forma única de representación, por un lado; la fragmentación discursiva tanto de la subjetividad como de los hechos sociales, por el otro. Se escribieron novelas que oblicuamente, sólo oblicuamente, hablan de la historia".

En febrero del 2013, en medio del absurdo procedimental del juicio contra el general Efraín Ríos Montt, fui a Guatemala y un amigo escritor me dijo: "Este país ya no existe". Un mes antes, este mismo amigo, para mi estupor, había escrito en su columna semanal: "Lo que los chilenos en democracia y paz lograron cobrar a la tiranía de 17 años de Pinochet, queremos nosotros repetirlo con un anciano responsable en alguna medida, pero en el entendido de que es el elegido por su carácter simbólico. Este caso comprueba que quien se mete a redentor muere crucificado, y que quizá los peores escapan". Otros escritores y periodistas habían escrito que era mejor que el proceso no continuara para no revivir resentimientos.

Como escribió el semiólogo italiano Paolo Fabbri: "¿Qué es algo que es y parece lo que es? La verdad. ¿Qué es algo que es y no parece lo que es? El secreto. ¿Qué es algo que parece pero no es? La mentira. ¿Qué es algo que no es y no parece? La indiferencia, la adiaforesis, aquello de lo que parte todo lo demás, la comunicación irrelevante. Este es un modelo interesante sólo porque permite mostrar que existe una conversión entre estos fenómenos: niega el parecer y obtendrás el secreto, niega el ser y obtendrás la mentira."

Niega el ser y el parecer y obtendrás el olvido. No sé si lo más inquietante es la mentira o la indiferencia. Mi amigo, como muchos guatemaltecos, como muchos centroamericanos, no quiere recordar, ni siquiera recordar que debe recordar. O no sabe hacerlo.

¿Cómo recordar? ¿Qué es y qué recordar? —en sociedades acostumbradas a callar, a no ver, a negar, a disimular, a engañar, a censurar—. En esta convergencia, entre la mentira, el secreto y la invisibilización, se encuentra la literatura centroamericana de posguerra.

En 1986, con motivo de la toma de posesión de Vinicio Cerezo como primer presidente democrático de Guatemala, en 32 años, entrevisté a Ríos Montt. Como un ángel exterminador clavó su mirada ladina sobre mí y no dudó un instante al responder. No tembló ni sudó —adiaforesis significa, textualmente, la ausencia de sudor—. Me dio miedo no descubrir en él a un monstruo sino a un ser humano.

Eso fue la verdadera tragedia. Una tragedia que aún recuerdo. Al horror, al verdadero y más oscuro terror, como a la medusa, no puede vérsele de frente.

Una región postapocalíptica

En *El cielo llora por mí* (2008), Sergio Ramírez define el tono narrativo de la época con una metáfora posrrevolucionaria, postsandinista y postapocalíptica de una Centroamérica perdida en el limbo de su historia. Ya no estamos en una guerra entre potencias o dictaduras de derecha y guerrillas de izquierda sino entre los actuales imperios de la Tierra. Los cárteles de Cali y de Sinaloa se disputan el istmo en busca de un nuevo *estrecho dudoso* —al igual que durante la conquista de América— hacia los mercados de la droga en Estados Unidos.

En esta novela de factura cinematográfica el somocismo aporta el decorado —los restos de Managua, "la pequeña capital provinciana que entonces era... de la familia Somoza"—; la revolución sandinista adiciona las palabras gastadas y los himnos rotos y el presente garabatea con mano temblorosa los hechos de la novela.

El mundo en que sucede no por estrambótico deja de ser reconocible. Un mundo "embalsamado en cinismo" —como se retrata uno de los personajes—, la Centroamérica del ecoturismo y del narcodesarrollo, en que el poder político es sustituido por marcas comerciales y consumismo. El ministro de Gobernación se apoda Placebo y el obeso Presidente de la República inaugura gasolineras sobre un caballo, secando su doble papada como lonjas de tocino al sol inclemente del trópico.

Es un mundo que pasó de la dictadura al terremoto y de la revolución al realismo capitalista sin explicaciones. Es la Latinoamérica de los paraísos fiscales, el lavado de dinero y de una gigantesca corporación global que no quiere grandes héroes sino un par de policías muertos por una causa perdida de antemano. Personajes de segunda clase en un país del Tercer Mundo en una telenovela de serie B, condenados a ser y estar, como se percata uno de ellos cuando se entera de su papel en la historia —en la no historia—: "señuelos... dos ineptos de la Dirección de Drogas".

Detrás de la búsqueda de la verdad no hay respuestas. ¿Para qué llorar? ¿Para qué? *No country for old men.* No es país para honestos. No es país para pendejos.

El fin de la Suiza Centroamericana[2]

Costa Rica estuvo exenta de la realidad política, militar y social de Centroamérica durante el siglo XX y constituyó un modelo de estabilidad democrática, equidad e ideología igualitarista hasta el agotamiento de su modelo de desarrollo, en la década de 1980. Desde entonces ha intentado reformar el estado benefactor, introduciendo la apertura comercial y la liberalización económica, y sufre lo que podría denominarse una crisis de identidad y de confianza hacia un sistema político que muestra una fuerte tendencia a volverse oligárquico y corrupto.

En 1992, la publicación de *Asalto al paraíso*, de Tatiana Lobo, redefinió lo que hasta entonces se consideraba literatura nacional en Costa Rica. Esta relectura del modelo de representación literario provino de una autora que no formaba parte de la cultura oficial y que se situó de lleno en la novelística moderna, es decir, en la encrucijada en la que un hecho individual deviene acontecimiento histórico, adquiere significado político o resonancia simbólica.

La política cultural pública del periodo socialdemócrata (1948-1982) estableció una continuidad cultural, un programa editorial y un canon nacionalista que siguen siendo fundamentales. Sin embargo, aisló la narrativa costarricense de la confrontación con la literatura latinoamericana y produjo una escritura simbiótica, ideológicamente inofensiva y dependiente del sistema del cual se nutría.

La ruptura permitió que la crítica y los lectores vieran *Asalto al paraíso* y obras posteriores como parte de la nueva novela histórica en Centroamérica, tendencia de la que puede considerarse antecedente *Tenochtitlán. La última batalla de los aztecas* (1986) del también costarricense José León Sánchez (1929).

---

2. *Historia personal de la narrativa costarrisible* de Carlos Cortés. Uruk Editores, San José, 2010. Segunda edición.

114

Otros autores del país privilegiaron lo que algunos ensayistas denominan la estética de la violencia o la reescritura de los géneros de la novela negra o de indagación criminal. Como lo puso de manifiesto Margarita Rojas[3], la ciudad y la noche son el *no lugar* –la noche líquida– para la generación de 1980, de la que forman parte Rodrigo Soto (1962), José Ricardo Chaves (1958), Uriel Quesada (1962), Fernando Contreras (1963), Carlos Cortés (1962), Jorge Méndez Limbrick (1954), Dorelia Barahona (1959), Rodolfo Arias (1956) y Sergio Muñoz (1963), entre otros.

Entre 1992 y 1994 se publicaron las novelas iniciales de Lobo, Contreras y Chaves –con su novela de aprendizaje *Los susurros de Perseo*–. Si bien Soto ya había editado su primera novela en 1985, *La estrategia de la araña*, la siguiente, *Mundicia* (1992) –farsa épica, según el autor–, guarda relación con *Única mirando al mar* (1993) de Contreras y con *Las estirpes de Montánchez* (1992) del notable cuentista y novelista Fernando Durán Ayanegui (1939), que trastoca la historia iberoamericana y el orden temporal en una narración entre maravillosa y realista.

Tanto Contreras como Soto construyen fábulas, que van del cinismo a la ternura y el absurdo, para reflejar un país que empieza a volverse inexplicable e irracional en su burocrática y legalista institucionalidad. Una década más tarde también lo hacen *El gato de sí mismo* (2005) de Uriel Quesada y *La ruta de las esferas* (2008) de Dorelia Barahona. En el primer caso se trata de un "cuento de hadas" sobre la ciudad de Cartago mientras que la saga fantástica de la narradora pretende ser una metáfora total sobre la construcción del imaginario nacional y los héroes de la patria, a partir del ícono precolombino de las esferas de piedra.

Asalto al paraíso (1992) y *El año del laberinto* (2000) de Tatiana Lobo se inscriben en una tentativa por ir en contra de

---

3. *La ciudad y la noche. La nueva narrativa latinoamericana* de Margarita Rojas. San José: Farben/Grupo Editorial Norma, 2006.

la versión oficial, tanto del periodo colonial como del siglo XIX, y cuestionan las bases ideológicas de la nacionalidad. La primera novela le recordó a los lectores que Costa Rica tenía pasado y que fue tan conflictivo y convulso como el del resto de Latinoamérica. La trama se desarrolla durante la rebelión indígena de Talamanca, en el siglo XVIII, y la decapitación y descuartizamiento en Cartago de su principal responsable, Pablo Presbere.

En 1995 Contreras publicó su novela más importante, *Los Peor*, dentro de un ciclo sobre la descomposición urbana que prosiguieron *Cruz de olvido* de Carlos Cortés y *Los dorados* de Sergio Muñoz –ambas novelas de 1999–. Este último autor continuó esta temática en sus libros de cuentos *Urbanos* (2003) y *Los herederos* (2012).

El más violento paraíso (2001) y *Canciones a la muerte de los niños* (2008) de Alexander Obando (1958) proponen una escritura dionisíaca y expansiva, cercana a la novela lírica, abierta a la integración de múltiples textos, modos narrativos y estilos, con constantes rupturas del discurso, y en la que por encima del relato predominan el juego, el erotismo, la carnavalización carnal, la violencia y la subversión del lenguaje.

Dentro de la extensa producción de los últimos 20 años es posible reconocer un ciclo de novelas que cuestiona o critica los mitos del estado nacional; una narrativa urbana sarcástica y a ratos grotesca; el resurgimiento de una escritura contracultural y experimental –con escasa trayectoria en Costa Rica[4], un país de tradición predominantemente realista– y de una literatura fantástica y de ciencia ficción no exenta de ribetes ideológicos que atacan o reaccionan ante "el estado de las cosas".

Mario Zaldívar (1954) y Oscar Núñez (1955) son parte de un grupo de escritores que partieron de la narrativa urbana y

---

4. *La serpiente se come la cola* y *Escritura* de Oscar Alvarez Araya y *Encendiendo un cigarrillo con la punta del otro* de Carlos Cortés se publicaron en la década de 1980.

del ciclo sobre la guerra centroamericana, respectivamente, para incursionar en la novela policíaca, tendencia a la que luego se sumaron Jorge Méndez Limbrick, con *Mariposas negras para un asesino* (2005) y *El laberinto del verdugo* (2010), y Daniel Quirós (1979), con *Verano rojo* (2010).

Al lado de sus obras más intimistas y de seis libros de cuentos, Rodrigo Soto explora los meandros de la corrupción en la novela breve *El nudo* (2008) y Alfredo Aguilar (1959) esboza una educación sentimental de la sociedad josefina en *El amor es eterno mientras dura* (2008).

Dentro de una ambiciosa y lograda recreación histórica y humana vale la pena mencionar *Limón blues* (2002) de Rossi, *Te llevaré en mis ojos* (2007) de Rodolfo Arias y *Hasta encontrarnos de nuevo* (2008) de Muñoz. La primera rescata del olvido la leyenda del líder jamaiquino Marcus Garvey, en las primeras décadas del siglo XX, en Costa Rica, Panamá y el Caribe, quien aboga por el regreso de los negros a Africa y funda la naviera Black Star Line.

Te llevaré en mis ojos se ubica entre lo social y lo más personal al crear un vasto panorama de las décadas de 1970 y 1980 a partir de las voces y sueños de una generación que se detuvo a las puertas del paraíso revolucionario. *Hasta encontrarnos de nuevo* desarrolla un apasionante universo narrativo centrado en la década de 1940 y en las circunstancias, dramas, historias y personajes reales y ficticios que culminaron en la guerra civil de 1948.

Una interesante revisión ideológica y estética de la revolución centroamericana y los mitos de la izquierda se plantea en *Desconciertos en un jardín tropical* (1952) de Magda Zavala (1999), *Los ojos del antifaz* (1999) de Adriano Corrales (1958) y *Limón reggae* (2007) de Rossi. Estos y otros textos desenmascaran el discurso oficial, la manipulación de la opinión pública y la corrupción del sistema político.

Dorelia Barahona pasó de la introspección de su primera novela, *De qué manera te olvido* (1990), y de *Los deseos del mundo* (2006), fundadas en historias de amigos, confidencias y secre-

117

tos, a la reveladora intuición de su segunda novela, *Retrato de mujer en terraza* (1995). Esta es una de las primeras obras que analizan en Centroamérica los efectos del narcotráfico, la decadencia social y el turismo.

Uriel Quesada es autor de una sólida producción de cuentos en la que plantea una renovación estilística y temática del género en sus principales libros: *Ese día de los temblores* (1985), *El atardecer de los niños* (1990), *Larga vida al deseo* (1996), *Lejos, tan lejos* (2004) y *Viajero que huye* (2010).

En la última década surgen autores que pasan del cuento a la novela, de la poesía a la diversidad genérica o incluso que revitalizan el periodismo literario, tanto en medios escritos —es el caso de Catalina Murillo (1970)— como en la *blogosfera*. La diversidad actual de la escritura costarricense se pone de manifiesto en la muestra generacional *Historias de nunca acabar. Antología del cuento costarricense* (ECR, 2009), de Guillermo Barquero y Juan Murillo, y *Cuentos del paraíso desconocido. Antología última del cuento en Costa Rica* (Algaida, Sevilla, 2008) de José Manuel García Gil —que reúne autores nacidos entre 1951 y 1970—. Esta heterodoxia babélica, esta traición de la tradición, confirma que la narrativa costarricense vive su momento más estimulante, perturbador y heterogéneo desde la década de 1940.

La literatura fantástica contemporánea tiene como antecedentes la obra de Alfredo Cardona Peña (1917–1995), Rafael Angel Herra (1943) y José Ricardo Chaves. Este último narrador se ha inclinado desde el principio de su carrera por una reelaboración, a veces paródica, de la literatura gótica y de los intertextos que ofrece el modernismo y las ciencias ocultas.

El historiador Iván Molina (1961) ha incursionado en la ciencia ficción junto con narradoras recientes como Jessica Clark (1969), Laura Quijano (1971) y Laura Casasa (1976). A este panorama, en construcción, se suman escritores que toman su propio camino. Entre los más consolidados se encuentran Heriberto Rodríguez (1967), conocido por su novela *Archipiélago* (2008) y los cuentos de *Atrapainsomnios* (2011); Alfonso Chacón (1967), autor de la corrosiva y lúcida *Cuando los ángeles juegan a la suiza* (2003) y el volumen de cuentos *El luto de la libélula* (2011), entre otros; y los narradores y editores Juan Murillo (1971) y Guillermo Barquero (1979).

Puertas abiertas, puertos abiertos

En los últimos años se han editado muestras antológicas y estudios que ponen de manifiesto la vitalidad de las literaturas centroamericanas en el siglo XXI. Entre los más importantes se encuentran *La herida en el sol. Poesía contemporánea centroamericana (1957–2007)* (UNAM, México 2007) de Edwin Yllescas (prólogo, selección y notas), *Diccionario de literatura centroamericana* (ECR–EUNA, San José, 2007) de Albino Chacón (coordinador) y las recientes antologías preparadas por Sergio Ramírez para el Fondo de Cultura Económica (México, 2011): *Puertas abiertas. Antología de poesía centroamericana* y *Puertos abiertos. Antología de cuento centroamericano*.

La literatura centroamericana contemporánea proporciona una perspectiva desde la cual poder vislumbrar un conjunto de obras y autores pertenecientes a un espacio cultural propio. Esto es lo más relevante y a la vez lo más simple. Por encima de una producción editorial impresionante, si bien dispersa y de dificultosa divulgación regional y extrarregional, permite reconocer una tradición viva y ofrece una perspectiva de Centroamérica como un proceso identitario plural y complejo, muy alejado de la imagen estereotipada, unidimensional y maniquea que se exportó en el pasado.

TRADUCTORES SIN TRADUCCIONES

Cuando terminó de verter al castellano lo que llamó la trilogía trágica, el narrador costarricense Joaquín Gutiérrez declaró que "traducir a Shakespeare es un trabajo de enanos". Aunque es una frase políticamente incorrecta y autoirónica –por su 1,92 m de estatura–, se refería a la paciencia con la que los enanos extraen las piedras preciosas de la tierra, según la mitología. Augusto Monterroso utiliza la misma imagen para sus memorias, *Los buscadores de oro* (1993), en las que retrata el mundo cultural centroamericano del primer tercio de siglo XX y compara la bohemia de Rubén Darío y de Enrique Gómez Carrillo, nicaragüense y guatemalteco, respectivamente, en París y Madrid, con la de una *banana republic*:

"Toda aquella bohemia, querida o inquerida, trasladada a Tegucigalpa –el culo del mundo llaman generosamente mis amigos a esta ciudad– resultaba más trágica y grotesca, pero no tuvo nunca su poeta, su cronista ni su Valle-Inclán que la vivieran o la describieran con genio. ¿Cómo, con ese espíritu dedicado al arte y a lo que se llamaba el ideal, era posible hacer nada, así fuera sólo sobrevivir, en aquel ambiente en que en lugar de cafés había cantinas y en lugar de ajenjo aguardiente de caña, llamado 'guaro', ese licor de bajo precio que 'producía una embriaguez innoble', y en que la selva –como decía Barba Jacob– se comía a la ciudad, una compañía productora y vendedora de plátanos colocaba a los presidentes –todavía los coloca–... Los poetas, los escritores, los editores de revistas literarias y de actualidad, debían ser pobres, o ricos vergonzantes, enemigos de la misma burguesía a la que a veces, en cierta forma, pertenecían, y, por supuesto, alcohólicos, y perseguidos por la mala suerte y las complicaciones gástricas, sin contar con su obligación moral de abrazar, sin que faltara una, las causas perdidas en materia política"[5].

Estas características, trasladadas al ámbito político, social y económico, trajeron como consecuencia un panorama cultural pobre y explican la casi total ausencia de traducción literaria en Centroamérica. Con pocas excepciones, los países carecen de industrias culturales y de un mercado editorial regional que le diera sostén a traductores profesionales, colecciones de literatura extranjera o ediciones bilingües.

"...hemos trabajado al crédito durante 35 años", escribió en 1942 el costarricense Joaquín García Monge, quien a pesar de eso editó durante cuatro décadas la célebre revista *Repertorio Americano* y publicó en 1930 la primera traducción al castellano del *Chilam Balam de Chumayel*[6], el libro maya más importante después del *Popol Vuh*.

El desfase entre una tradición cultural antiquísima y el limbo editorial moderno fue comparado por el poeta e intelectual nicaragüense Pablo Antonio Cuadra con la desaparición de la civilización minoica, en clara alusión a los mayas. Esta es una de las principales paradojas de la realidad regional: "No deja de ser significativo —escribe José Coronel— que sea la pequeña Centroamérica la única sección del continente donde se encuentre, por lo menos, una obra literaria de verdadero valor universal para cada una de las épocas de su historia. La época prehispánica nos ha dejado el 'Popol Vuh'. La época de la Conquista, 'La verdadera relación' de Bernal Díaz del Castillo. La época virreinal. 'La Rusticatio Mexicana' de Rafael Landívar. Nuestra época independiente, a Rubén Darío"[7]. Desde los poetas modernis-

5. Monterroso, Augusto. *Los buscadores de oro*. Barcelona: Anagrama, 1993. 84–85 pp.

6. Mediz Bolio, Antonio. *Libro de Chilam Balam de Chumayel*. San José: Ediciones del Repertorio Americano, 1930.

7. "Brevísima introducción a la literatura centroamericana" en Cuadra, Pablo Antonio. *Torres de Dios*. San José: Libro Libre, 1986. Obras completas, tomo I.

tas hasta los autores contemporáneos, todos han publicado sus obras, incluyendo sus traducciones, fuera del área centroamericana.

Monterroso ha contado repetidas veces que el manuscrito de *El señor presidente*, que le valdrá a Miguel Ángel Asturias el premio Nobel, en 1967, fue rechazado por las mejores editoriales mexicanas. Daniel Cossío Villegas, director del Fondo de Cultura Económica (FCE), le devolvió el original mecanografiado diciéndole: "Llévese su *señor presidente*". Entonces, al escritor le gustó la expresión y la novela adquirió así su título definitivo. Con ese nombre se publicó en 1946 en México; un primo de Asturias, Jorge, le dio los $200 que le pidió la editorial Costa-Amic. El dinero era en realidad de la madre de Asturias. La novela pasó inadvertida hasta que Losada la reeditó en 1948.

La traducción literaria en Centroamérica, marginal dentro de su producción cultural, ha atravesado diferentes etapas sin visibilizarse completamente, o llegar a convertirse en un mercado, a pesar de la importancia de traducciones aisladas y traductores específicos. Este es el caso de José Coronel Urtecho y Ernesto Cardenal en relación con la poesía norteamericana y de la versión de *Los sonetos* de Shakespeare del costarricense José Basileo Acuña.

Antecedentes modernistas e indoamericanos

Antes de que el modernismo impusiera el parnasianismo y el simbolismo franceses como influencias predominantes, se dieron algunos antecedentes de traducciones literarias. El romántico guatemalteco José Batres Montúfar (1809-1844) traduce a Horacio y Ovidio y se interesa por Lord Byron. El narrador salvadoreño Salvador J. Carazo (1850-1910) es traductor de Dickens, Kipling y Mark Twain.

El poeta modernista es autodidacta por excelencia, bohemio y políglota, ligado a las publicaciones periódicas de la época. El traductor profesional surgirá medio siglo después, no en un contexto diletante sino especializado, cuando el intelectual se encontrará en proceso de institucionalización e incorporación a las universidades.

En pleno auge modernista, el salvadoreño Francisco Gavidia (1863-1955) vierte al castellano *La espada* de Víctor Hugo y *Clavijo* de Goethe. El nicaragüense Román Mayorga Rivas (1862-1925) realiza una versión de *La esfinge* de Oscar Wilde (1922).

García Monge, el editor del Repertorio Americano, se inició en el sánscrito junto al poeta Roberto Brenes Mesén (1874-1947), introductor del modernismo en Costa Rica y amigo de Darío, y publicó por primera vez en nuestro idioma *Savriti*, episodio de la epopeya india *Mahabharata*. Brenes Mesén, teósofo, místico y adscrito al segundo modernismo, emprendió una versión de *El cantar de los cantares* y de los *Himnos de Akhnatón*, tomados del hebreo, y de *El pájaro* de Maurice Maeterlinck y *Tú y yo* de Paul Gerardi, del francés. En 1920, realizó la primera traducción española de *El loco* de Jalil Gibrán, después de conocerlo en Nueva York.

A partir de esta década, el cosmopolitismo modernista se decanta por el arielismo y la visión indoamericana que propugna *La raza cósmica* de José Vasconcelos y la revolución mexicana. Esta es una circunstancia histórica adecuada para Centroamérica porque le permite recuperar algunos de los textos fundamentales de una tradición ancestral perdida, sobre todo los escasos vestigios escritos de la civilización maya.

En 1926 Asturias colabora en París con José María González de Mendoza en una nueva versión al castellano del *Popol Vuh*. Sin embargo, no se basa en el texto original sino en la traslación al francés hecha por el antropólogo Georges Raynaud, profesor de Asturias. Se publica al año siguiente bajo el título *Los dioses, los héroes y los hombres de Guatemala antigua o El libro del consejo, Popol Vuh de los indios quichés*.

Asturias y Mendoza preparan en 1928 *Anales de los Xahil de los indios cakchiqueles*, inédito en francés, también de Raynaud. Este volumen, que se retraducirá fielmente 20 años después, corresponde solo a una parte del *Memorial de Sololá o Anales de los cakchiqueles*.

Como ya se dijo, el mayista y escritor yucateco Antonio Mediz Bolio, entonces embajador de México en Costa Rica, prepara durante la década de 1920 el establecimiento del texto, signos de puntuación, uso de itálicas y glifos e ilustraciones del llamado *Chilam Balam de Chumayel* y lo publica en castellano en 1930, como parte de la colección del Repertorio Americano.

Mediz Bolio tiene a la vista la reproducción fotográfica del University Museum de Filadelfia, ya que el original desapareció de la biblioteca Cepeda de la ciudad de Mérida, México, y se vale de numerosas fuentes documentales y lingüísticas.

El *Chilam Balam* es un códice esotérico y místico de difícil comprensión e incluye relaciones de hechos, colecciones de acertijos, fórmulas mágicas, alegorías, misterios y las famosas profecías del sacerdote Chilam Balam. Aun en la actualidad, es la única versión íntegra en castellano y se ha reeditado en numerosas ocasiones, en impresiones más populares que la de García Monge. En su momento, Mediz Bolio consideró su trabajo demasiado apegado al original, y por lo tanto literal; las lecturas modernas se inclinan por valorarlo como excesivamente poético y libre.

Poesía norteamericana

A partir del viaje de José Coronel Urtecho a San Francisco, California, en 1924, a los 18 años, donde aprendió inglés en la Commerce High School, la poesía nicaragüense sostiene una relación privilegiada con la literatura norteamericana. Este nexo privilegiado, que incide en la transición

124

entre el modernismo y la vanguardia y la creación de la tendencia poética del exteriorismo, también es el fruto de la obra de Salomón de la Selva, quien publica su primer libro en inglés, *Tropical town and other poems* (1918), y desde joven se vincula con los medios literarios de Nueva York. Más adelante, este papel lo jugará Coronel Urtecho y un poeta de la generación posterior, Ernesto Cardenal.

Después de sus años de aprendizaje en California, Coronel vuelve a su país y funda el Movimiento de Vanguardia y la Antiacademia Nicaragüense, respuesta al modernismo decadente y a su interés por la poesía anglosajona. En 1949 da a conocer en España sus primeras traducciones formales en forma de libro, en *Panorama y antología de la poesía norteamericana*[8], acompañadas de un vasto estudio crítico. Sin embargo, muchas versiones preliminares permanecen dispersas en revistas y periódicos.

Coronel publicó versiones al castellano desde 1927 en los cuadernos del taller San Lucas y El Pez y la Serpiente (publicaciones dirigidas por su compañero de generación Pablo Antonio Cuadra), *El Diario Nicaragüense* o en revistas que él mismo fundó, como *Semana* y *La Reacción*. Se conocen las traducciones de los poemas "Chicago", "Omaha" y "Nocturno in a deserted brick-yard" de Carl Sandburg, "El soplón" de Bertold Brecht, "Edipo rey" de Jean Cocteau y "Varios no" de Ezra Pound.

En la década de 1950, Coronel vive entre Nueva York y Madrid, como diplomático, y su inserción en el mundo literario español le permite reunir sus traducciones y darlas a la imprenta. En 1959 publica *Rápido tránsito, al ritmo de Norteamérica*[9], en el que incluye el ensayo "Nueva poesía norteamericana".

---

8. Urtecho Coronel José. *Panorama y antología de la poesía norteamericana*. Madrid: Ediciones Hispanoamericanas, 1949.
9. Urtecho Coronel, José. *Rápido tránsito, al ritmo de Norteamérica*. Nota preliminar de Pedro Laín Entralgo. Madrid: Aguilar, 1959.

El libro está lleno de citas y alusiones a poetas norte-americanos, vertidos al castellano por él mismo. "Casi puedo decir que aprendí a leer inglés leyendo a Poe y Whitman", dice al inicio de "Nueva poesía norteamericana". Como es usual en él, el artículo no es un estudio formal sino un apasionado diario de lectura de su descubrimiento personal de la tradición lírica anglosajona.

Los versos de Whitman que traduce directamente son abundantes. Otros ensayos del volumen, "Viejo Nueva Orleans" y "Memorama de Gotham", ofrecen múltiples referencias a Robert Frost, Carl Sandburg y Vachel Lindsay, cuyos poemas también traduce. El artículo "Un poeta en nuestro tiempo" está dedicado a Ezra Pound y a su lugar en la evolución de la poesía en lengua inglesa y en la literatura contemporánea.

Posteriormente, tanto *Rápido tránsito* como *Panorama de la poesía norteamericana* se incorporan a la recopilación de su obra ensayística y narrativa, bajo el título *Prosa* (1972), junto a un texto nuevo, "Anotaciones sobre literatura norteamericana (Poe, Whitman, Emerson)".

En 1963, Coronel Urtecho publica *Antología de la poesía norteamericana*[10], en colaboración con un poeta más joven, Ernesto Cardenal, entonces residente en México. El volumen recoge numerosas versiones anteriores, bajo un orden crono-lógico, hasta situar la poesía norteamericana a mediados del siglo XX, y predominan autores virtualmente desconocidos en castellano. En ese momento, las versiones de un poeta como Ezra Pound aún eran muy escasas[11].

---

10. Urtecho Coronel, José y Cardenal, Ernesto. *Antología de la poesía norteamericana*. Madrid: Aguilar, 1963.

11. Cfr. Pound, Ezra. *Los cantos pisanos*. Versión, prólogo y notas de Jesús Pardo. Madrid: Rialp, 1960. Pound, Ezra. *Poemas*. Selección, traducción y prólogo de Carlos Viola. Buenos Aires: Compañía General Fabril, 1963.

Dos décadas más tarde, la editorial Visor rescata las traducciones correspondientes a Pound[12], con el prólogo original de Cardenal escrito en Cuernavaca, en 1960. La antología mezcla poemas de 1908 a 1920, tomados de los libros *Ripostes, Lustra, Cathay* y *Hugh Selwyn Mauberley*, luego compendiados en *Personae*. *The collected shorter poems,* sin orden cronológico o temático, una selección de *The cantos* (1928-1949), bajo el título "Cantos pisanos", además de una muestra de sus ensayos no literarios tomados de distintas fuentes.

En su introducción, Cardenal anota que "Estas traducciones de Pound fueron hechas hace ya muchos años en las riberas del Río San Juan, de Nicaragua, donde vive Coronel, pero no las habíamos publicado en todo este tiempo por falta de un editor. Perdone Pound los errores y perdónelos el lector. Toda traducción es deficiente, y Pound es particularmente difícil. El mismo Eliot decía que muchas veces no entendía lo que Pound decía en sus *Cantos,* pero siempre le gustaba la manera como lo decía".

Para Coronel, las traducciones son parte sustancial de su creación poética. En 1970, su único libro de poemas, *Pól-la d'anánta, katánta, paránta*[13], lleva como subtítulo "Imitaciones y traducciones". Este volumen, que se enriquece en la nueva edición de 1993, y que incluye poemas escritos desde 1927, incorpora dos secciones de poemas de autores franceses y norteamericanos vertidos al castellano.

Todo el conjunto, además, se abre en su primer apartado con los poemas "La poesía" de Marianne Moore y "El reino de la poesía" de Delmore Schwartz. Las secciones IV y XIII

---

12. Pound, Ezra. *Antología.* Traducción de José Coronel Urtecho y Ernesto Cardenal. Prólogo de Ernesto Cardenal. Madrid: Visor, 1983.

13. Coronel Urtecho, José. *Pól-la d'anánta, katánta, paránta. Imitaciones y traducciones.* León: Universidad Nacional Autónoma de Nicaragua, 1970. El título del libro está tomado de una frase de Homero: "pól-la d'anánta, katánta, paránta, ded´jmia t'élzon" (y por muchas subidas y caídas, vueltas y revueltas, dan con las casas).

llevan por título "Traducciones" y están conformadas por los textos "Milagros" de Walt Whitman, "Far-West" de Blaise Cendrars, "Pollita Lorimer" de Carl Sandburg, "Un puñado de polvo" de James Oppenheim, "La virgen al mediodía" de Paul Claudel, "Howard Hughes deja Managua tiempo de paz 1972", "Un cuento de hadas" de Robert Penn Warren (estos dos últimos en la edición de 1993), "Carta del exiliado" de Li Tai Po (según la versión de Ezra Pound), "Con usura" (también del poeta norteamericano), "Marcha triunfal" de T.S. Eliot, "Programa práctico para monjes" de Thomas Merton, "María" de San Bernardo, "Emily Dickinson" de Richard Eberhart y "Fragmento expropiado" de Mark Strand (estos dos últimos en la edición de 1993).

Aunque estas versiones corresponden a una pequeña parte de su tarea como traductor, los lectores de *Rápido tránsito* y de *Panorama de la poesía norteamericana* podrán reconocer las mismas referencias a ciertos autores especialmente significativos para Coronel y para el desarrollo de su propia obra.

En la edición de 1993, explica que la generación de vanguardia responde a la necesidad "de meternos a la poesía y yo la alimentaba en cierta manera con lo que había podido traer de los Estados Unidos, que son una serie de antologías que les leía yo a ellos o traducíamos juntos. Poesía norte-americana que me ayudaba a traducir a veces Joaquín Pasos, poesía norteamericana o poesía francesa que traducíamos y leíamos, y por eso yo incluyo traducciones en este libro *Pól-la d'ananta, katánta, paránta*. Incluyo las traducciones que me parecen inseparables en realidad de lo que yo presentaría como mi poesía o como las diferentes formas de mi poesía, porque correspondía mucho a las diferentes clases de poesía o de ensayo poético de otras partes que yo había traducido y publicado junto a mis amigos".

Más adelanta aclara que la literatura norteamericana fue su "fundamento literario, yo me fundaba mucho en eso. Los Estados Unidos significaba la posición de la literatura y del arte norteamericano". Por esa razón, desde sus inicios como escritor, las traducciones jugaron un papel indispensable. Todos los miembros del movimiento de vanguardia lo hicieron, de acuerdo con sus gustos literarios, al principio como lectores y no como traductores profesionales: "Yo traduje porque esa era una manera de aprender inglés, etc. Desde los Estados Unidos yo había traído un cierto bagaje de traducciones y el hábito de traducir era un poco como los crucigramas, era una cosa literaria, poética que me servía a mí. Yo traducía lo que era traducible para mí. Lo que no podía traducir porque me costaba lo dejaba; lo que traducía es lo que me salía. Traduje bastante poesía norteamericana y poesía francesa".

La poesía francesa tiene una presencia muy escasa en sus libros. El mismo Coronel admite que el surrealismo no les influyó, aunque llegaron a leerlo: "Y sentíamos que esas traducciones nos servían como ejemplo de lo que podíamos hacer nosotros. Este trabajo era muy importante para nosotros porque implicaba el conocimiento de la literatura norteamericana y de la literatura francesa, que son muy diferentes. Una cosa era la literatura francesa, que fue más bien surrealista, el culto del subconsciente. La literatura de los Estados Unidos en cambio era muy realista, se pasaron a la realidad inmediata, pero la tomaban sin estarse sometiendo a los sistemas y a las retóricas anteriores del verso, sino que eran muy libres. Eso era un ejemplo para nosotros. Nosotros hacíamos cosas en esa misma línea pero no eran imitaciones, eran adaptaciones de esas actitudes hacia lo nuestro".

Al mismo tiempo, es fácil entender la razón por la que incluye "Far-West", del poeta francés de origen suizo Blaise Cendrars, entre su propia obra. "Es sobre lugares de California por donde había pasado él y había escrito sobre eso", explica. De nuevo se encuentra la imagen de Estados Unidos y de la costa de California, donde Coronel vivió de adolescente y aprendió inglés, así como la temática, permanente en él, del viaje. A su vez, la inclusión de "La virgen al mediodía" de Claudel se explica porque en la edición de 1970 cada apartado de "Traducciones" remata con un poema a María –tanto la virgen católica como la esposa del poeta–. El libro en su totalidad está dedicado a su esposa María Kautz, así como sonetos y traducciones.

Traductores profesionales

A partir de la década de 1940, algunos de los más importantes escritores centroamericanos se desempeñan como traductores profesionales, no siempre de textos literarios. Por lo general lo hacen fuera del área, en México y en otros países de mayor desarrollo cultural como Chile. La traducción cobra auge con el exilio al que se ven sometidos los intelectuales en Guatemala para sobrevivir, después del golpe militar contra el gobierno de Jacobo Arbenz, en 1954.

Este es el caso del narrador Mario Monteforte Toledo, quien laboró como traductor para el Fondo de Cultura Económica (FCE) y realizó numerosas versiones al castellano de poesía italiana, francesa, inglesa y norteamericana para revistas latinoamericanas, durante sus 38 años de exilio en México.

Augusto Monterroso también trabajó para el FCE, fue editor de la Imprenta Universitaria de la Universidad Nacional Autónoma de México (UNAM) y dirigió la colección Nuestros Clásicos de la Dirección General de Publicaciones de la Coordinación de Humanidades de la misma institución. Sus dos libros de miscelánea, *Movimiento perpetuo* (1972) y *La palabra mágica* (1983), así como *La letra e (Fragmentos de un diario)* (1987), comprenden citas y párrafos enteros traducidos por el cuentista guatemalteco, sobre todo de autores anglosajones.

Las referencias son muy numerosas como para señalarlas de manera aislada. En *La palabra mágica*, dos de los ensayos se titulan "La autobiografía de Charles Lamb", "Sobre la traducción de algunos títulos" y "William Shakespeare". En *La letra e*, los comentarios a textos en inglés y en francés también son extensos y variados, como en las entradas "Las niñas de Lewis Carroll", "Cyril Connolly", "Eliot", "Saussure" y *"Gertrude died, Alice"*, entre muchas otras.

En un procedimiento similar al de Borges, Monterroso hace suyo todo lo que lee y lo incorpora a sus propios textos, compara distintas versiones de un mismo fragmento, a veces a través de épocas, estilos y autores, en un juego de erudición, ironía, humor y compleja intertextualidad de la cultura humana.

En noviembre de 1962, Alaíde Foppa, también guatemalteca, terminó la traducción del último libro del poeta francés Paul Eluard, *El ave fénix*, en colaboración con su viuda, Dominique. Fue publicado por la UNAM al año siguiente, con un prólogo de Foppa, en el que explica el proceso de traducción: "En cuanto al estilo de Paul Eluard ¿es, en verdad, un estilo 'difícil'? La verdad es que muchos de sus poemas son absolutamente límpidos; otros, llegan a ser herméticos por excesiva síntesis. Las palabras son claras, son las llanas palabras de todos los días, pero los acercamientos extraños, o el hecho de que, para los fines de la poesía falte a veces el eslabón lógico entre las palabras, puede crear en el lector cierto desasosiego. El verso, casi siempre libre, responde a un determinado ritmo, acentuado por la regularidad de las estrofas. Peculiar en la poesía de Paul Eluard, la falta de puntuación. En la traducción, hemos conservado las mismas características formales, tratando de salvar, en el mayor grado posible, los valores poéticos. Espero que esta fidelidad, mantenida a veces difícilmente, logre trasmitir al lector de lengua española, lo esencial de esta poesía"[14].

---

14. Eluard, Paul. *El ave fénix*. México: Universidad Nacional Autónoma de México, 1963. Traducción de Alaíde Foppa y Dominique Eluard. Prólogo de Alaíde Foppa.

Foppa, quien nació en Barcelona en 1914 y murió a manos del ejército guatemalteco, en 1980, tuvo una vasta formación literaria europea, se educó en Roma, como especialista en literatura italiana y dominaba fluidamente el francés. En la introducción, recuerda que Dominique Eluard fue una "colaboradora incomparable en la traducción" y añade que su intervención "ha podido aclarar dudas cada vez que el texto presentaba alguna ambigüedad. A su conocimiento de los dos idiomas, ella agrega el íntimo conocimiento de estos poemas desde su más secreto origen".

Esta referencia hace alusión a que *El ave fénix* es, justamente, la trasposición poética del renacimiento amoroso de Eluard al descubrir a Dominique y convertirla en su musa final: "*Le Phenix* fue publicado un año antes de la muerte del poeta. Dominique fue su último amor; llenó los últimos diez años de su vida. Y como la vida está hecha de muertes y resurrecciones, puede decirse que Dominique fue su última resurrección, el amor que vuelve a renacer de las cenizas".

Los sonetos de Shakespeare

El costarricense José Basileo Acuña es autor de una de las pocas ediciones de *Los sonetos* completos de William Shakespeare en castellano[15] y es el único centroamericano en haber emprendido esa tarea. En 1968, la editorial Costa Rica publicó el resultado en edición bilingüe. Para entonces, Acuña había traducido la totalidad de la obra lírica del autor inglés, aunque sólo había editado "Venus y Adonis" en un suplemento literario.

Posteriormente, dio a imprenta las traducciones de cinco obras de Shakespeare, *Coriolano* (1973) y *El rey Lear* (1978), en prosa; *Macbeth* (1973), *La comedia de las equivocaciones* (1973) y

---

16. Shakespeare, William. *Los sonetos de Shakespeare*. San José: Editorial Costa Rica, 1968.

Troilo y Crésida (1980), en verso. Por error, *La comedia de las equivocaciones* se editó como si fuera prosa. En 1978 publicó *Poesía inglesa. Antología*, en colaboración con Jessie Montejo de Orlich.

Acuña emprendió la traducción casi a los 70 años, después de una larga familiaridad con la lengua y la literatura inglesas, y dejó inéditas otras versiones de Shakespeare al morir, a los 95 años. Su reconocimiento proviene de su edición de *Los sonetos*, en la que se propuso superar las versiones conocidas hasta entonces, como la de Astrana Marín (1929) —que por primera vez traduce íntegramente los 154 poemas—, Mariano de Vedia y Mitre (1955) y Eduardo Dieste (1943).

La traducción de Acuña fue la tercera edición en castellano de los sonetos completos, después de Astrana (que los incluyó a partir de 1929 en las *Obras completas* de la editorial Aguilar), y de la versión de *Sonetos* (1944) de Angelina Damians de Bulart. Astrana, al igual que otros traductores al castellano, como el argentino J.R. Wilcock, traduce en prosa.

Acuña, por el contrario, mantiene las estrofas originales e intenta aproximarse al soneto shakesperiano recreándolo en endecasílabos de once sílabas castellanas con rima consonante y un escrupuloso esfuerzo por resignificar la intraducible sonoridad anglosajona. El soneto inglés, si bien mantiene el poema de 14 versos, se aleja del modelo italiano. En una proeza difícil de imitar, Acuña hace coincidir los versos rimados de Shakespeare con los de su propia versión, sin sacrificar el sentido.

En el prólogo de esta edición, el experto en literatura inglesa Alexander Hamilton Ross explica que Acuña ha "conseguido algo infinitamente más ambicioso y difícil: nos ofrece lo que con todo derecho se puede llamar una recreación emocional de los mismos. (...) Esta vez, quien lea la versión de Acuña 're-crea' un Shakespeare exacto en el espíritu, en los extremos de su lírica... diverso, tal vez, en lo externo, en lo mudable... Para traducir es necesario conocer

133

la semántica... la de las emociones, la de los estados de alma, la de las pasiones. Por eso quien traduce consigue, si acaso, una de dos ganancias: significados o sentidos".

A su juicio, las traducciones de Acuña, a pesar de "un significado temporal difícil, si no imposible de re-crear cuando el hombre ha perdido del todo los asideros filosóficos y estéticos que entonces fueron causa y objeto de la recreación", es lo que logran. "Lo escatológico, lo doblemente sutil del poema tal vez escape al afán del traductor... tal vez permanezca, como escondido, entre la urdimbre de palabras, oraciones, estancias que no lo significan inmediatamente, pero que lo contienen, en lo profundo, para quien lea profundamente", añade en la introducción.

Ross advierte un aspecto de las versiones de Acuña que después otros especialistas van a mencionar: "Otro regalo –a latere– de la traducción es el presenciar cómo nuestra lengua aclara e ilumina; lo cual es ventaja, a veces; otras, defecto. A la verdad, el Shakespeare castellano pierde 'chiaroscuro', pierde el velo y la niebla nórdica, en la medida que gana luz y recorte de figura".

A pesar de la escasa divulgación del volumen de la editorial Costa Rica, *Los sonetos* traducidos por Acuña se convirtieron en texto de referencia y objeto de comparación con otras interpretaciones de la lírica shakesperiana[16]. Los análisis comparativos actuales resaltan la belleza de la traslación de Acuña, si bien señalan la tensión entre el significado de la expresión original y el ritmo castellano; y lo mencionado por Ross, es decir, la difícil trasposición de la polisemia y ambigüedad de algunos versos del poeta inglés a otro idioma.

---

16. "El sentido figurado del sonnet XVI de William Shakespeare y su traducción al español" de José Angel Marín Calvarro, Universidad de Extremadura. *Philologia Hispalensis* 19 (2005), 73-92.

La trilogía trágica

En esta misma tradición se inscribe el interés del también costarricense Joaquín Gutiérrez por la obra de Shakespeare. Después de publicar su última novela en 1977, y de haber sido editor y traductor profesional en Chile –donde residió durante 30 años, hasta el golpe militar de 1973–, Unión Soviética y China, decidió dedicarse a trasladar al castellano[17] tres de las obras del dramaturgo inglés: *El rey Lear* (1981), *Hamlet* (1982) y *Macbeth* (1986). En 1993 tradujo *Julio César* para ser llevada a escena y posteriormente inició, sin concluir, una versión de *Romeo y Julieta*.

Las traducciones de Gutiérrez se han reeditado en México[18] y gozan de renombre internacional como fruto de su método de trabajo y de su reelaboración obsesiva por parte del traductor. Según declaró Gutiérrez, utilizaba alrededor de ocho horas y cinco borradores por cada página traducida. Incluso, a menudo revisó las traducciones ya publicadas y las mejoró en sus posteriores reimpresiones.

Gutiérrez tomaba en cuenta al menos cinco o seis ediciones inglesas de cada tragedia y el mismo número de traducciones al castellano, a veces más, como fue el caso de *Hamlet* –obra de la que obtuvo ocho versiones españolas–. En *El rey Lear*, este proceso de cotejo le aportó casi 5000 notas y comentarios de texto que enriquecieron su interpretación del material. En total, cada una de las piezas de la trilogía trágica le tomó un año de trabajo continuo.

---

17. La traducción de *Hamlet, Rey Lear* y *Macbeth* comprende el tomo IV de las *Obras completas* de Joaquín Gutiérrez. San José: Editorial de la Universidad de Costa Rica, 1989. Incluye introducción general, prólogo a cada obra, fuentes de *Macbeth*, tabla cronológica y cronología de la creación shakesperiana.
18. Cfr. *El rey Lear*. México: Editores Mexicanos Unidos, 1983. *Macbeth*. México: Editores Mexicanos Unidos, 1986. *Hamlet*. México: Editores Mexicanos Unidos, 2000.

Al valerse de decenas de estudios críticos y literarios, las ediciones de Gutiérrez son eruditas, en cuanto a la aproximación al texto original y al contexto de la época, pero puestas al servicio de un público popular. El escritor costarricense se propuso devolverle la vida a Shakespeare y hacerlo respirar de nuevo, sin perder la densidad poética y profundidad conceptual "del escritor con el léxico más rico de todos los tiempos", como Gutiérrez declaró a menudo.

A diferencia de la tradición española, sus ediciones fueron realizadas en verso, en heptasílabos y endecasílabos, con la plena conciencia de estar trasladando al castellano a uno de los grandes poetas de la literatura universal. El costarricense traduce los cambios del verso blanco a la prosa, los dísticos rimados, el uso de los pronombres y las modificaciones en el ritmo que alteran los diálogos, el sentido y la acción dramática.

Rusticatio Mexicana

En 1987, Faustino Chamorro, latinista y filólogo de la Universidad Nacional de Costa Rica, realizó la primera edición crítica integral de *Rusticatio Mexicana*[19] del jesuita Rafael Landívar, el último gran canto escrito en latín, según los textos de 1781 y de 1782.

La primera edición de Chamorro, que permite cotejar el texto latino y la versión al castellano, se publicó en Costa Rica y fue un acontecimiento en Centroamérica y en los estudios clásicos internacionales. En 2001, la universidad Rafael Landívar de Guatemala realizó una segunda edición corregida

---

19. Landívar, Rafael. *Rusticatio Mexicana*. Edición bilingüe. Introducción, textos críticos, anotaciones y traducción rítmica al español de Faustino Chamorro González. Guatemala: Universidad Rafael Landívar, 2001. Segunda edición corregida y aumentada.

y aumentada con la totalidad de las anotaciones y del corpus crítico.

Landívar (1731–1793), gramático y retórico, comparado a menudo con Virgilio, fue el último poeta latino de la literatura. La expulsión de la Compañía de Jesús de América, en 1767, lo llevó a refugiarse en los antiguos Estados Pontificios y fue en Italia donde recreó el Nuevo Mundo, la geografía, la fauna y la flora americanas en su himno.

La *Rusticatio Mexicana* se publicó en Módena, en 1781, con 3327 versos, y en su edición definitiva, en Bolonia, en 1782, con 5348 versos, que incluye la célebre dedicatoria "Vrbi Guatimalae. Salue, cara Parens, dulcis Guatimala, Salue" (*"A la capital de Guatemala*. Salve, mi Patria querida, mi dulce Guatemala, salve...")

La edición de Chamorro traduce el poema en versos de 17 sílabas métricas con seis acentos rítmicos, alternados asistemáticamente con tetradecasílabos regidos por cinco acentos. Sigue rigurosa y fielmente el original y la correspondencia entre los hexámetros y los versos traducidos. Utiliza un léxico culto, evita el uso de regionalismos y respeta "el orden sintáctico latino, hasta donde el castellano sigue siendo latín, con el fin de no perder en lo posible aquellas figuras y expresiones retórico-poéticas que dependen en todo de su colocación en la frase", como apunta en su edición.

Otros traductores

Antes de especializarse en literatura costarricense, el eslavista Alvaro Quesada (1945–2001) tradujo las obras *Mozart y Salieri* (1983)[20] y *El caballero avaro* (1983)[21] de A.S.

---

20. *Escena. Revista de las artes,* 5, 9, 1983: 18. Universidad de Costa Rica.
21. *Escena. Revista de las artes,* 5, 10, 1983: 26. Universidad de Costa Rica.

Pushkin, *Anécdotas provinciales* (1985) de Alexander Vamilov, *Tío Vania* (1988) y *El jardín de los cerezos* (1993)[22] de Antón Chejov y *Kean* (sf.) de Jean Paul Sartre.

Otro eslavista local, el poeta y ensayista panameño Pedro Correa (1955-1995), recogió sus traducciones de poesía rusa en el tomo *Mis versos de otros* (1990).

En 1998, el salvadoreño Ricardo Lindo tradujo *Memorias de Oppède* de su compatriota Consuelo Suncín, viuda del escritor francés Antoine de Saint–Exupéry.

El editor y escritor Antidio Cabal compiló las traduccion-es inéditas del poeta costarricense Carlos Rafael Duverrán (1935-1995) en la publicación póstuma *El canto me conduce* (1998)[23], para la Editorial de la Universidad de Costa Rica (EUCR). Incluye versiones de 36 poetas fundamentales de la tradición occidental, de Shakespeare a Delmore Schwartz, en su mayoría pertenecientes a la literatura inglesa[24].

Son significativas, por la selección de los textos, extensión y complejidad, las secciones dedicadas a Baudelaire, Rimbaud, Apollinaire, Wallace Stevens y Pound. Los poemas traducidos de Tu Fu están tomados de su versión al francés –tal y como se advierte en el volumen–; los de Rilke corresponden al francés en el original; y también se traduce un conjunto de poemas del catalán Carles Riba.

En 2004, los costarricenses Gerardo César Hurtado y Ricardo Ulloa Garay presentaron *Poetas del siglo XX en lengua*

---

22. *El jardín de los cerezos* de Antón Chejov. Traducción del ruso a cargo de Alvaro Quesada. San José: Editorial de la Universidad de Costa Rica, 1993.

23. Duverrán, Carlos Rafael. *El canto me conduce*. San José: Editorial de la Universidad de Costa Rica, 1998. Notas, prólogo y edición a cargo de Antidio Cabal.

24. Otro poeta costarriense, Rodrigo Quirós (1944–1997), realizó versiones inéditas de *Poemas manzanas* de James Joyce y de *La tierra baldía* de T.S. Eliot. A pesar de los testimonios sobre la calidad de las traducciones, no fue posible obtenerlas.

inglesa: nuevas traducciones[25], una amplia muestra de 82 autores ingleses, estadounidenses y canadienses. En la antología sobresalen los apartados correspondientes a Ezra Pound –de quien se traduce una porción representativa de su extensa obra poética–, Wallace Stevens, W.H. Auden, e.e. cummings, el cantautor canadiense Leonard Cohen y el serbio–norteamericano Charles Simic.

En 1978, Hurtado editó una antología general de textos de Pound[26], con poemas breves, una selección de *Cantares*, ensayos literarios, entrevistas, testimonios y anexos documentales, de diversos traductores internacionales. También incluyó las primeras versiones traducidas por él mismo y luego revisadas, 25 años después, para el tomo de *Poetas del siglo XX* publicado junto a Ulloa.

Formas breves

El escritor y traductor guatemalteco Luis Eduardo Rivera es, en la actualidad, uno de los escasos traductores literarios centroamericanos que ha podido darle continuidad a su trabajo, si bien sus textos traducidos se editan en México y España. Desde 1996 se ha dedicado a verter al castellano a los más importantes autores franceses de aforismos, epigramas y ensayos breves, con gran éxito de crítica.

"Generalmente las traducciones son parte de mis búsquedas personales y otras que he ido descubriendo", dijo el poeta y traductor en una entrevista al diario guatemalteco Siglo XXI. "Estoy terminando la traducción de un libro rarísimo de los hermanos Goncourt, *Ideas y sensaciones*; es un

---

25. *Poetas del siglo XX en lengua inglesa: nuevas traducciones*. Prólogo, selección y notas de Ricardo Ulloa Garay y Gerardo César Hurtado. San José: Editorial de la Universidad de Costa Rica, 2004.
26. *Ezra Pound*. Prólogo, selección y notas de Gerardo César Hurtado. San José: Departamento de Publicaciones, Ministerio de Cultura, Juventud y Deportes, 1978.

volumen de textos muy cortos, fragmentos, notas, aforismos, que no han perdido su interés", añadió Rivera, quien tiene notable predilección por las formas breves del pensamiento y de la autobiografía.

El poeta y narrador reside en París desde hace 32 años. En 1996 editó el clásico *Pensamientos* (1996) de Joseph Joubert y *Papeles pegados* (1998) de George Perros, para la editorial mexicana Aldus. En 2006 preparó *Sobre arte y literatura* de Joubert, *Pensamientos y rivalorianas* de Antoine de Rivarol y *Pasos en la arena* de Remy de Gourmont, para la editorial española Periférica.

En este mismo sello publicó *El testamento de un bromista* de Jules Vallès, un testimonio sarcástico sobre la comuna de París, y *Sin flores ni coronas* de Odette Elina (2008), memorias de una sobreviviente del campo de exterminio de Auschwitz.

El escritor guatemalteco Rodrigo Rey Rosa, uno de los narradores centroamericanos más reconocidos internacionalmente, es albacea literario del escritor estadounidense Paul Bowles. Revisó y retradujo algunos de los relatos más conocidos de Bowles para la reciente edición de *Cuentos reunidos* (2010). Ha trasladado al castellano los volúmenes de Bowles *La tierra caliente* (1992), *Palabras ingratas* (1992), *Días y viajes* (1993), *Muy lejos de casa* (1993) y *Puntos en el tiempo* (2010).

También es traductor de *Diario personal 1933* (2000) del memorialista francés Paul Léateaud, para la editorial Seix Barral, y *Domme o el ensayo de ocupación* de François Augiéras (2006).

El regreso a los orígenes

Otras posibilidades en el campo de la traducción literaria son la cooperación internacional y la recuperación de los textos clásicos. En las últimas dos décadas, las universidades públicas, las embajadas y sus centros de intercambio cultural han estimulado la publicación de ediciones traducidas.

140

En 1997, la Editorial Universitaria Centroamericana (EDUCA) [27] publicó una colección de clásicos universales entre los cuales se divulgaron traducciones locales. Este fue el caso de la edición crítica de *El príncipe* de Maquiavelo, del politólogo costarricense Manuel Formoso[28], y de la selección de *El Decamerón* de Giovanni Boccaccio, del escritor italiano residente en Costa Rica Franco Cerutti[29].

En el periodo 2009-2011, la Embajada de Brasil en Costa Rica publicó tres libros preparados por traductores nacionales: el libro de cuentos *Granadas maduras* (2009) de Marco Antonio Arantes, a cargo de la narradora Jessica Clark[30], *Brasil, patria de poesía. Antología de poesía brasileña* (2010) y *Cuentos infantiles brasileños* (2011), recopilados por Glória Valladares Gangeiro y Ninfa Parreiras, en versión de Jenny Valverde.

De los tres, la publicación más importante es *Brasil, patria de poesía. Antología de poesía brasileña*[31], una muestra representativa de autores del siglo XVII a la actualidad, realizada meticulosamente por Mario Albán Camacho.

Si bien algunas de las traducciones incluidas se toman de ediciones anteriores del Centro de Estudios Brasileños de Lima, Perú, Camacho tradujo para este volumen la selección de poemas de Manuel Bandeira, Murilo Mendes, Carlos

---

27. Esta iniciativa fue parte del proyecto "Educación y desarrollo para la reconstrucción centroamericana", que coordinó el director de EDUCA, el editor salvadoreño Sebastián Vaquerano, con el auspicio de la Unión Europea.

28. Maquiavelo, Nicolás. *El príncipe*. Traducción y prólogo de Manuel Formoso Herrera. San José: EDUCA, 1997. Segunda edición corregida.

29. Boccaccio, Giovanni. *El Decamerón. Selección*. San José: EDUCA, 1997. Selección, traducción y prólogo de Franco Cerutti.

30. En colaboración con Eliana Schwember.

31. *Brasil, patria de poesía. Antología de poesía brasileña*. Prólogo, selección y notas de Mario Albán Camacho. San José: Arboleda, 2010.

Drummond de Andrade, Vinicius de Moraes, Joao Cabral de Melo Neto, Décio Pignatari, Haroldo de Campos, Fernando Mendes Vianna, Carlos Henrique Escobar, Marly de Oliveira, Affonso Romano de Sant'Anna, Francisco Alvim, António Carlos de Britto, Jorge Sá Earp y Floriano Martins.

El intercambio más interesante se dio con motivo de la celebración en Costa Rica del Premio de Joven Literatura Latinoamericana de la Maison des Ecrivains Etrangers et des Traducteurs de Saint-Nazaire (Casa de Escritores Extranjeros y Traductores, MEET, por sus siglas en francés), de Francia, en el 2000. El primer lugar fue para la novela breve *El feo y los ciegos* de Jesús Vargas, la cual se tradujo al francés al año siguiente, bajo el título *Le vilain et les aveugles*[32], y se distribuyó en ambos países.

Aunque el premio no suscitó la publicación directa de literatura francesa, el director de la MEET, el escritor francés Patrick Deville, publicó en el 2004 una novela basada en sus vivencias regionales e investigaciones en la convulsa historia centroamericana del siglo XIX, *Pura vida. Vie et mort de William Walker*[33]. A pesar de los esfuerzos del autor porque se tradujera localmente el texto, o al menos se hiciera una edición en el istmo, al cabo la novela se publicó en Barcelona en el 2005[34].

En lo que podría llamarse la vuelta a los orígenes, que sigue siendo una de las fuentes esenciales de la cultura centroamericana, Guatemala emprendió en el 2011 una nueva traducción del *Popol Vuh* bajo el título de *Popol Wuj*. Esta grafía, que está imponiéndose sobre la convencional, se acerca más a la pronunciación original.

---

32. Vargas Garita, Jesús. *El feo y los ciegos / Le vilain et les aveugles*. San–Nazaire: MEET, 2001. Traduit de l'espagnol (Costa Rica) par Françoise Garnier.
33. En español en el original. Expresión idiosincrática costarricense de fuerte impacto popular.
34. Deville, Patrick. *Pura vida*. Barcelona: Seix Barral, 2005.

El traductor, el lingüista k'iche' Sam Colop[35] realizó una transcripción del texto original a su propio idioma y luego lo cotejó con las transcripciones de 1944, 1971, copia facsimilar de 1973 y 1978, y al final con la versión de fray Francisco Ximénez, escrita entre 1701-1703, sobre un manuscrito perdido del siglo XVI, y que forma parte de la colección de la Newberry Library de Chicago.

En su versión, Colop pretende restituirle el lenguaje poético al texto original. Con este propósito examinó las versiones anteriores, en especial la más conocida y reeditada de Adrián Recinos[36] así como la de Dora Burgess y Patricio Xec (1955), y le prestó atención a las "metonimias, metáforas y otras figuras literarias".

La traducción académica se sometió a la tradición oral: "La segunda etapa consistió en leer en k'iche' palabra por palabra y frase por frase para compararlas con la versión en español con mi señor padre, Mateo Sam Pocol. El conocía partes del texto conforme la tradición oral k'iche'; pero no lo había leído, ni escuchado en su versión escrita, y no dejó de impresionarle la parte relacionada con Tojil. Luego el texto se fue mejorando, con observaciones y revisiones posteriores".

La versión definitiva se acompaña de un impresionante y exhaustivo aparato de notas que permite una interpretación múltiple del texto y de las sutilezas del idioma más complejo y elaborado de la América Precolombina.

Perspectivas futuras

En 2011, el traductor y crítico costarricense Gustavo Adolfo Chaves preparó la versión al castellano del libro

---

35. *Popol Wuj*. Guatemala: F&G Editores, 2011. Traducción al español y notas de Sam Colom.
36. *Popol Vuh. Las antiguas historias del Quiché*. México, Fondo de Cultura Económica, 1947. Traducción de Adrián Recinos.

Dancing in Odessa del poeta ruso-norteamericano Ilya Kaminski[37], así como *Fin del continente: antología mínima* de la obra de Robinson Jeffers, para la editorial local Germinal (2011).

Chaves dirige desde el 2010 la colección Ezra de Germinal, de claras reminiscencias poundianas, dedicada a traducciones, y su objetivo es renovar la tradición poética costarricense y centroamericana a partir de obras escritas originalmente en otras lenguas. Tanto él como otros traductores, ligados a editoriales privadas, encuentran en blogs y sitios web el vehículo para difundir, discutir y afinar sus traducciones[38] en una creciente comunidad de lectores, editores, críticos y escritores.

Esta red es en la actualidad uno de los espacios de mayor crecimiento de la traducción literaria en Centroamérica y busca abrirse paso en un escaso y sin embargo competitivo espacio regional. ¿Con qué compiten? Con ediciones prestigiosas de países desarrollados. Su nicho de mercado son tanto los géneros menos divulgados, la poesía o la prosa experimental, así como los autores marginales en sus propios países o sin traducciones en España o México.

La mayoría de los traductores que intervienen en esta red continúa haciéndolo a título personal, como fue en el siglo XX, sin apoyo institucional de ningún tipo, como un subproducto de sus experiencias académicas o estéticas propias o, como en el caso de Chaves, por el interés de dar a conocer autores ignorados en el ámbito regional.

La traducción literaria en Centroamérica está estrechamente ligada al futuro de sus industrias culturales, en particular del sector editorial, y depende de la iniciativa individual para su sostenibilidad económica. A menudo los editores y libreros independientes arriesgan su patrimonio personal sin

---

37. La traducción fue publicada por la editorial española Libros del Aire.
38. cafeverlaine.blogspot.com

esperar una retribución inmediata de parte del mercado. En algunas circunstancias favorables, también han recibido apoyo o subvenciones de centros culturales internacionales.

El resultado es estimulante, en términos literarios, pero con escaso impacto sobre el mercado editorial y los lectores. Para los autores centroamericanos, la traducción, a veces modesta y en ocasiones intensa –como ha sido con Coronel Urtecho, Cardenal, Acuña y Gutiérrez, por ejemplo–, fue una parte indisoluble de su creación literaria. Sin embargo, casi siempre es el triunfo de la pasión creadora por encima de la indiferencia social, económica y cultural.

El panorama actual no es muy diferente al anterior. De cualquier modo, las indecisas mutaciones del sector editorial, las redes sociales, la multiculturalidad y la búsqueda de nuevos lenguajes expresivos, sobre todo en el campo de la poesía, contribuyen a que la traducción literaria sobreviva aún al margen de la cultura oficial.

¿QUÉ CUENTA CENTROAMÉRICA?

Atravesamos la inmensidad azul del lago de Nicaragua, rodeados de isletas y volcanes como estatuas expectantes. Sergio Ramírez se vuelve en el bote y me pregunta por cuántos años Joaquín García Monge publicó la revista *Repertorio Americano* en Costa Rica, en la que colaboraron Alfonso Reyes, Neruda y Gabriela Mistral. Le contesto que 40 años, entre 1919 y 1958. Ambos coincidimos en que si la hubiera hecho desde alguna de las capitales culturales de Latinoamérica esta hazaña asombrosa no pasaría casi inadvertida en el siglo XXI. Le digo que los mismos costarricenses no nos hemos enterado aún de su importancia.

Seguimos adentrándonos en "la mar dulce", tal y como llamaban al lago Cocibolca los colonizadores españoles, como si nos sumergiéramos en la tinta del olvido con la que parecen impregnados los hechos históricos en Centroamérica. Una tinta espesada en sangre. Mito de Sísifo del subdesarrollo, la historia del istmo se devora a sí misma y se condena a recomenzar de nuevo con cada ciclo –circo– que deja atrás. La región no se reconoce en su propio espejo.

Es lo que Sergio llama la "identidad incomunicada" y que él ha intentado paliar desde que en 1971 organizó el I Festival Cultural Centroamericano. Al año siguiente se produjo el terremoto de Managua y siguieron tres décadas de incesantes cataclismos naturales, políticos y sociales en el área.

Al contemplar el lago, tan extenso como el Titicaca y tan mítico como aquel, en su falsa mansedumbre, al pie del volcán, no dejo de pensar en los poemas de Pablo Antonio Cuadra y de Ernesto Cardenal. Un lago hecho de palabras. La imagen contrasta con mi arribo a Managua y los ensordecedores afiches de Daniel Ortega y Rosario Murillo que anuncian "Nicaragua, cristiana, socialista y solidaria".

La noche de mi llegada bromeo con los escritores nicaragüenses de la Generación Perdida –muy *chavalos* para vivir la revolución de 1979 y muy escépticos para creer en la restauración liberal de 1990– sobre los antiguos lemas sandinistas. En la nueva "robolución" –cito textualmente– danielista la frase del Che, "Hasta la victoria siempre", deriva en "Vamos por más Victoria..." (en alusión a la cerveza del mismo nombre). El novelista guatemalteco Francisco Alejandro Méndez, impertérrito en su cínica lucidez, añade: "...por más Victoria's Secret".

En Managua, los vestigios del terremoto son más permanentes que los de una década de revolución. Como dijo alguien, es más fácil salir de una dictadura, aunque sea para caer en otra, que salir de la pobreza. Una semana antes, en Guatemala, el escritor Méndez Vides me había dicho: "Este país no existe, lo destruyeron", refiriéndose a una tradición cultural arrasada por la violencia.

En Granada, atravesamos el portal de 1550 de la Casa de los Tres Mundos. Fue todo lo quedó del incendio de la ciudad ordenado por William Walker, el 22 de noviembre de 1856. Después de cumplir el mandato y de organizar una parodia de entierro, el general Henningsen colocó un rótulo en la plaza: "Aquí estuvo Granada" (como hicieron los romanos con Cartago).

Me abruma el peso de la historia invisible. La tinta indeleble de la historia que el escritor debe revelar.

Más de 40 escritores locales, mexicanos y europeos nos reunimos en el encuentro de narradores *Centroamérica cuenta*, en la Casa de los Tres Mundos, con el objetivo de repensar una identidad literaria en infinita deconstrucción. Es como el tiempo, cuando queremos definirlo ya se fue. Con un ojo siempre despierto, nos acompaña el franco–argentino Daniel Mordzinski, el famoso "fotógrafo de los escritores", a quien tengo 16 años de no ver.

147

En la apertura, Ramírez plantea el contexto de las sesiones: "Por la incomunicación feroz que asola la región, a pesar de la indiscutible identidad centroamericana que encuentra señales comunes en su historia, su geografía, su composición étnica, sus artes culinarias, en su música, y allí está, en su literatura. Es una identidad, por supuesto, diversa, porque aun siendo países tan pequeños, cada país centroamericano tiene su propio peso específico, pero siendo parte de esa identidad. Una identidad incomunicada, allí está la contradicción".

¿Y cuenta Centroamérica?, para la literatura latinoamericana e internacional. ¿Y, sobre todo, para sí misma? ¿Y qué cuenta? Ramírez convenció a Francia y a Alemania, a pesar de la crisis financiera en sus respectivas naciones, de que lo apoyaran en un vasto programa de cooperación literaria entre Europa y Centroamérica, cuyo primer paso es el encuentro.

¿Por qué un escritor de su fama y trayectoria se embarca a los 70 años en un desafío que parece insalvable? "Son cuentas pendientes con mi pasado", me dice. "En 1971 montamos en San José el I Festival Cultural Centroamericano, que incluyó una bienal de pintura, una feria del libro, festival de teatro, encuentro de escritores… En 1973, cuando debía tocar el siguiente, me fui a Alemania, y ya no se repitió. Imagínate lo que hubiera significado hoy, tras 40 años, 20 festivales… el rostro de Centroamérica sería otro. Y súmale que EDUCA –Editorial Universitaria Centroamericana– siguiera existiendo… De modo que nunca es tarde para empezar de nuevo. No pierdo tampoco la esperanza de que una editorial centroamericana vuelva a existir".

Cuatro décadas después, el péndulo literario ha cambiado –los géneros, las tendencias, la importancia relativa entre los países–, pero algunas de las contradicciones siguen siendo las mismas: Centroamérica produce una de las escrituras más interesantes de Latinoamérica, con un mercado interno reducido y, salvo pocas excepciones, escasas industrias culturales

–editoriales, mercadeo, circuitos comerciales, producción audiovisual, etc.– que le den visibilidad externa.

La pregunta de fondo sigue planteándose en torno a la relación centro/periferia. ¿La legitimidad de la literatura centroamericana proviene de su reconocimiento en las grandes capitales culturales o de la propia región? ¿Sergio Ramírez, Gioconda Belli, Rodrigo Rey Rosa u Horacio Castellanos Moya –por mencionar algunos casos– serían leídos y considerados del mismo modo en Centroamérica si no fueran publicados por grupos editoriales internacionales?

La respuesta tácita fue que hay que estar adentro y afuera (si se puede y cuando se pueda). La realización del encuentro *Centroamérica cuenta*, en sí mismo, es una apuesta a recuperar un espacio cultural propio y de asumir las enormes resistencias y diferencias que constituyen su mayor riqueza. Hoy se habla de literaturas regionales, en plural, y de una tradición de tradiciones que va de resabios neomodernistas y costumbristas, en algunos países, a patrones de consumo cultural de primer mundo entre la oligarquía local –por cierto, más integrada entre sí que cualquier otro aspecto social–.

Cuando en 1968 Sergio Ramírez fundó EDUCA, siendo secretario general del Consejo Superior Universitario Centroamericano (CSUCA), el istmo parecía ser la tierra prometida y su literatura una ciudad maya por desenterrar. En 2013, el *Popol-Vuh* convive con Paulo Coelho y el anhelo de una identidad común con procesos identitarios particulares y diferenciados. La región, como el mundo, pasó del sueño colectivo a la euforia individualista de los tiempos hipermodernos, de la violencia política a la inseguridad ciudadana, de la dictadura militar a la del *mall*.

La narrativa centroamericana expresa esta transición de muchas y distintas maneras. La pervivencia de los megarrelatos históricos –desmitificadores y extraoficiales en Costa Rica; post–revolucionarios en los demás países– se mezcla con las pequeñas historias, el maximalismo poslatinoamericano –dentro de la tendencia de la novela histórica– con el minimalismo de autores como Rey Rosa y Castellanos Moya, las literaturas de género y homoeróticas, la(s) escritura(s) experimental(es), la ficción real y la crónica, las formas múltiples de la novela negra y criminal...

Desde un punto de vista temático, la violencia cotidiana, la recuperación de la memoria después del genocidio y la guerra civil –o el espacio en blanco que deja el horror al no poder expresarse–, el desarraigo y la enajenación por la expatriación forzosa y fenómenos como la mara y el narcotráfico son ámbitos del nuevo espacio literario. No hay que olvidar que los países centroamericanos son los más violentos del mundo, con excepción de Nicaragua y Costa Rica.

¿Es posible una literatura que no se lee a sí misma? ¿Puede contar para el mundo si no cuenta para ella? La literatura centroamericana debe ser leída, ser legible y legitimada en los seis países del área para ser posible en cualquier otro. Y, antes que en la región como un todo – imaginario, como cualquier identidad–, en cada uno de sus países.

Centroamérica cuenta encontró un camino intermedio entre la reflexión y el pragmatismo y una de las ideas que cobró fuerza fue rescatar una editorial regional que recupere los fragmentos rotos del espejo colectivo, de la tradición común, y que la amplíe a los nuevos territorios de la literatura actual.

La pregunta pendiente es: ¿y deben hacerlo los escritores o solo deben escribir? La historia cultural centroamericana, viva en el presente, es la mejor respuesta.

V
RETRATOS DE FAMILIA

EL ÚLTIMO JUSTO

"Ah, Costa Rica. Sí, me acuerdo, yo quiero mucho a Costa Rica. Me sorprendió tanto su democracia", me dice al final de la charla. Hablamos un instante de Carlos Catania, del país, de la vida. ¿1974 ó 1975? El Teatro Nacional. Me viene a la mente el suplemento arrugado que guardo entre mis papeles viejos. Son segundos. Él apenas contesta, con unos murmullos de eternidad, o con una sonrisa eufórica y placentera cuando le menciono algo que reconoce en la memoria lejana. Empieza a hablarme de nuevo cuando una periodista de Radio France lo apunta con el micrófono y lo secuestra, "pero si él es tan importante como usted", le dice Sábato pícaramente, siempre defensor del que lleva la peor parte, siempre justo. Pero no hay remedio. Me mira, entonces, con su mirada de felicidad, de serenidad, perdido en el mar de las circunstancias, como diciéndome: "No hay remedio, viejo". Nos decimos adiós. Me estrecha la mano. Le doy las gracias.

El último justo

De él solo podría decirse aquello que dijo Françoise Sagan de Sartre: "Usted ha escrito los libros más inteligentes y honestos de su generación... Siempre se ha entregado con tenacidad a la lucha por ayudar a los débiles y a los humillados... Usted ha amado, escrito, compartido, entregado todo lo que tenía para dar y consideró importante, y rechazó todo aquello que le ofrecieron. Usted fue un hombre y un escritor; nunca pretendió que el talento de este último justificara la debilidad de aquél... Usted ha sido el único hombre justo, honorable y generoso de nuestra época".

Había estado rumiando aquellas palabras cuando entró aquel último justo (como el que reclamó Yahveh antes de arrasar Sodoma y Gomorra, ¿o era Buenos Aires?, ¿Beirut?, ¿Sarajevo?) al salón de la Maison de l'Amérique Latine. Bulevar Saint Germain para más datos. París. La sala se llenó de estupor. O al menos yo lo sentí así. No éramos muchos. Pocos, pero escogidos: nadie llegó por un autógrafo del último escritor de moda. Sábato es otra cosa. Sin embargo, es cierto que el escritor argentino, a los 85 años, después de haber sobrevivido al caos y al orden del siglo XX, a todas las furias y a la mayoría de las penas, ha cobrado una extraña actualidad: una actualidad, es cierto, que no añade nada a su permanencia –que es una actualidad más importante, una actualidad que no pasa, sin modas ni coyunturas–, pero que al menos dulcifica la vida difícil de un francotirador, de un anarquista cristiano, de un testigo incorruptible, de un comunista primitivo –como a veces le ha gustado definirse–, de esta mezcla de Buñuel y Dostoievski, como lo llamó la revista Time.

Albania acababa de otorgarle el Premio Ismaíl Kadaré –que lleva el nombre del gran novelista albanés–; se le mencionó nuevamente como uno de los candidatos al Nobel de Literatura y la editorial francesa Seuil publicó su obra narrativa como parte de la nueva colección de obras completas –una especie de Pléiade para posmodernos–, una serie refinada, exhaustiva y cuidada, consagratoria, en la que hasta ahora solo habían publicado Rabelais y Roland Barthes y el escritor judío Elie Wiesel, Premio Nobel de la Paz.

No es un mal lugar para Sábato: entre el genio de uno de los grandes satíricos de la literatura, el humanismo contemporáneo después de la Segunda Guerra Mundial y la crítica de la cultura moderna.

Sábato entra en el pequeño salón con esa maravillosa timidez y templanza de movimientos, que es su mayor fuerza. Tiene 85 años, pero la verdad es que Sábato nunca ha sido joven, o, más bien, siempre ha sido viejo. Ahora parece ser el mismo. Quizá un poco más delgado. Algo más enjuto, como si, en efecto, se hubiera convertido, al final de su vida, en el personaje de *El túnel*, un pintor ciego. Pero es el mismo. El último justo.

Tiene el ceño apretado. La cabeza pequeña y nerviosa, como si en su frente se acumularan todas las pasiones y las tensiones de que es capaz un hombre. Un héroe de nuestro tiempo. La cara de quien se ha peleado con el mundo, ha aguantado y ha vuelto para contarlo.

Inmutables, las gafas oscuras, pesadas, rectangulares, pasadas de moda, que ya son parte de su rostro compungido, lo protegen al mismo tiempo de la luz y de la oscuridad, del arduo día y de la temible ceguera –una profecía autorrealizada, como recordarán los lectores de *El túnel* y del *Informe sobre ciegos*–.

Viste con la pulcritud que ha sido su manera de vivir. Unos jeans no demasiado descoloridos, una camisa igualmente de mezclilla, anudada apresuradamente hasta el último botón, y, encima de todo, un saco azul que uno adivina fruto de la precipitación y de la tensión de último minuto.

Los fotógrafos empiezan a rodearlo mientras él reconoce a algunos amigos inevitables, necesarios, que lo han ido a saludar. La lenta peregrinación hasta la mesa, hacia el público, termina cuando él exhala al micrófono: "Bueno, me voy a quitar al saco porque hace mucho calor", y empieza a desembarazarse de aquel postizo azul marino que no va con él. Se aclara la voz, se aligera la camisa, ensaya frases en francés. Está de buen humor.

Las presentaciones no son necesarias, pero las convenciones obligan. Claude Cymerman, uno de sus viejos amigos, repasa rápidamente su vida. Luego habla Olivier Rolin, aunque no estaba en el programa. Es uno de los principales novelistas de Francia y conoció a Sábato hace 15 años, "cuando yo no era nadie", dice. Por eso quiso prologar el grueso volumen de Seuil, como homenaje a un hombre, a un escritor, que es uno de los últünos grandes conocedores del alma humana.

"Historias, historias", continúa Rolin, "ahora solo se habla de contar historias. Pero la literatura no es solo eso. Una novela es una forma de conocer, de reflexionar sobre la vida, sobre el ser humano".

Un alsaciano de cara redonda, rubio y bonachón, toma el micrófono, y lee una oda en prosa dedicada a Sábato. Es Jean-Didier Wagneur, quien preparó la edición de Seuil, revisó las traducciones precedentes y realizó un amplio estudio biográfico y bibliográfico sobre el escritor argentino.

Lucidez del corazón

La emoción se acumula. Sábato no sabe si hablar en español o en francés, o en una mezcla de ambos idiomas, que es lo que decide hacer. Opta por el francés, a regañadientes, e insiste durante diez minutos en que su francés es espantoso. No quiere hablar. No puede. No aguanta la emoción. Quiere escaparse. Está agradecido. Dice entre líneas lo que puede. Agradece los elogios. Vienen de amigos. De viejos amigos, dice. Pide un traductor al francés y al cabo de un rato de regateos y negociaciones, su timidez, su excitación, su pasión, van cediendo y recomienza. Habla de cualquier cosa.

Lo admite: "Hago chistes –dice– porque sino no, no podría, estoy demasiado emocionado". No es un viejito chocho. Nada que ver. Es un hombre emocionado que no ha perdido el contacto con las emociones verdaderas, ni siquiera frente a un auditorio de admiradores. Hace algunos chistes y la gente no entiende muy bien. Su humor es extraordinario, pero nadie espera de Ernesto Sábato el humor sino lo contrario.

Su seriedad –su cara de estar enojado con la vida– se exagera y el hombre de carne de hueso es contradictorio, como todos: es terriblemente serio y a la vez divertido. Pero su humor, esta tarde, es un pretexto para no volver a caer en las cosas terribles que están, inevitablemente, detrás de la momentánea emoción. Detrás de sus amagos de equilibrista hay un hombre cansado. Agradecido, pero cansado. Sin embargo, como siempre lo ha hecho, saca fuerzas de no se sabe dónde. Del corazón, tal vez. "Las razones del corazón", como dice Pascal.

Su cabeza parece haber sido estrujada durante décadas por el incesante ir y venir de las ideas. Ha escrito algunos de los ensayos más lúcidos del siglo XX, sin duda, pero su fuerza viene de su corazón, no de la cabeza. Es uno de los escritores que han entendido mejor, con el corazón y con la cabeza, esta época terrible y bella.

Por fin se decide: "Bueno, no sé, yo prefiero las preguntas y las respuestas. Si quieren..., yo..., yo no quiero molestar a nadie", dice con un inconfundible acento porteño. Está de buen humor. Su rostro, como si fuera una gasa transparente y porosa, revela prodigiosamente las borrosas contradicciones de su alma. La emoción se le acumula de nuevo, visiblemente, y no encuentra otro modo de refrenarla que hablando. Su reflexión se atasca en los detalles más inverosímiles:

"Yo creí que iba a arruinar las finanzas de Albania para siempre. Todo este viaje. Todo a costa de Albania. Gracias al premio de Kadaré, el pobre". La risa estalla en el auditorio. Pero Sábato continúa imperturbable; a ratos, impertinente. La necedad es una de sus virtudes.

"Pero yo tengo una gran simpatía por ese pueblo. Son los antiguos ilirios, que estuvieron en la península antes que los griegos. Es un pueblo que combatió siempre por su libertad y eso a mí me conmueve mucho, y lo consideraba como un pueblo pobre, que ha luchado siempre".

Intenta alargar el tiempo, salir del embrollo, desatascarse. "Es que todo se me olvida. Ahora me olvido de todo. Me olvido hasta de lo que me olvido". Sigue hablando. El humor nunca va a faltar, pero tampoco la lucidez —lo único que

Sábato jamás olvida es la lucidez—, ni sus frases tercamente lapidarias. Las razones del corazón, de nuevo.

El pecado del científico

"Yo tuve una infancia terrible. Mi alma era un caos y, cuando me enviaron al colegio secundario de la Universidad de La Plata —porque en mi pueblo no había colegio— y oí por primera vez la demostración de un teorema, me quedé fascinado, y ahí decidí estudiar matemáticas. Claro, no sabía que había descubierto el universo platónico, el orden puro, mental, a diferencia del arte que se escribe de acá para abajo", dice con la cabeza.

"Estudié ciencias físico-matemáticas e hice el doctorado en la Universidad de La Plata, que en aquel tiempo era la mejor del país. Ahora es una ruina —todo en la Argentina es una ruina—; pero me duele mucho la Universidad de La Plata. Era una gran universidad hecha por un gran humanista de La Rioja, porque también en La Rioja hay personas buenas". Risas de nuevo. Sábato ríe con nosotros por el acierto. Apenas es necesario decir que Carlos Ménem viene de La Rioja.

"Bueno, entonces terminé el doctorado. Cumplí con mi deber. Yo estaba ya escribiendo y pintando desde adolescente, pero había que terminar, porque mi familia era muy severa, y, desgraciadamente, me dieron la única beca que entonces concedían en la Argentina y me enviaron al laboratorio Curie, justamente aquí, en París, donde trabajé hasta que se vino la guerra, en 1939. Bueno, hice lo que tenía que hacer. Después volví a La Plata, a la universidad, y enseñé relatividad y mecánica cuántica en el último año del doctorado. *Quelle horreur*!: una persona que ya estaba escribiendo una novela, desde esa época. Era una novela que terminé quemando y que se llamaba *La fuente muda*. Era un verso de Antonio Machado: *La fuente muda...* que decía..., no, me olvido de todo ahora. Es

158

cierto que para ese entonces había publicado en la revista Sur algunos ensayos, cosa que no era tan pecaminoso para un cientificista como publicar una novela. A los dos años dije: Bueno, ya yo he cumplido con mis deberes. Me fui a un rancho, en Córdoba, con mi mujer, Matilde, y desde ahí empecé a escribir y a publicar no solamente ensayos sino a trabajar en las novelas."

Con buen humor admite que con la edad el ser humano se vuelve más calmo: "Antes era muy duro, pero ya no tanto. Al final de la vida, uno tiene que perdonarse tantas cosas..."

Alguien en el público toma la palabra y lo compara con Kafka, quien también intentó quemar toda su obra.

"Sí, yo he quemado casi todo... Kafka es un escritor kafkiano, empecemos por ahí. Todo en él es kafkiano, su vida misma", dice casi divertido, entusiasmado por encontrar un tema sobre el que puede explayarse sin hablar de sí mismo en un tono tan personal.

"Lo que él ha escrito es una gran literatura sobre una vida muy tormentosa, muy kafkiana, con su padre y todo eso, que son un tesoro para el psicoanalista. Felizmente, él se volcó a la literatura en lugar de acudir al psicoanálisis. Es más barato escribir que ir a gastar dinero con alguien que no lo va a sacar a uno del pozo. Hay excepciones, claro, pero cuesta mucho. En cambio, escribió, y escribió cosas que van a permanecer. Hay obras, en todas las artes, que son del momento, y hay obras que permanecen. A veces, por la calle, me pregunta un muchacho: ¿Qué hay que leer?, y yo le digo que, en primer lugar, no lea novedades: Espérese seis meses." Sábato hace una broma, pero el auditorio lo sigue atento, sin inmutarse.

"Claro, el muchacho no entendía mucho lo que yo quería decir. Bueno, lo que ocurre es que ahora se produce mucha literatura light. Hay que emplear esta palabra casi comestible. Abunda la literatura light. Así que hay que esperar, por lo menos, seis meses, un año. Hay que leer lo que ha permanecido. El gran arte es el arte que permanece. Schopenhauer dijo ilustremente, valientemente, en una época en que el racionalismo tenía una enorme fuerza: La gente cree que la humanidad progresa. La humanidad no progresa nada, porque el corazón del hombre es el mismo ahora que en la época de los trágicos griegos. La física de Arquímedes es inferior a la de Einstein, sin duda, porque progresa la ciencia, pero no el corazón del hombre. Siempre es el mismo. Esa es la gran literatura, como Kafka." Alguien más le pregunta por qué dejó de escribir.

"Yo dejé de escribir porque me quedaba ciego. Siempre tuve el temor de la ceguera, pero más bien resultó ser como una cosa premonitoria. Un día, un oculista, el más grande que hay en la Argentina, amigo mío, me hizo un examen a fondo, porque yo veía como una telaraña delante y me dolía muchísimo la cabeza cada vez que leía. Y me dijo: Ernesto, si usted quiere seguir leyendo y escribiendo, va a terminar muy mal. Tiene una baja total del humor vítreo que deja indefensa la retina. Además, tiene una lesión muy grave –que todavía me molesta, por cierto– en el ojo izquierdo y una pequeña en el derecho. El médico pensó que sería una gran tragedia para mí. Le pregunté si podía pintar y me dijo que sí, que el problema era la letra pequeña. Él se quedó impresionado de que yo no me impresionara. Es cierto. Pero la ceguera me permitió dedicarme a la gran pasión que tuve durante mi infancia y parte de mi adolescencia: la pintura.

"Hice mi primera exposición en Beaubourg –Centro Georges Pompidou–, después en España, y próximamente voy a perpetrar otras exposiciones. Estoy invitado a exponer en Genova. Yo creí que en Genova eran más mercantiles". Risas.

Tristemente metafísico

Aplaudido por algunos de los grandes escritores del siglo –Mann, Camus, Gombrowicz, Graham Greene, el mismo Borges–, lector atento de Schopenhauer, Kierkegaard y

Nietzsche, en los que reconoció los cimientos de una crítica a la idea del progreso; antecedente conspicuo de Marcuse, Habermas y de los pensadores y futurólogos apocalípticos del siglo XX –opuestos a la técnica como sentido de la existencia humana–, Sábato es un hombre triste. Un gran héroe triste con sentido del humor y de la pasión.

"Lo que se hace sin pasión no vale la pena. Puede ser que sea bueno, pero no es de mi raza. Por eso, cuando hay un muchacho que me dice que va a ir a la facultad de letras porque quiere ser escritor, yo le digo que es lo último que debe hacer, porque se va a llenar de semantemas y palabras por el estilo y le van a quitar todas las ganas de escribir. Hay excepciones, claro. En cambio, Dostoievski era ingeniero, salió del politécnico y nos resultó un escritor bastante bueno". Risotada general.

Por esos ojos pequeños y apretados, detrás de las imperturbables gafas oscuras, de hijo de inmigrantes, por esos ojos que se comerá la tierra, Sábato ha visto cumplirse las horribles profecías escritas en sus libros memorables: desde la presentida ceguera de *El túnel* (1948) al reino del mal y del caos moral en *Sobre héroes y tumbas* (1961) y la desintegración de la sociedad y el mundo infernal en *Abaddón, el exterminador* (1974).

Esos son sus únicos volúmenes de ficción publicados ("todo lo demás, que era casi todo, lo he quemado", dice con una determinación que asusta), los cuales recogió a partir de 1987 bajo el título *Narrativa completa*.

Abaddón, el exterminador, que completa su famosa trilogía, prefiguraba una década antes el horror de *Nunca más* (1984), el informe de la Comisión Nacional sobre los Desaparecidos en Argentina, que dirigió el escritor. La imposible hibridación de existencialismo y surrealismo que proponía Sábato no estaba tan lejos de la realidad más real.

Un hombre triste, con una dureza que salía de sus huesos de inmigrante, no se sabe de dónde, tristemente metafísico, dulcemente trágico, terminó de hablar frente a un auditorio de acólitos bilingües, en el París de finales de siglo, en una tarde de inicios de la primavera, la estación que sigue al invierno. Al largo y duro invierno. Un hombre que peleó con el mundo y volvió para contarlo.

CORTÁZAR Y LA MÁQUINA DE IMAGINAR

Julio Cortázar (1914-1984) fue el único gran escritor latinoamericano del siglo XX que se mantuvo siempre en contacto con la narrativa experimental y que sirvió de puente hacia prácticas literarias no convencionales como el surrealismo y el grupo francés OULIPO (*Ouvroir de littérature potentielle* o Taller de Literatura Potencial).

Fue tanto uno de los referentes esenciales de la novela y del cuento iberoamericanos, en la corriente de la literatura fantástica, como un autor marginal a esa misma tradición, imposible de encasillar, debido a su búsqueda de nuevos géneros que rastrearan lo narrativo en la vida cotidiana, la cultura popular y el absurdo de la modernidad tardía. El otro gran autor latinoamericano de la exploración estilística fue el cubano Guillermo Cabrera Infante, pero desde los juegos de palabras y la corriente de subversión nacida a partir del *Ulises* de James Joyce.

Aparte de Cortázar, los *oulipens* más conocidos fueron los franceses Raymond Queneau y Georges Perec y el italiano Italo Calvino. En sus obras es posible encontrar la libertad expresiva y el humor negro que hallamos en *Historias de cronopios y de famas* (1962) y que el argentino llevó al extremo en su novela *Rayuela* (1963).

Las *Historias de cronopios y de famas*, muy populares y al mismo tiempo subvaloradas dentro de la inmensidad de la ficción cortazariana, no son completamente cuentos sino la tentativa de un género nuevo: ¿cómo contar un cuento contándolo sin contarlo del todo? Eso dio origen a la primera parte del volumen, "Manual de instrucciones", una de sus secciones más famosas, y que son desternillantes viñetas en las que el motivo del relato y su sentido quedan escamoteados bajo la laberíntica maraña de procedimientos, mecanismos y rituales que los rodean.

Por supuesto, en el origen de este mundo ficticio de requisitos, de esta suerte de *mecánica popular* de lo real, que adquiere más importancia que el mundo verdadero, no puede estar otro que Kafka, pero también Jorge Luis Borges, de quien Cortázar y toda la narrativa latinoamericana son tributarios. Borges descubrió la intertextualidad posmoderna y escribió como si lo que estuviera escribiendo ya hubiera sido dicho, como si sus relatos no fueran el resultado del acto de narrar sino de leer.

Las tres novelas de Cortázar, *Rayuela, 62, modelo para armar* (1968) y *Libro de Manuel* (1973), se plantean el mismo problema del relato que busca la complicidad del lector para estructurarse. La clave de lectura para estas obras la da un elemento esencial en *Historias de cronopios y de famas*, como es su carácter lúdico. Cortázar asume el riesgo de ser considerado un kafkiano ingenuo y acepta que para él la literatura es juego.

Quizá por eso, en estos "tiempos sombríos", algunos han valorado más sus cuentos, más cercanos al modelo clásico, que sus novelas, en las que asume todos los riesgos, incluso el de la irracionalidad antiburguesa y la confusión. Sin embargo, en *Historias de cronopios y de famas*, como en *Un tal Lucas* (1979), el autor argentino se traslada a una cotidianidad minimalista como si se tratara de un viaje fantástico a los confines del absurdo. Si bien nos deja algunas de sus piezas más célebres como autor –"Instrucciones para subir una escalera", "Tía en dificultades", "Aplastamiento de las gotas" o "Los exploradores"–, medio siglo después parece un inapelable recordatorio de la sensación de nada en la que nadamos en la actualidad.

A pesar de los seres entrañables que pueblan estos microrrelatos *avant la lettre*, la acumulación de gestos y acciones vanas sirven de eco a un tiempo anterior, en que las palabras parecían darle sentido a las cosas y no eran objetos

164

independientes. Esta "pequeña cosmogonía portátil", para usar un título de Queneau, es maravillosa y en su maravilla absolutamente banal, absolutamente divertida, absolutamente intrascendente.

Quien conoce París después de haber leído *Rayuela* no puede evitar una cierta desilusión al ver palidecer a una de las ciudades más hermosas del mundo frente a la contundente realidad de la ficción. Saber que esta obra está más viva que nunca, 50 años después de su edición original, es el único consuelo posible a la inexistencia física de su personaje más memorable, La Maga.

Magnus Opus de la aventura metafísica, I Ching de la novela latinoamericana, tangram de París, cábala porteña, *Rayuela* es más que un texto mítico. Es un mito, poseído de la hierofanía que le otorga el hecho de ser un libro-juego, el "rayuel-o-matic", un artefacto, una cámara de secretos, un gabinete de magia, un laberinto de espejos que le propone múltiples imágenes y versiones transtextuales al lector que se lee y se recompone en cada lectura. Es una de las pocas novelas experimentales de la literatura moderna que, al mismo tiempo, es canónica. La tesis, la antítesis y la síntesis se reúnen en un mismo texto.

Lo extraordinario de *Rayuela* es que, sin perder su explosiva fragmentación, es *legible* y, como todo acto de magia, capaz de seguridad al lector, con o sin "capítulos prescindibles" (como se denomina la tercera sección de la novela o "De otros lados").

Quizá porque Julio Cortázar fue cronológicamente mayor entre todos los autores del *boom* –le llevaba 22 años al menor, Mario Vargas Llosa–, y el primero en fallecer, en 1984, su obra no ha cesado de cobrar densidad estética y conceptual y de ser revalorizada sin perder sus características lúdicas.

No hay que perder de vista que *Rayuela* es una máquina de imaginar, un juego, una ouija intertextual, un tarot que, en su arte combinatoria, recupera el espíritu del mazo de cartas que

165

realizaron en 1941 André Breton y los pintores surrealistas Wifredo Lam, Max Ernst y otros.

La novela de Cortázar es un homenaje a la revolución absoluta de la libertad y a las dos épocas de mayor creatividad literaria en el siglo XX: el periodo de las vanguardias históricas, en la década de 1920, y la corta primavera de la imaginación en la que los escritores, filósofos y artistas se reunían en Saint-Germain-des-Prés, en París, después de la Segunda Guerra Mundial. Sus antecedentes están en los clásicos del surrealismo *El campesino de París* (1926) de Louis Aragon, *Nadja* (1928) de André Breton y en los *Ejercicios de estilo* (1947) de Raymond Queneau.

El París de *Rayuela* o la "rayuela" de París no son el de la historia sino los del mito. Aunque la literatura de Cortázar no tenga nada que ver con el realismo mágico latinoamericano sino con la literatura fantástica rioplatense, el tiempo de *Rayuela* no es histórico ni tampoco cíclico sino ritual. Es "la búsqueda del comienzo", como llama Octavio Paz a la revolución surrealista.

En el caso de la novela, es el absoluto (La Maga, el amor, el amor que sigue siendo amor, la reinvención del amor) traducido al lenguaje recién creado del narrador argentino o de su personaje Horacio Oliveira cuando dice: "un día, ya no para él pero para otros, algún día esa pared va a caer y del otro lado está el kibbutz del deseo, está el reino milenario, está el hombre verdadero, ese proyecto humano que él imagina y que no se ha realizado hasta este momento".

El kibbutz del deseo adquiere numerosas formas en el imaginario de Cortázar y se identifica con el tercer ojo budista, "el centro del mandala, el Ygdrassil vertiginoso por donde se salía a una playa abierta, a una extensión sin límites". Ygdrassil es el árbol de la vida en la mitología nórdica. En otras obras del argentino, la búsqueda del absoluto es "la noche pelirroja" (*Prosa del observatorio*), que en *Rayuela*, como en el juego infantil, va de la Tierra al Cielo.

166

Rayuela es parte de la trilogía lúdica de Cortázar, junto con *64, modelo para armar* (1968) y *Libro de Manuel* (1973). Las tres obras son, como se dice en la segunda, "modelos para armar" –término tomado de los juguetes de la época–, libros– artefacto o juegos, textos que persiguen la reunificación perdida entre la palabra y la existencia, la imaginación y/o la vida.

Desde su aparición, en 1963, *Rayuela* ha tenido tres momentos de lectura o de recepción literaria. Al principio se leyó como un objeto de culto, para iniciados, en un periodo en que todos los lectores de literatura latinoamericana se sentían iniciados. Posteriormente, cuando su autor se comprometió con Cuba y luego con Nicaragua, y por diferentes motivos la novela del *boom* perdió el estadio de gracia en que vivió desde la década de 1950, se leyó como un texto difícil, escrito para especialistas.

En la actualidad, me atrevo a decir, sus nuevos lectores vuelven a inventar *Rayuela* desde otros parámetros y la (re)descubren no solo como uno de los grandes textos narrativos de la tradición occidental sino como una maravillosa novela de amor, quizá la mejor de la literatura latinoamericana.

Quien lee *Rayuela* como ritual de iniciación no puede olvidarla. Tampoco puede olvidar el París de *Rayuela* ni puede dejar de buscar a La Maga, esté donde esté. ¿Cómo olvidar el capítulo 7 y repetir y seguir repitiendo, a lo largo de la vida, aquellas palabras mágicas? "Toco tu boca, con un dedo toco el borde tu boca, voy dibujándola como si saliera de mi mano, como si por primera vez tu boca se entreabriera…"

¿POR QUÉ USTEDES HABLAN IGUAL QUE LOS CACHACOS?

En el fondo del patio central del Palacio del Marquez de Valdehoyos, por encima de las cabezas calvas, algunas, y otras delicadamente peinadas, zigzagueó repentina una corona de pelo ensortijado de color gris plata. Agucé la vista porque no se trataba de un hombre especialmente alto, y me aseguré a conciencia de que aquel hombre de rizos blancos, camisa blanca, pantalones blancos, zapatos blancos y sin medias, reloj blanco, reluciente esclava en la muñeca y ojos rotunda e inolvidablemente melancólicos fuera Gabriel García Márquez.

García Márquez disolvió con su presencia lo que estaba a su lado como si Cartagena, el mar Caribe y el trópico le pertenecieran. Estábamos en la ciudad de sus amores y la fuerza del personaje se hizo palpable hasta en las mínimas cosas.

Antes de que nos tomáramos la foto de familia, José Salgar, a quien García Márquez consideraba su maestro, hizo las presentaciones innecesarias y nos colocó en hileras frente a la cámara. Salgar, legendario jefe de redacción de El Espectador, era amigo de Gabo desde que ambos trabajaron en el mismo periódico, en 1954. Después nos dispersamos en las mesas previamente dispuestas para el almuerzo protocolario.

Los editores de 23 diarios de Latinoamérica, España y Portugal, yo incluido, nos encontramos en Cartagena invitados por la UNESCO y el Fondo de Cultura Económica (FCE) para la reunión anual del programa Periolibros. Entre 1993 y 1996 la colección llegó a publicar más de 120 millones de ejemplares de obras literarias iberoamericanas, en los principales medios impresos de la región. Fue el último y más acertado intento por acercar la literatura en lengua castellana y portuguesa a un público masivo, que solo tenía contacto con las letras por medio de los textos escolares o de los periódicos. El impacto fue extraordinario e inevitablemente efímero.

Al concluir el almuerzo, vi por el rabillo del ojo que García Márquez dudaba entre irse y alargar la sobremesa. Se puso de pie, en un instante quedó solo y accesible, y calculé que tendría unos segundos antes de que desapareciera. Durante mis años de estudiante de periodismo escuché las mil y una formas de perder una entrevista con García Márquez y las estratagemas que usaba para evadirlas. Algunos periodistas lo abordaban infructuosamente y otros preferían mantener con él una conversación elegante y discreta sin arriesgarse al rechazo.

El caso más célebre fue el del director de un periódico costarricense que, tras pedirle la consabida entrevista, deslizó el cuestionario bajo la puerta de García Márquez, en el hotel que ambos compartían, a solicitud del novelista. Así tendría más tiempo para preparar las respuestas, le dijo.

En los días siguientes tocó la puerta de la habitación sin obtener respuesta. Repitió la operación varios días, arrojando bajo la puerta periódicos y notitas cada vez más desesperadas, hasta que un camarero le informó que el célebre huésped había dejado el hotel mucho antes.

Como comprobé años más tarde, García Márquez no pasa inadvertido en ningún lugar. Suscita una particular reverberación en el ambiente, que se imanta a su llegada y que en segundos puede pasar del entusiasmo al fanatismo desenfrenado. En Cartagena, sin embargo, estaba en su charco, en su propia versión de la isla de nunca jamás y el tiempo parecía discurrir con apacible serenidad, en una fiesta de los sentidos.

Al incorporarse asumió esa actitud de absorta y primigenia perplejidad, casi paradisíaca, como si avanzara levitando entre las mesas y nadie pudiera detenerlo. Aunque se detuvo cuando vio que nos acercábamos. Sus ojos, siempre acuosos y tristísimos, extraviados en sí mismos, se dilataron en un resquicio de intimidad.

– Siempre he querido saber por qué ustedes hablan igual que los bogotanos –nos dijo después de que lo saludamos, en una frase que repitió cada vez que nos encontramos en los años sucesivos. Se refería a los costarricenses.

Le recordé que no había vuelto a visitar el país desde un famoso y conspirativo viaje en 1979, en un momento en que Centroamérica ardía por la revolución sandinista y García Márquez formaba parte de la red de apoyo internacional, junto a los presidentes Carlos Andrés Pérez, de Venezuela, José López Portillo, de México, Rodrigo Carazo, de Costa Rica, y el general panameño Omar Torrijos.

Me corrigió con una sonrisa cómplice: "Me encanta Costa Rica y he ido muchas veces clandestino. Tengo muchos amigos en tu país". Comentamos la posibilidad de que volviera en una visita formal, con un poco de vergüenza de mi parte, porque yo sabía, obviamente sin decírselo, que la Universidad de Costa Rica había contemplado la posibilidad de otorgarle el Doctorado Honoris Causa sin que prosperara la idea.

Con una torpeza que aún no me perdono le dije que lo invitaría a través de la editorial colombiana que estaba reeditando su obra completa. A pesar de eso, se portó muy amable ante mi insoportable traspié:

– Yo nunca tengo nada que ver con las editoriales.

Y añadió con picardía:

– Somos enemigos de clase.

Sin inmutarme insistí en que le organizaríamos una conferencia con cualquier excusa, lo importante era llevarlo.

– Nunca he dado una en toda mi vida y ya estoy muy viejo para empezar –contestó aprestándose a irse.

Mi esposa María terció y salvó la situación al hablarle de su tesis de doctorado sobre cine y literatura, con un capítulo dedicado a la adaptación cinematográfica de *Crónica de una muerte anunciada*.

– Eso me interesa mucho. Ese sí es mi tema, la literatura y el cine.

Se devolvió sobre sus pasos y tomándome del hombro en un gesto afable se dirigió a María:

– ¿Qué te pareció la versión que hizo Francesco Rosi de la *Crónica*?

García Márquez asintió mientras María le confirmaba su mala impresión de la película, basada en estereotipos e imágenes sesgadas de Latinoamérica.

– Los distribuidores no quieren pasarla –enfatizó Gabo con un dejo resignado.

Entonces, por primera vez, en esos cinco minutos largos, vi a Gabo expresarse con confianza:

– Francesco es amigo mío, pero esa película, hum… La *Crónica* es el problema de la culpabilidad colectiva. Es como *Fuenteovejuna*. Todos matan a Santiago Nasar.

Al concederle los derechos de adaptación de la novela esperaba que Rosi trasladara la acción a Sicilia, al escenario criminal de sus filmes más célebres, *Salvatore Giuliano* (1962) y *Lucky Luciano* (1974), y no que intentara recrear de forma acartonada un pueblo del Caribe colombiano.

García Márquez se transformó, preso de la misma alucinación que lo había llevado a escribir una de las obras más perfectas de la literatura contemporánea. Mencionó detalles mezclando con impunidad la ficción narrativa con el relato de los hechos verdaderos, como hace su propio texto literario.

– Hace unos días me visitó una periodista, que es amiga de la familia de Ángela Vicario, de la Ángela Vicario real, y le mandé a decir que yo lo hice con mucho cariño, el libro, que no lo hice con mala intención. El problema de ella fue con los periodistas que la fueron a buscar y la molestaron, no conmigo.

Agregó con una carcajada que se apagó en la tarde asfixiada de Cartagena:

– Y le mandé a decir que me diga quién fue.

Quién le arrancó la virginidad a Ángela Vicario y provocó la muerte de Santiago Nasar. Esa es la pregunta que recorre la narración frenética y la obsesión de García Márquez.

Irónicamente, el autor de *Crónica de una muerte anunciada* le reclamaba a la literatura que contara la verdad. No le bastaba la verdad literaria de la *Crónica* y seguía apasionado por conocer el nombre del responsable invisible del asesinato de Cayetano Gentile, en 1951, y que él convirtió en Santiago Nasar.

Un año después, mientras yo saludaba a Álvaro Mutis en el Palacio de los Congresos de Biarritz, durante la inauguración del Festival de Cine y Cultura de América Latina, apareció García Márquez. La atmósfera se sacudió de golpe con un latigazo instantáneo de electricidad. Mutis y yo encontramos refugio en la barra de mármol de la cafetería, en un extremo del enorme salón, a salvo del tumulto. Mutis se sonrió divertido, inmune a la fama y a la multitud que crecía sin cesar alrededor de su amigo colombiano.

Al día siguiente María y yo cruzábamos la playa de Biarritz. La vista del balneario, estacionado entre la belle époque y los locos años veinte, nos invitó a cometer una pequeña travesura. Entramos de puntillas al majestuoso lobby del Hotel du Palais, la antigua residencia de verano de Eugenia de Montijo, la emperatriz de Napoleón III, sin estar hospedados. Extasiados bajo la bóveda acristalada de la sala principal estuvimos a punto de chocar con una pareja que realizaba el mismo descubrimiento.

Nos saludamos con la vista y el hombre, de buen humor, comentó:

— ¿Son colombianos?

— No, costarricenses.

— Siempre he querido saber por qué hablan igual que los cachacos.

EL HACEDOR DE MITOS

Aunque para entender la importancia de Gabriel García Márquez basta con leerlo, ¿por qué es tan importante? A pesar de los homenajes que se han tributado con motivo de su fallecimiento, es difícil dimensionar lo que significó la publicación de *Cien años de soledad* en 1967, al punto que opacó el premio Nobel otorgado ese año a Miguel Ángel Asturias y el guatemalteco no se lo perdonó jamás.

Hace 50 años no existían los autores superventas, tal y como los conocemos ahora, y García Márquez se convirtió en el primer escritor global nacido en el Tercer Mundo y leído internacionalmente. El argentino Ernesto Sábato se preguntaba si los griegos habían concebido *La Ilíada* o si había sido al revés y es posible decir lo mismo sobre el colombiano. La imagen que tenemos en la actualidad de Latinoamérica es inseparable de la mitología que fundó para hacerla visible. Él no la inventó pero la convirtió en fábula.

Cien años de soledad colocó un mueble nuevo en las casas de clase media, la biblioteca, y estimuló una función social, la lectura por fascinación o diversión. Al lado de las enciclopedias y los llamados clásicos universales aparecieron las obras de un desconocido escritor que todos se arrebataban de las manos. Y no fue una moda pasajera.

En 1982, la consagración que significó el premio Nobel de Literatura también implicó lo que una editorial colombiana llamó la *gaboteca*: la reedición de sus obras en una sola colección. Un año antes, *Crónica de una muerte anunciada* se vendía en tirajes de más de un millón de ejemplares cada uno. Esa fue la primera vez que sucedió y, probablemente, no se repetirá nunca más.

García Márquez es completamente original y a la vez heredero de una narrativa del Nuevo Mundo que se remonta a los cronistas de Indias, de los siglos XVI y XVII, para culminar con la modernidad literaria de Borges, Carpentier, Rulfo y Cortázar, entre otros. Si bien cristaliza un proceso de autoafirmación de la épica americana, *Cien años de soledad* parece borrar todo lo anterior para fundarse en sí misma, como si estuviera escrita en otro idioma, el suyo propio, o la literatura comenzara con ese memorable "Muchos años después, frente al pelotón de fusilamiento..." donde resuena el "había una vez" de la tradición oral.

Su iridiscencia marca un antes y un después en la ficción contemporánea, que por varias décadas vivió el ahora de la novela total —el dominio absoluto de García Márquez— y fue más allá de la cosmovisión iberoamericana para internarse en las fuentes originales, los mitos, que nos llevan a los mitos que están debajo y que son las historias ancestrales de la humanidad.

No cabe duda que la literatura latinoamericana fue la más importante del mundo en la segunda mitad del siglo XX, a la altura de la que representó en la primera mitad la novela norteamericana, o el realismo ruso, en el siglo XIX. Pero García Márquez supera el movimiento del que fue asidero para adueñarse de las palabras de la tribu humana y de las posibilidades infinitas del acto de narrar.

El coronel Aureliano Buendía recuerda el momento en que conoció el hielo y en realidad vuelve al principio de los tiempos, al nacimiento de la memoria, el lugar en que se dan la mano el pasado y el presente: "El mundo era tan reciente, que muchas cosas carecían de nombre, y para mencionarlas había que señalarlas con el dedo".

El cataclismo adánico que estalló con *Cien años de soledad* proviene de su tono legendario templado por la fatalidad griega y la estructura circular del relato popular, que no deja escapar al lector. En su imaginario, la lluvia es una reminiscencia del diluvio universal y cada gesto remeda el pecado

174

original y el destino inexorable, porque en el mundo antiguo todo estaba predestinado. Los Buendía son un linaje del Mediterráneo afroamericano –el Caribe–, pero el narrador lo transmuta en la historia de la especie humana, en la sucesión de genealogías desde la bíblica salida de Babilonia, al ritmo de los nombres repetidos.

En el momento en que se publica la novela, no solo medio planeta emerge de la larga noche colonial sino que abandona la aldea, donde vivió por siglos, y se desarraiga en la jungla de asfalto. La identidad tradicional salta en mil pedazos. La nostalgia de ese paraíso perdido, dominado por la memoria, es lo que fermenta las fábulas de García Márquez.

La amenaza mayor de Macondo es la peste del olvido –ácido que corroe las antiguas civilizaciones hasta disolverlas– y por eso hay que inventar la escritura. Ponerle nombre a las cosas. En aquel mundo, encerrado en el atavismo de las palabras, cada sonido tiene la fuerza de un conjuro y maldecir es suficiente para causar la muerte. Ningún otro escritor en el siglo XX comprende mejor la lenta descomposición de la cultura patriarcal y le rinde culto a su violencia ritual. Sus grandes novelas son maravillosas y terribles ceremonias de brutalidad, códigos de honor y deshonra, pecado y culpa. La cólera divina que está reservada a los hombres.

Salman Rushdie, Mo Yan –premio Nobel de Literatura 2012–, el nigeriano Ben Okri y otros narradores anglo-indios, asiáticos, chinos y africanos, para no hablar de los latinoamericanos, se descubrieron en contacto con la obra de García Márquez. Este movimiento poscolonial, descrito gráficamente como "el retorno de las carabelas" por el crítico uruguayo Emir Rodríguez Monegal, transformó lo que hasta entonces entendíamos por literatura occidental. De pronto, lo marginal se transformó en el centro de lo que somos. Esta es la deuda impagable que el siglo XX contrajo con el novelista colombiano. Nada menos.

Cuando García Márquez se devolvió de Acapulco, en 1965, y se puso a escribir *Cien años de soledad*, ya era un escritor extraordinario, aunque desconocido. En ese instante de iluminación descubrió el fuego sagrado de su oficio: la forma de contar la historia que llevaba en sus entrañas. Decidió hacerlo como su abuela le relataba de niño los cuentos de aparecidos, como hicieron los rapsodas, bardos y trovadores para atesorar la memoria de la humanidad sin que sus atónitos oyentes se perdieran en los meandros y vericuetos de la narración.

Contó sus historias como si fueran orales, hechas de rumores y leyendas dichas de pueblo en pueblo, en las que aún reverberan la superstición y la magia de los mitos populares del Caribe. La tradición oral mitifica los hechos, en una alquimia que convierte lo ordinario en admirable, y los vuelve fábulas. Su otro gran hallazgo fue hacer relucir la lengua castellana como no lo hacía desde el Siglo de Oro.

LA *SUMMA FABULARUM* DE CARLOS FUENTES

Gabriel García Márquez dijo de la obra más ambiciosa de Carlos Fuentes (1928-2012), *Terranostra* (1975), que se necesitaba una beca para leerla. Fue tanto un elogio desmesurado como un ejercicio de ironía sobre la portentosa capacidad del mexicano. *Terranostra* no solo fue la novela más extensa de la literatura latinoamericana hasta *2666* (2004) del chileno Roberto Bolaño sino la *summa fabularum* de la visión universal de Fuentes. Las civilizaciones precolombinas, mediterráneas e iberoamericanas en un decadente canto homérico, la novela total de un ciclo de meganovelas que, como *Cien años de soledad*, quisieron volver al origen del mundo y crearlo con palabras nuevas.

Vi a Carlos Fuentes el 1 de mayo de 2012, durante la Feria del Libro de Buenos Aires, y radiaba una juventud asombrosa. A pesar de la muerte de sus dos hijos, había rejuvenecido, aplicado a la dura disciplina de sobrevivir. Como el maratonista verbal que siempre fue, corredor de larga distancia en la vida y la literatura, acababa de terminar una nueva novela, *Federico en el balcón*, de la que habló entusiasmado, pero dedicó su conferencia a su último y controversial ensayo, *La gran novela latinoamericana* –en ninguna de sus 450 páginas se menciona a Roberto Bolaño, hasta ahora el novelista latinoamericano más conocido del siglo XXI–.

Disertó de pie, media hora de puro músculo y mirada penetrante, leyendo sin dejar de improvisar, apartándose del texto escrito cuantas veces quiso, retomando en el aire el hilo de lo dicho sin tropiezos ni dudas, con el magnetismo personal y maestría estilística que lo volvieron famoso en todo el mundo. Si bien carraspeó en algunas oportunidades, jamás le temblaron las manos, ni la voz, y hasta se permitió balancearse en el podio y brindarle al público algún movimiento de sorprendente agilidad. Con los ojos inquietos, vigilantes, persuasivos, parecía dueño de su propia inmortalidad.

La gran novela latinoamericana (2011) completa el ciclo que Fuentes abrió en 1969 con su primer ensayo, *La nueva novela hispanoamericana*, cuando le dio cuerpo teórico a lo que después se conoció como la generación del *boom*. El narrador mexicano avizoró que un puñado de obras extraordinarias, entre las que se encontraban las suyas y las de García Márquez y Vargas Llosa, como ejes centrales, estaban destinadas a cambiar la literatura del siglo XX.

A sus 40 años, Fuentes ya era el narrador épico plenamente consolidado de *La región más transparente* (1958), que medio siglo después sigue siendo el gran espejo múltiple de la ciudad de México, y *La muerte de Artemio Cruz* (1962), la cual sintetiza los recursos técnicos e innovaciones introspectivas de la narrativa moderna. Sin embargo, en 1967 publica dos títulos, *Zona sagrada*, y en especial *Cambio de piel*, que ponen en crisis sus modos de narrar y anuncian lo que será una constante en su obra.

A partir de ahí, Fuentes propone en cada libro una literatura de ruptura permanente, que, aunque fracase, no dé nada por dicho ni dé tregua al lector, que a cada instante se lance al vacío y se coloque ante la desmesura del Nuevo Mundo.

Este proyecto se concreta ocho años después en el exceso barroco de *Terranostra*, una novela de 800 páginas que quiere reunir en un mismo tiempo y lugar la continuidad cultural que él mismo llama *Indo-afro-latino-américa*, a la manera de un gran canto general.

Esta ambición narrativa nace de su convicción de que el pasado está vivo, reproduciéndose en el presente y engendrando la posibilidad del futuro: "Sabemos que nada tiene principio ni fin absoluto. A veces pienso que México posee una visión renacentista permanente que no acepta la tiranía de la Razón ni la tiranía de la Fe –nuestros extremos– sino que celebra incansablemente la continuidad de la vida, múltiple, portadora del pasado que nosotros creamos, inventora del porvenir que nosotros imaginamos", como escribe en *Los cinco soles de México* (2000).

Para él, que escribió al inicio de *La región más transparente* una de las mejores definiciones de su país ("En México no hay tragedia: todo se vuelve afrenta"), como para otros grandes escritores barrocos, como el cubano Lezama Lima, solo esta perspectiva totalizadora, diversa y sincrética es capaz de superar las enormes diferencias y desigualdades que sufre Latinoamérica.

Idéntico afán lo llevó a investigar y realizar su ensayo más importante, *El espejo enterrado* (1992), que originalmente fue una serie de televisión escrita y presentada por él mismo, con aire de actor mexicano, para el Quinto Centenario de América.

En 1947, William Faulkner, cuya literatura obsesiva, incestuosa y gótica marcó a fuego la narrativa latinoamericana, dijo de sí mismo y de los demás escritores de la generación perdida norteamericana que habían fracasado al no haber estado a la altura de sus modelos literarios. Rescató a Thomas Wolfe, sin embargo, "el mejor fracaso porque fue el que tuvo más valor". Entre los autores del *boom*, este papel lo jugó Fuentes, quien lo supo todo, lo dijo todo y lo escribió todo, arriesgándose a incursionar en los más diversos estilos y géneros narrativos, desde la épica del Nuevo Mundo y la novela social hasta el relato experimental, la literatura fantástica –sin olvidar a los vampiros– y la intriga política.

Su obra contempla lo inmensamente grande, como la mencionada *Terranostra*, y la perfección minimalista, no exenta de complejidad, de *Aura* (1962), tal vez su texto breve más famoso, y de novelas cortas como *Gringo viejo* (1985), *La campaña* (1990) o *El naranjo* (1993). Intuye, explora y en ocasiones agota los temas, escenarios y tratamientos que la literatura latinoamericana recorrerá después de él al ir del realismo cinematográfico de *La región más transparente* a historias de vampiros y fantasmas.

La cabeza de la hidra (1978) es una de las primeras aproximaciones modernas a la corrupción del sistema político así como las narraciones de *La frontera de cristal* (1995) vislumbran los gigantescos desafíos del México actual: las mujeres muertas de Ciudad Juárez, el narcotráfico, las masacres y las relaciones con Estados Unidos.

En lo que tal vez fue su única novela de "no ficción", cercana al relato autobiográfico en clave, *Diana o la cazadora solitaria* (1994), Fuentes se hunde en la narrativa transgenérica que predomina en el siglo XXI al igual que en su última novela publicada, *Adán en Edén* (2010). Otros títulos, como el profético *Cambio de piel* (1967), *Cristóbal Nonato* (1987), *El naranjo* (1993) y la larga saga familiar *Los años con Laura Díaz* (1999) indagan en la construcción identitaria en un mundo de identidades inclusivas y elusivas: ¿Qué somos? ¿Qué deseamos ser? ¿Cómo ser lo que queremos?

"Pluralidad de voces, simultaneidad de tiempos, diversidad de miradas", como él mismo mencionó en su última conferencia, en Buenos Aires. ¿Cuántos Fuentes hubo, uno o muchos? Uno y muchos, que las lecturas y lectores multiplicarán al infinito.

Los años con Carlos Fuentes

En 1999, Fuentes publicó su última novela-río, *Los años con Laura Díaz*, que sumó a otras grandes tramas narrativas como *La región más transparente*, *La muerte de Artemio Cruz* y *Cristóbal Nonato*, sin olvidar la ya mencionada y excesiva *Terra Nostra*, concebida, según confesión propia, para superar en extensión a *El Quijote*.

Entre Cervantes y Proust, el barroco americano y la sonrisa de Erasmo, se desarrolló la inconmensurable ambición literaria de Fuentes, que lo llevó a plantear *La edad del*

180

tiempo como el proyecto literario más vasto de la literatura iberoamericana, una verdadera babel en papel que, necesariamente, debía dejar inconcluso al morir.

Dejando de lado el hecho cierto de que estamos frente a uno de los narradores más portentosos de la lengua castellana, y que *Los años con Laura Díaz* es la obra más extensa que publica en sus últimos 13 años de vida, encontramos en ella tanto lo mejor como lo peor de Fuentes. Empecemos por lo segundo: tal y como lo hacía notar Julio Cortázar en una carta de setiembre de 1958: "Y por eso el primer reparo (…) nace en razón directa de la magnitud del libro. Usted ha incurrido en el magnífico pecado del hombre talentoso que escribe su primera novela: ha echado el resto, ha metido un mundo en quinientas páginas, se ha dado el gusto de combinar el ataque con el goce, la elegía con el panfleto, la sátira con la narrativa pura. No tengo el prejuicio de los 'géneros literarios': una novela es siempre un baúl en el que metemos un poco de todo. Pero, Carlos, salvo para los que conocen como usted su México, todo el comienzo del libro, con sus entrecruzamientos, sus *flashbacks*, sus asomos de personajes rápidamente escamoteados hasta muchas páginas después, provocan no poca fatiga y exigen una cierta abnegación del lector para salir finalmente adelante".

Cuarenta años después, aquella afirmación, referida a *La región más transparente*, sigue siendo válida y explica la magia y el poder verbal del escritor mexicano, y a la vez sus frecuentes incursiones en el exceso, la sátira y la distopía presente en *Cristóbal Nonato* y en novelas más recientes, como *La silla del águila* (2003).

Fuentes, particularmente con estos megarrelatos, parece estar escribiendo su primera novela. La novedad es que la frenética y fragmentaria experimentación de *Cambio de piel, Terra nostra* o *Cristóbal Nonato* ha quedado atrás y *Los años con Laura Díaz* se decantan en un mural narrativo lineal y sucesivo, no simultáneo, que va encadenando las acciones y los personajes y que constituye una memoria del siglo XX

181

mexicano, desde los últimos años del Porfiriato hasta una visión edénica –ya no apocalíptica, como en *Cristóbal Nonato*– del año 2000, en "la Babel americana, el Bizancio del Pacífico, la utopía del siglo que se iniciaba", la ciudad chicano-mexicano-americana-mundial de Los Angeles, California.

Si el lector está dispuesto a atravesar la planicie –no digamos páramo– de las primeras 200 páginas –la juventud en Veracruz– y llegar a la ciudad de México, con la primera madurez de Laura Díaz, se reencontrará con el fascinante mundo personal de Fuentes, incluso con muchos personajes ya conocidos –Artemio Cruz es uno de ellos–, con la historia de la cultura y del pensamiento latinoamericanos –Diego Rivera, Frida Kahlo, Vasconcelos, Gorostiza, Paz– y con una narrativa fascinante. Hasta entonces el relato ha sido excesivamente moroso e hizo que un crítico no mexicano, por cierto, dijera que esta novela debería tener "un lugar prominente en la literatura universal... del aburrimiento".

Si bien la acción nunca es trepidante y el desarrollo narrativo se empantana en la reflexión sosegada, *Los años con Laura Díaz* es el testamento del realismo literario de Fuentes y de una generación de narradores latinoamericanos. En este sentido, nos propone un contrato de lectura que se acerca al mural-memorial o memoria de papel, que por zonas –geográficas o temporales–, ilumina y dimensiona episodios de la vida artística, intelectual e ideológica de México y de Iberoamérica: la Revolución, el muralismo –referente reiterado desde el primer capítulo–, la guerra civil española, el holocausto judío, la Segunda Guerra Mundial, la Guerra Fría, el macartismo, la matanza de Tlatelolco, la cultura chicana...

El título vuelve evidente la intención del autor: son los años "con" Laura Díaz y el énfasis no está en el retrato psicológico o intimista de la protagonista sino en el denso tejido de circunstancias y eventos de la historia.

Fuentes crea sus personajes inmersos en un cuadro de época que explica y vuelve visibles los dramas humanos. De ahí la preocupación del autor por la minuciosa reconstrucción

182

de la vida cotidiana y del clima intelectual de cada periodo, en desmedro de las fisonomías particulares.

En la inevitable tensión entre la memoria individual y la colectiva gana necesariamente esta última, porque toda la obra de Fuentes es una gran antiépica contra la historia oficial: "La imaginación de hoy era la verdad de ayer y de mañana", como dice uno de los personajes. Ahí reside su mayor contradicción y a la vez su peso específico en la tradición iberoamericana.

Los años con Laura Díaz es tanto una novela-nudo que amarra otra vuelta de tuerca, de un entramado narrativo que va de *La región más transparente* a la distopía política de *La silla del águila* (2003) y *La voluntad y el destino* (2008) –incluso con incursiones a la provincia, que recuerdan *Las buenas conciencias* u relatos de menor extensión–, como un novedoso mural al fresco –Laura es un personaje de Diego Rivera–, en un intento de recuperación del intimismo femenino sin desatender el mundo masculino y patriarcal de la historia y de la política, fundiéndolo todo en una síntesis vital.

Como siempre, como lo hace al final de *Terra nostra* o de *Cristóbal Nonato*, Fuentes propone al andrógino y a la unión de los contrarios como fuente mítica de la historia: el mito es una fuente de los mitos originarios. En *Los años con Laura Díaz* es una pareja de amantes que, como Adán y Eva, asisten al alumbramiento del siglo XXI y de una nueva era desde el balcón del más absoluto mestizaje, porque es la mezcla y no la pureza lo que enriquece la cultura.

Aunque Fuentes publicó más de diez títulos después de *Los años con Laura Díaz,* y a su muerte dejó al menos tres obras inéditas, esta novela permanecerá como una *summa* de su narrativa realista: saga familiar, comedia humana, ensayo interpretativo del siglo XX, breve historia de todas las cosas que conmovieron su alma y que transformó en historias y preguntas.

NI CON DIOS NI CON EL DIABLO

Mi generación, o el grupo del que tardíamente formé parte, fue la última en considerar a Sartre como el gran intelectual del siglo XX, "el único hombre justo, honorable y generoso de nuestro época", como escribió, fuera de proporción, Françoise Sagan. Quizá por eso me pareció intolerable que Alejo Carpentier, oficioso y obediente diplomático cubano en París, saliera corriendo boulevard Raspail abajo al tropezarse con Sartre y Simone de Beauvoir, en el mejor estilo operático que dominaba tan bien, cuando estalló el caso Padilla, en 1971. Me resultaba imperdonable que un escritor público –por decir lo menos– le diera la espalda a las contradicciones y pretendiera mantenerse al margen. Borges no lo hizo –y tal vez le costó el premio Nobel– y tampoco Lezama Lima, si se le lee por debajo de las palabras.

Neruda llamó a Carpentier "uno de los hombres más neutrales que he conocido" y Jorge Edwards, en su biografía del poeta, lo retrata de cuerpo entero. Siendo embajador de Allende en París, Neruda acudía a las recepciones oficiales de la embajada de Cuba, a pesar de encontrarse distanciado de la revolución por las críticas que recibió a raíz de su viaje a Nueva York, en 1966, al aceptar una invitación del Pen Club. Los diplomáticos se alineaban en estricto protocolo para saludar a las demás delegaciones y, al llegar el turno de Chile, Carpentier acostumbraba esconderse detrás de una cortina hasta ver pasar a Neruda. ¿De qué escapaba Carpentier? ¿De sí mismo? ¿De los espejos barrocos que pueblan sus propias y, admitámoslo, maravillosas novelas?

Conocí el caso Padilla una década más tarde, a través del sonado cruce de cartas entre Mario Vargas Llosa y Haydée Santamaría, fundadora de Casa de las Américas. En ellas, el peruano renuncia al comité de colaboración de la revista y define lo que para mí es un escritor en el espacio público, aunque lo que estaba en juego era mucho más. Mi interés por lo que todavía en aquel momento se resumía en la fórmula "literatura en la revolución y revolución en la literatura" era otro. Ahora esto suena prehistórico pero en 1980 estaba muy impresionado por el éxodo del Mariel, por el que 125 mil cubanos abandonaron la isla, y por los primeros libros que el "marielito" más célebre, el escritor Reinaldo Arenas, publicó tras casi 15 años de exilio interior.

Centroamérica formaba parte de la geopolítica mundial y era imposible no tomar partido, pero no a cualquier costo ni con los ojos cerrados. Lo fundamental de la polémica en la que se vio envuelto Vargas Llosa no era meramente su integridad moral para disentir sino su pensamiento ético y su literatura política. Un escritor público –civil, creo que lo llama Günter Grass– no debe tener la razón sino razones. Y aunque no siempre se coincida con él, y de eso se trata, justamente, es admirable lo que Juan Goytisolo define de esta manera –cito de memoria–: "Mario y yo nos hemos puesto de acuerdo en estar en desacuerdo".

Vargas Llosa había entendido muy bien no sólo lo que se avecinaba sino que el encarcelamiento del poeta cubano Heberto Padilla y su autocrítica posterior eran el equivalente latinoamericano de lo que fue para los intelectuales occidentales el fin de la Primavera de Praga. Esta mezcla del más puro estalinismo y el teatro del absurdo de Virgilio Piñera prometía muchas más consecuencias que la conclusión del corto verano del *boom* ("la noche vieja de 1970, en una fiesta en casa de Luis Goytisolo en Barcelona", en palabras de José Donoso) o el "quinquenio gris". El crítico cubano Ambrosio Fornet llama de ese modo a los años de represión posteriores al caso Padilla.

En el número especial "Diez años de la revista Casa de las Américas 1960-1970", en cuyo pie de imprenta se lee "Año de los 10 Millones" –la frustrada zafra azucarera de los diez

185

millones de toneladas–, el sumario de colaboraciones deja entrever un retrato de familia con la silueta vacía de algunos de sus miembros: subsisten Paz, Cortázar, García Márquez y Fuentes, entre muchos otros; desaparece Vargas Llosa y los escritores "fuera del juego" –el título del libro de Padilla que destapó la olla de grillos–, como Cabrera Infante. Como siempre, lo que no se dice es tanto o más importante que lo que se dice.

La pérdida de la virginidad

En febrero de 1982, Vargas Llosa acudió a Costa Rica al reestreno de *La señorita de Tacna* y presentó *La guerra del fin del mundo*. El estreno mundial de la obra se había producido ocho meses antes en Buenos Aires, con Norma Aleandro como la Mamaé, y el escritor y director argentino Carlos Catania, que también publicaba en la inigualable Seix Barral de entonces, lo convenció de permitirle reestrenarla en su país de adopción. El novelista peruano pasaba por uno de sus mejores momentos desde la publicación de sus tres novelas iniciales, y de los seis premios que obtuvo en ristra durante sus primeros seis años como novelista. Por lo tanto, su visita provocó una apoteosis.

El país gozaba de los estertores de una efímera edad de oro teatral y cultural, en parte gracias a los inmigrantes sudamericanos y a haber sido el frente sur de la revolución sandinista, como cuenta Cortázar en "Apocalipsis de Solentiname". La firma de ejemplares de la novela, que aún se recuerda, fue un espectáculo comparable a la obra en sí. Cientos de personas abarrotaron la librería más importante de San José durante horas y al llegar el escritor empujaron hacia adelante las primeras filas. El tumulto hizo que se estrellaran contra el piso los estantes repletos de libros. Recuerdo las fotografías en el periódico que mostraban el enorme dominó de volúmenes dispersos por el suelo.

A pesar de mi relación con Catania, quien fue mi maestro literario, como Sábato fue el suyo, yo no asistí. En la playa me esperaba la novela de mi vida, la pérdida de la virginidad, y no lo digo metafóricamente. No había cumplido los 20, pero adolecía de una edad sexual mucho menor, que mi primera novia y yo corregimos con dificultad durante una semana. He sido tardío en todo y a esa edad pocas cosas en el mundo o ninguna son más concretas que el sexo. Sin embargo, era un lector precoz de Vargas Llosa.

En 1980, ya había leído algunas de sus primeras obras maestras –tal vez no las que me marcarían de forma indeleble– y gracias a un artículo suyo me enteré años antes de la muerte de Lezama Lima. Pero el contacto con sus ensayos, luego reunidos en *Contra viento y marea*, me resultó un antídoto al optimismo enceguecedor –no diré ciego– de aquella última década utópica.

Significativamente, la primera recopilación de sus ensayos se tituló *Entre Sartre y Camus*. Vargas Llosa, como muchos otros escritores y pensadores occidentales, se había desencantado del Sartre tardío. El filósofo de las proclamas y manifiestos, capaz de estampar su firma en cualquier papel que sirviera de apoyo a la violencia de extrema izquierda –terrorismo contra terrorismo–, viniera de donde viniera, representaba los extremos del francotirador y bordeaba el cinismo de quien piensa que la búsqueda de la verdad ya no tiene sentido en un mundo que hay que contribuir a dinamitar.

Como escribí en un artículo de finales de los ochentas, "Vargas Llosa y el escritor moral", que permaneció inédito y olvidado hasta que ahora lo rescato de mis archivos, lo más estimulante y esclarecedor de su literatura, en términos ideológicos, era su "eticidad", como la llama María Zambrano, es decir, la realización de la moral y la articulación entre la ética y la estética, los actos y las palabras. La famosa frase de Sartre, "frente a un niño que muere de hambre *La náusea* no vale nada, no sirve de nada", parecía abolir esa tensión permanente en la historia de la cultura humana y de paso borraba la literatura latinoamericana desde el siglo XVIII, cuyo eje central había sido la libertad. ¿Cómo entender a Latinoamérica fuera de aquel decisivo ámbito moral?

Ni con dios ni con el diablo

A diferencia de García Márquez, que amaba respirar el aire conspirativo de la revolución sandinista y las reuniones clandestinas con Fidel Castro, Omar Torrijos y el defenestrado "Caloandré" Pérez, Vargas Llosa no frecuentaba Centroamérica. Al concluir la toma del Palacio Nacional de Managua, en 1978, García Márquez escribió en caliente la crónica *Asalto al Palacio*. La visión de mundo de Vargas Llosa y sus métodos de escritura eran radicalmente opuestos.

Años después visitó Nicaragua con el objetivo de realizar un reportaje sobre la revolución sandinista. Yo trabajaba en un periódico conservador, que adquirió los derechos de reproducción, y recuerdo muy bien la expectativa en torno al artículo. No creo equivocarme al decir que tanto la izquierda como la derecha esperaban lo mismo: una condena total del régimen. Por lo tanto, no era necesario leerlo para saber de antemano lo que pensaba Vargas Llosa. La decepción fue inmensa, al menos entre quienes recelaban del sandinismo.

En aquellas épocas de télex o de fax, previas a la informatización, mi editor señalaba con el dedo los puntos favorables que el escritor le concedía, pienso que generosa y legítimamente, a un proceso social en desarrollo. De nuevo, Vargas Llosa dejaba hablar a los hechos y no tan sólo a las ideologías. La realidad, como ya sospechábamos, no cabía en el dogma "...dentro de la Revolución, todo; contra la Revolución, nada". Una vez más, quedaba mal con Dios y con el Diablo.

A contraluz de la contrarrevolución en Nicaragua, la guerra civil en El Salvador y la estrategia de tierra arrasada en Guatemala, leer a Vargas Llosa y a otros "traidores" como

Octavio Paz era sospechoso. Por supuesto, aquel insulso sectarismo, construido sobre prejuicios y textos repetidos sin haber sido leídos, fue desmentido por el propio Vargas Llosa en sus reportajes, pero me temo que sin éxito, como es posible colegir por las reacciones que ha motivado la concesión del premio Nobel entre la izquierda –por llamarla de algún modo– y que, al menos, actualizó su diccionario de insultos.

En medio de la crisis centroamericana, la consigna sustituía con facilidad la realidad compleja. No había tiempo para más. ¿Para qué leer *La guerra del fin del mundo*, en su estuche de lujo, si era un plagio de *Los sertones* de Euclides da Cunha?, era el tópico de cafetín. Alguna vez escuché a un escritor panameño argumentar que el valor de la poesía de Paz se reducía al poema inicial de *Homenajes y profanaciones*. Revisé mi edición y se trataba de "Amor constante más allá de la muerte" de Quevedo. *Historia de Mayta* se leyó como un ataque al socialismo y no como una formidable y conmovedora vivisección de la condición masculina latinoamericana.

Desde *La ciudad y los perros*, Vargas Llosa era uno de los muy escasos narradores contemporáneos que intentaba la transición de un siglo al otro con una obra que indagaba tanto en la descomposición de las ideologías, en cuanto formas de entender el mundo, como en la crisis de la identidad occidental, sobre todo de la masculinidad y de la subjetividad individual, como es notorio por la importancia que le concede al sexo, el erotismo, el humor y la cultura popular moderna en su literatura.

Siendo un escritor realista, quizá por eso no se ocupa tanto de los megarrelatos épicos u utópicos como de los hechos concretos y específicos. Sólo en ellos la libertad no se ve aplastada bajo los conceptos sagrados que sustituyeron a Dios: Estado, Revolución, Patria, Nación, Mercado, Progreso o incluso Razón. El individuo nominal, como buen pequeño burgués que soy, está por encima de los grandes conceptos abstractos –aunque estos intenten hacer realidad los sueños

189

colectivos– que en ocasiones terminan convertidos en simples lemas que justifican los peores genocidios.

La utopía final

El sábado 16 de enero de 1988, mientras Carlos Fuentes acompañaba en secreto al comandante sandinista Daniel Ortega a una cumbre presidencial en Costa Rica, el exiliado cubano Carlos Alberto Montaner me aseguraba, en tono de primicia, que Vargas Llosa sería el próximo presidente de Perú. Ortega deseaba eludir a la prensa internacional, que lo esperaba en el aeropuerto, e ingresó por la frontera en una caravana clandestina fuertemente escoltada. Fuentes conversó con él durante el viaje de seis horas y luego desapareció en el torbellino político. Una década después hice del episodio el capítulo de una de mis novelas, pero el editor y yo consentimos en excluirlo de la versión definitiva y nunca se publicó.

Al precisar lo que iba a ocurrir, Montaner no se equivocó en nada, salvo en el resultado, y por fortuna la profecía no se realizó. Dentro de algunos siglos, si sobrevive la palabra, como diría Vallejo, de esta extraña confrontación entre buenas intenciones y realidades políticas, podrá leerse un libro extraordinario, *El pez en el agua*, como nos ocurre ahora con *La divina comedia* y sus personajes históricos. El Vargas Llosa candidato me recuerda una *boutade* del expresidente costarricense Pepe Figueres, íntimo amigo de Rómulo Gallegos y de Juan Bosch, entre los escasos demócratas de la época, quien decía que el primero duró nueve meses en la presidencia porque era novelista y el segundo, cuentista al fin y al cabo, se sostuvo apenas medio año en el poder.

Figueres fue una de las obsesiones de Rafael Leónidas Trujillo y así se menciona en *La fiesta del chivo*. A pesar de su ironía, Figueres se tomó muy en serio los esfuerzos de Trujillo por asesinarlo. La novela, que roza la perfección, hace verosímil un mundo trastocado por el terror, donde la tortura y la violencia no son características extraordinarias sino formas legítimas de la acción política y de la vida cotidiana. Quien escribió el fallo de la Academia Sueca, concediéndole el premio Nobel a Vargas Llosa, lo hizo con un ejemplar de *La fiesta del chivo* en la mano.

EL SILENCIERO

Al morir en 1986, Antonio Di Benedetto, uno de los grandes narradores de Latinoamérica, dejó un mundo narrativo onírico y terrible, jalonado de amargos pasajes de vida y de una maestría literaria poco común.

La existencia y la literatura del escritor argentino estuvieron amargamente marcadas por el silencio, por un secreto que tejió su espera como escritor internacional, al igual que le sucede al protagonista de su obra maestra, *Zama* (1956), situada en un fabuloso siglo XVIII hecho de la materia de los sueños.

Zama no es la literatura de la esperanza, sino de la espera, y lo mismo puede decirse de su hacedor. Impresa originalmente en 1956, y reeditada a lo largo de las décadas, solo alcanzó cierta resonancia en lengua castellana en la década de 1980, poco antes de la muerte de su autor.

Con todo, *Zama* conoció el éxito en Italia y en 1978 obtuvo el premio de literatura Italia-América Latina. La crítica francesa lo emparentó con Franz Kafka e Italo Svevo y alcanzó traducciones a otras lenguas europeas como el alemán.

Ya para entonces, Di Benedetto, nacido en 1922 en Mendoza, era un majestuoso silenciero que jugaba con las palabras y las sombras de las palabras, y cuya obra tiene su núcleo central en esa realidad hiperreal que se encuentra entre el sueño y la vigilia.

El año de *Pedro Páramo*

Antonio Di Benedetto ingresó a la escena de la literatura argentina como cuentista algo tardíamente, en 1953, a los 31 años, con una colección de relatos inquietantes bajo el título de *Mundo animal*.

Como muchos escritores, su primera vocación fue el derecho, pero tras cuatro años de cursar leyes en Mendoza abandonó la carrera en favor del periodismo, como también es usual.

Di Benedetto realizó una brillante carrera periodística que casi lo lleva a la muerte, como atestiguará décadas más tarde en *Sombras nada más*, cuyo título original fue *Es peligroso ser periodista*.

Fue corresponsal en diferentes países del diario *La Prensa* de Buenos Aires y llegó a subdirector de dos periódicos independientes de Mendoza, *Los Andes* y *El Andino*. Ejerciendo este cargo, en 1977, fue encarcelado sin explicación por la dictadura militar y, como él mismo confesó durante su exilio español, "durante año y medio he conocido los vejámenes humillantes de la tortura moral, de los simulacros de fusilamiento y de las amenazas constantes de ser asesinado".

Esta vez, el silencio se hizo a un lado y su viejo contendor estético, Ernesto Sábato –con quien había polemizado en la década de 1950–, reclamó la liberación de Di Benedetto y de Haroldo Conti, entre otros escritores. Como resultado de la gestión, el autor de *Zama* fue el único que apareció vivo en los campos de detención.

Después de la excarcelación. Di Benedetto se acogió al exilio español y en el destierro admitió que había tenido suerte: "A Conti le cortaron los tendones de los pies y durante meses se arrastró por las galerías de la prisión para obtener una escudilla de comida".

En 1979, con motivo del Congreso de Escritores en Las Palmas de Gran Canaria, España, Carlos Catania fue a visitarlo a Madrid y se encontró con una sombra. La sombra de Antonio Di Benedetto. Estaba irreconocible, difícilmente podía hablar y apenas mascullaba adolorido los ecos de su calvario.

La primera obra importante de Di Benedetto como novelista se publicó en 1955, *El pentágono*, un año memorable para la literatura latinoamericana, el año de *Pedro Páramo* de Juan Rulfo y de *La hojarasca* de García Márquez.

Debido al punto de vista narrativo variable, *El pentágono* fue inscrito dentro del objetivismo preconizado en ese momento por Alain Robbe Grillet, Michel Butor, Claude Simon y otros novelistas franceses. Sábato y otros latino-americanos adversaban la *nouveau roman* y la consideraban un "silogismo de la decadencia europea". Debido a esta reacción negativa, la novela obtuvo escasa recepción.

El crítico argentino Noé Jitrik veía en la narrativa de Di Benedetto un objetivismo *avant la lettre*, una "descripción de ambiente desde los objetos mismos, como si la mirada fuera la de ellos y no la de alguien exterior, se inscribe en una tentativa esencialmente realista pero de ninguna manera el efecto es superficial seguramente porque el desplazamiento del punto de vista desencaja las relaciones, rompe la conjugación asfixiante".

El pentágono es la historia de un pentágono amoroso, una trama de cinco participantes que forman dos triángulos sentimentales que se intersecan en un punto. Desde esta novela se revela de lleno el Di Benedetto narrador en sus seis características esenciales: rechazo de la narrativa tradicional y del relato en tercera persona, preocupación por los conflictos humanos, mezcla ambivalente entre el sueño y la vigilia, realidad y fantasía, climas kafkianos perfectamente alcanza-dos, sentido del humor y, finalmente, compasión.

En *La novela hispanoamericana del siglo XX*, el crítico norteamericano John Brushwood apuntó que el punto de vista narrativo en *El pentágono* "salta caprichosamente de una posición a otra y el movimiento entre dos esferas (real e ideal) es igualmente activo. Aunque el libro tiene un aspecto contemplativo, su seriedad está afectada por un tono ligeramente sardónico".

Zama

La obra cumbre de Di Benedetto es *Zama*, publicada en 1956. Centrada en un funcionario del virreinato español del Río de La Plata, Diego de Zama, y ubicada en Asunción del Paraguay, en el siglo XVIII, con esta novela el narrador argentino inicia un largo viaje hacia la angustia rioplatense y la meditación sobre la condición humana –la espera permanente–, que irían a señalar su literatura.

En escasas 250 páginas, Di Benedetto logra darle cuerpo a las sombras de la espera y crear el clima perfecto para la degradación del ser humano. Como una fantasmagoría, que a veces se hace invisible y tenue y otras pesada y salvaje, su personaje –que ha sido singularizado como un "héroe anti-existencialista"– agota noche a noche su esperanza de ver hecho realidad su sueño de ser apartado de la selva paraguaya, para recuperar su honor de guerrero en Buenos Aires o Santiago de Chile. Así pasan diez años, así se pasa la interminable eternidad que es esperar.

Sombras nada más

La dedicatoria de *Zama* reza textualmente: "A las víctimas de la espera". "¡El doctor don Diego de Zama! ... El enérgico, el ejecutivo, el pacificador de indios, el que hizo justicia sin emplear la espada. Zama, el que dominó la rebelión indígena sin gasto de sangre española, ganó honores del monarca y respeto de los vencidos. Un resplandor de mi otra vida, que no alcanzaba a compensar el deslucimiento de la que en ese tiempo vivía."

Así llega a decir y dice bien el pobre burócrata del imperio colonial español, al irse convirtiendo lentamente en su propia sombra, mientras se va adentrando en el sueño de los despiertos.

Este clima de ensoñación y de soledad lo recuperaría Antonio Di Benedetto violentamente 20 años después. Encerrado en prisión, y no en la selva paraguaya de *Zama*, se transfigurará en el personaje que había soñado décadas atrás.

La cárcel fue la máquina de soñar que alentó las pesadillas "con que he concluido mi nueva novela", dijo Di Benedetto al publicar *Sombras nada más*. El relato, también de 250 páginas, no es, por supuesto, una historia de torturados y torturadores porque, según confesión propia, "no tengo capacidad para el ajuste de cuentas".

La novela es una historia "de amor–pasión y periodistas". Su proceso de creación fue mágico y terrible a la vez, porque su autor recuerda que estando encarcelado cada noche, cuando apagaban las luces del campo de detención, comenzaba a soñar sistemáticamente.

En la noche "daba repaso a las vergüenzas y los miedos en los que vivíamos y comprendí que si aceptaba esa transfiguración de lo real y dejaba aparecer todo aquello que caracterizaba a los sueños; la incoherencia, el desdoblamiento de la personalidad, la ausencia de final y el absurdo, estaba ante otra realidad, una nueva realidad poderosa".

Cuando se exilió a España el proceso siguió y también prosiguió en New Hampshire, donde la fundación McDowell le permitió escribir la novela: "Soñando dormía con luz encendida y un bolígrafo y un cuaderno sobre la mesilla, descubrí que muchos días al levantarme ya tenía el material para terminar un capítulo o comenzar otro".

La novela, con su título definitivo de *Sombras nada más*, se terminó de escribir de regreso a España y con el fin del proceso también paró la catarsis y la vigilia: "Comencé a soñar para olvidarme y lo he logrado hasta tal punto que ya la memoria se niega a responderme para las obligaciones cotidianas o los números de teléfono", declaró en 1986, cuando la novela salió publicada.

Di Benedetto permaneció en España hasta mediados de 1984, cuando Sábato declaró a la prensa argentina: "Si lo ven por las calles de Madrid, díganle que le espera el lugar que se merece". Volvió a Argentina para toparse de frente con el desencanto: "Las calles y las aceras rotas de Buenos Aires muestran el florecimiento de la vergüenza y de la miseria que surgieron en los años de dictadura... son la manifestación de que algo de orden moral se ha derrumbado".

Antonio Di Benedetto reeditó en 1974 *El pentágono* bajo el título de *Annabella*. Además publicó las novelas *El silenciero* (1964), reeditada en 1985 como *El hacedor de silencio*, y *Los suicidas* (1969), un análisis del proceso de madurez emocional en clave ficcional.

Sus mejores narraciones están reunidas en *Grot o cuentos claros* (1957), *Declinación y ángel* (1958), *El cariño de los tontos* (1961), *Two stories* (1962), *El juicio de Dios* (1975), *Absurdos* (1978) y el extraordinario *Caballo en el salitral* (1981).

En sus últimos años recibió una carta de Jorge Luis Borges: "Querido amigo, María Kodama me leyó su cuento en Madrid. Usted ha escrito páginas esenciales que me han emocionado y que siguen emocionándome".

FERNANDO DEL PASO Y PALINURO

No puedo sino escribir las grandes crisis que atravesamos en nuestra existencia. Esos períodos del hombre son pocos: el fin de la adolescencia, el fin de la juventud, el fin de la vida.

En 1982 se mencionaba a los escritores venezolanos Arturo Uslar Pietri y Miguel Otero Silva como posibles ganadores del Premio Rómulo Gallegos. Pero el resultado fue sorpresivo y el jurado se decantó por el novelista Fernando del Paso y su novela *Palinuro de México.*

Del Paso pertenece a una promoción literaria en la que destacaron Juan García Ponce y Salvador Elizondo, en narrativa, Marco Antonio Montes de Oca, en poesía –mayores que él tres años–, y Homero Aridjis, también poeta, cinco años menor que el novelista.

Hasta la concesión del Premio Rómulo Gallegos, Del Paso era un caso excepcional porque solo había publicado tres libros. El primero, *Sonetos de lo diario*, apareció en 1958 en la mítica colección Cuadernos del Unicornio, que dirigía Juan José Arreola.

Su primera novela, *José Trigo* (1966), inauguró la serie literaria de la editorial Siglo XXI. Tardó siete años en escribirla y su impresión empezó sin que el manuscrito estuviera terminado. Las últimas 50 páginas las redactó mientras revisaba pruebas y corregía galeradas.

Según me confesó en Costa Rica, de vuelta de recibir el premio en Venezuela, se inició como escritor publicando cuentos en el suplemento literario del diario colombiano El Tiempo, aunque nunca llegó a verlos.

Al publicarse *José Trigo* obtuvo uno de los premios más prestigiosos de México, el Xavier Villaurrutia, y desde entonces la obra se ha reeditado periódicamente y se convirtió en un clásico de la narrativa mexicana. Sin embargo, su autor piensa que es una obra densa, solo para minorías. La crítica ha visto en ella "afanes filológicos", que sin negar la realidad y el trasfondo humano de la huelga de los obreros de los ferrocarriles de México, plantea una compleja reelaboración del lenguaje.

Después de *José Trigo* se tomó dos años sin escribir, al término de los cuales inició *Palinuro de México*, un proyecto que tardó nueve años en madurar. La matanza de Tlatelolco, en 1968, habría de plasmarse en el proceso de creación de uno de los personajes de la trama, Palinuro, quien llegó a apoderarse de la novela. Del Paso no era estudiante cuando sucedieron los acontecimientos en la Plaza de las Tres Culturas, pero la indignación se transformó en escritura.

En *La Eneida* de Virgilio, Palinuro es el primer piloto de la nave de Eneas. Al dormirse, cuando la flota ya avistaba Italia, se precipitó en el mar y murió sin que su cuerpo recibiera sepultura. En una interpretación contemporánea, el mito de Palinuro explica el conflicto del hombre que muere a causa de sus sueños. En la novela, Palinuro es un estudiante de medicina que muere en Tlatelolco.

"La novela puede considerarse como la historia de la muerte de Palinuro, de sus amores con Estefanía, su infancia y aventuras picarescas con los compañeros de la facultad de medicina. Y al mismo tiempo no es nada de eso, sino que es o intentó ser un largo poema sobre el amor, el cuerpo humano y la muerte", explica Del Paso.

Añade que "aunque la prosa alcanza instantes poéticos elevados, mi concepto de poema lo aplicaría al intento de abarcar los sentimientos más profundos de un individuo y contarlo de tal manera que alcancen la belleza, que se logre la belleza".

A su juicio, "el aspecto anecdótico podría resumirse en pocas páginas, que incluso resultarían vulgares, obscenas, pero que gracias a la forma adquieren una vestidura estética que solo puede alcanzarse con el tratamiento literario. Eso para mí es la poesía".

En 1969, Del Paso fue becado por el Programa Internacional de Escritores de Iowa y residió dos años en

Estados Unidos. Después partió a Londres, donde fijó su residencia durante 14 años.

Médico y pintor frustrado

Fernando del Paso recibió en 1970 la beca de la fundación Guggenheim y entró a trabajar en agencias de publicidad como redactor de lemas para campañas comerciales. Como el mismo escritor admite: "Se gana mucho, es verdad, pero también se le exige a uno mucho".

En Londres, con todo, pudo disfrutar de una vida más desahogada. Laboraba en la BBC como parte del servicio latinoamericano, se desempeñó como locutor y productor de programas y "hacía un poco de todo, pero disfrutaba de un horario más cómodo".

Palinuro de México, por tanto, se escribió en tres ciudades. Iniciada en México, prosiguió en Iowa City y la concluyó en Londres. La novela estuvo lista en 1975 y ese mismo año la envió al Premio Novela México de la editorial Novaro. El jurado, compuesto por Juan Carlos Onetti, José Bianco, Emir Rodríguez Monegal, Carlos Monsivais y Juan José Arreola, le otorgó el premio.

Novaro, que había premiado a dos novelas de tamaño mediano en los dos primeros años del premio, puso objeciones a *Palinuro de México*, un manuscrito de 1004 páginas. Del Paso zanjó la polémica al aceptar que no se editara y recibir la dotación económica.

Casi tres años después, en 1977, la novela fue publicada en España y en México y Carmen Balcells, la agente literaria del *boom*, lo tomó entre los autores más importantes de la firma.

Con su carrera literaria instalada, Del Paso, quien se consideraba un pintor frustrado desde niño, retomó la paleta: "Con la publicidad había adquirido técnica y trucos para dibujar, que nunca había puesto en práctica, y empecé a crear

200

un estilo". Abandonó el óleo y se declinó por las tintas y los aguados.

Su arte, con un comienzo un tanto abstracto, se volvió figurativo y hasta podría calificarse de surrealista. Entre sus dibujos y *Palinuro de México* el autor establece ciertas semejanzas, un cierto manierismo: "lo grotesco, la unión de los contrarios, lo barroco, lo humorístico; pero ahí empieza y termina la comparación. Son dos lenguajes distintos, la literatura se da en el tiempo y el arte en el espacio".

A los 22 años, Del Paso quería ser médico y cursó el bachillerato en ciencias biológicas y en economía en la Universidad Autónoma de México (UNAM). Según confiesa: "Yo estudiaba en la Facultad de Medicina y conocí a mi mujer. Me enamoré y me casé. Ahí terminó la carrera, porque había que dedicarle mucho tiempo. En esos años, también empecé a escribir".

Aún se pregunta, en broma, si será un médico frustrado, aunque le interesa más la historia de la medicina que la práctica. Los capítulos de *Palinuro de México* donde abundan las referencias médicas fueron escritos mediante una investigación previa. "Eran conocimientos de Palinuro, no del autor", explica.

Como escritor se considera un autodidacta: "Aprendí un poco orientado por amigos, pero en ninguna parte le enseñan a uno a escribir. El escritor siempre se hace solo, leyendo mucho y principalmente escribiendo mucho".

Se mantuvo al margen de los grupos y de las capillas literarias, cercano a amigos como Homero Aridjis y Marco Antonio Montes de Oca, del novelista Carlos Fuentes y, sobre todo, de Juan Rulfo.

En *José Trigo* incluyó un capítulo en estilo rulfiano en son de homenaje y el el tratamiento de la muerte y de los fantasmas está emparentado con el mundo sobrenatural de *Pedro Páramo*, "una obra fundamental en idioma español", como dice Del Paso.

201

"El autor colombiano Antonio Montaña y el español José de la Colina fueron mis guías", añade, "pero Faulkner, Dos Passos y Thomas Wolfe podrían citarse como mis maestros en el oficio."

"Cargar baterías y recuperar raíces"

Del Paso sugiere que el tratamiento que le da al conflicto estudiantil de Tlatelolco pudo haber influido en las dificultades para publicar *Palinuro de México* en su propio país.

Sin embargo, este episodio solo está reflejado en el magistral último capítulo de la novela, con estructura dramática, que es apenas una décima parte del total, y que se intitula "Palinuro en la escalera o el arte de la comedia. Obra en cuatro pisos, un prólogo en la planta baja, un epílogo en el desván y varios intermedios sorpresivos".

"Desde la primera a la última página transpira humor", precisa Del Paso, refiriéndose a *Palinuro de México*. *José Trigo*, en cambio, es un libro solemne y telúrico para su autor.

Palinuro de México se hace eco de su admiración por los grandes satíricos de la literatura europea: Jonathan Swift, James Joyce, François Rabelais y Lawrence Sterne. Con ellos logra combinar todo tipo de humor: "negro, ácido e incluso malos humores".

La novela que empezó en 1977, y que terminaría publicándose una década más tarde, bajo el título *Noticias del imperio,* lo enfrentó con "el gran melodrama histórico que fue el reinado de Fernando Maximiliano de Habsburgo en México".

En 1982 le había dedicado cinco años al manuscrito, de los cuales había pasado dos documentándose históricamente. "Va por la mitad. La novela ya despegó y ahora escribo más aprisa. Tengo 300 cuartillas listas y calculo en total unas 700 para decir lo que tengo que decir."

"Hay gran ignorancia con respecto a lo que pasó y decidí que yo tenía que contar la historia de nuevo. La novela está escrita en contrapunto: hay capítulos apegados a los hechos y otros que quedaron libres a la imaginación."

Para Del Paso "escribir es una condena. En el fondo lo que quiero es decir cosas. A veces me siento frente a la máquina con un propósito y termino contando cosas que ni me había imaginado".

Como novelista descree de la inspiración, que le ha resultado eficiente para su oficio de poeta. Asegura que sus ejercicios de versificación solo podrían calificarlo de sonetista y que el acto de escribir narrativa ha sido un acto de disciplina.

"Sin embargo, hay que admitir un estado de ánimo especial que le permite a uno escribir con mayor fluidez. Esta novela me está costando más trabajo porque es histórica, aunque no me gusta utilizar esta denominación. La narración se convierte en la búsqueda de una verdad histórica. Y hay que asumir su verdad, no la verdad, que tiene muchas caras."

"Cuando me pongo a escribir sí lo hago de manera febril, porque así lo exige el trabajo, pero mucho depende del estado de ánimo", dice al describir el proceso de creación de *Noticias del imperio*.

Para su escritura aprovechó la bibliografía enorme que dispone la London Library e incluso halló un lugar especializado en Latinoamérica, Canning House. También realizó múltiples viajes a México para documentarse exhaustivamente.

Una parte fundamental de la historia está concebida en forma de monólogo: "La emperatriz Carlota, a los 86 años de edad y loca, recrea su reino en todos los tiempos verbales, el que fue, el que será, el que pudo haber sido".

Noticias del imperio va precedida de la siguiente cita textual: "La imaginación, la loca de la casa", que entre muchos autores se le ha atribuido al filósofo francés Malebranche.

"La locura de Carlota presenta la lucha de la imaginación por conquistar lo que se le escapa todos los días", asegura.

El haber ganado el Premio Rómulo Gallegos representó para él un hecho fundamental en su carrera literaria: "Obtenerlo se traduce en un estímulo moral muy grande y un respiro económico útil. Pero también es una gran responsabilidad. Cada vez que se premia a un autor se deja de premiar a otros y uno tiene que justificarse, no con el libro ganador, sino con los que vienen".

Después de escribir *Noticias del imperio*, Del Paso iba a regresar a su tierra natal, tras largos años de exilio voluntario: "He gozado de un aislamiento muy propicio, pero ya basta de eso. Hay que cargar baterías, recuperar mis raíces, el lenguaje coloquial y vivir rodeado de mi idioma y de mi gente".

SERGIO RAMÍREZ Y *LA FUGITIVA*

Yolanda Oreamuno ingresa formalmente en la historia de la literatura latinoamericana, más allá del ámbito costarricense, de la mano de Sergio Ramírez y de su ensayo "La narrativa centroamericana" (1971), en el que la compara con la leyenda de la danza moderna Isadora Duncan y la considera precursora de Carlos Fuentes y de la generación del *boom*. A una década de haber dejado de ser una tumba sin nombre, en un anónimo cementerio mexicano, y su cuerpo repatriado, su obra ni siquiera figuraba en el *Panorama del cuento centro-americano*, editado en Lima el mismo año de su muerte, en 1956, y apenas se le conocía por una antología publicada por la Editorial Costa Rica y un ensayo escrito por otra autora costarricense, Victoria Urbano, que corrió una suerte similar a ella ante la indiferencia nacional. Yolanda Oreamuno no sólo era una exiliada de sí misma sino una exiliada en el limbo de su belleza.

Con *La fugitiva*, nuevamente gracias a Sergio Ramírez, Yolanda entra en la literatura latinoamericana como personaje literario sin despojarse de sus características míticas. Sin embargo, aunque este sea su principal atractivo para el lector centroamericano, la novela es mucho más que eso y alcanza la densidad textual y riqueza oral de las obras más reconocidas de Ramírez, como *Castigo divino* (1988) y *Margarita, está linda la mar* (1998).

Con su nuevo texto, el nicaragüense no abandona la analítica disección de los rituales sociales y de la cultura popular del siglo XX, que lo hace uno de los escritores más solventes de la generación posterior al *boom*, aunque la acción narrativa es parte de un juego de espejos en torno a la personalidad inquietante de Amanda Solano, tan ficticio o y tan real como

205

queramos leerlo. Ramírez no esconde su procedencia, así como los modelos de los que se sirvió, pero desde la portada del libro es evidente que estamos delante de un personaje que parece salido del cine clásico o que de algún modo vuelve real el cine. Ya sea en Amanda, o en Yolanda, al fin y al cabo, la vida imita el arte, y Ramírez reinventa incesantemente lo efímero con la esperanza de volverlo perdurable.

Marina Carmona, la narradora del segundo capítulo, lo dice con claridad: "Su vida es la novela, y la novela es su vida cuando decimos 'una sola novela', porque sólo dejó una, también llevo el sentido de esa frase a que todo lo suyo fue una sola novela, su vida repartida en todo su universo literario, no importa si puesto en el papel. De esa manera su obra parece un complejo espejismo, y unos espacios de invención se reflejan en otros, y vienen a ser parte del mismo todo, los que logramos conocer, y aun los que nunca conocimos".

En una de sus frases más famosas, Ernest Hemingway dijo que si explicara cómo convierte un personaje real en personaje novelesco "sería un manual para los abogados especializados en casos de difamación". Quizás por eso *La fugitiva* no menciona a Yolanda Oreamuno como tal, si bien cualquier lector de su obra, incluso medianamente informado, podrá descubrir los ojos turbadores de "Yolis" o de "Yo", como se firmaba, detrás del relato, y a la vez la titánica dificultad que representa para un novelista retratar un fantasma que está vivo en la imaginación colectiva y hacernos soñar un mito.

Por este motivo *La fugitiva* no podía ser otra cosa que ficción –que no es lo mismo que mentira o falsedad–. De lo contrario, ¿cómo darle vida a una mujer que nació, vivió y murió –varias veces– como la estrella trágica de su destino? Aunque parezca contradictorio, Ramírez se vale del mismo recurso que García Márquez: "la mejor fórmula literaria es siempre la verdad". Pero estamos hablando de una verdad literaria o de *Mentiras verdaderas* como las llama Ramírez en uno de sus ensayos. "Y las mentiras son más graves en la literatura que en la vida real", concluye el autor colombiano.

Desde el título de la novela, Ramírez nos hace ingresar en un ámbito fabuloso y recrea la pasión que Oreamuno mantuvo por Marcel Proust, el escritor francés, al retomar el título de la quinta entrega de la saga de Proust, *La fugitiva* –luego retitulada *Albertine desaparecida*– y darnos implícitamente el tema central de su novela, la evanescencia de un personaje inaprensible, en fuga de sí mismo, encerrado dentro de sí y a la vez secreto e incomprendido para todos los demás: "Y difícil no sólo su adolescencia. Su vida entera, por causa de esa su rebeldía, ese carácter suyo de sentirse presa entre barrotes y querer traspasarlos, de lo que hay mucho que contar; y ya no digamos la dificultad, sino la maldición que fue su belleza incomparable" –según se cuenta en la novela–.

A la vez, el relato está sólidamente asentado sobre la verosimilitud que otorga una investigación que le tomó al novelista años realizar y que se inició cuando llegó por primera vez a San José, en 1964, a los 22 años, y el cuerpo de Yolanda Oreamuno había sido repatriado tres años antes. Como Ramírez ha confesado, no sin un destello juvenil en su mirada, tardó medio siglo en escribir esta novela.

Por medio de tres monólogos femeninos y tres líneas argumentales que se entrecruzan en el tiempo y el espacio, a la manera de un ciclorama en movimiento, la narración indaga en el tríptico que forman Amanda Solano, Edith Mora y Manuela Torres, tres costarricenses que emigran a México entre 1940 y 1950 huyendo de la asfixia de ciudad de provincias que Ramírez aún llegó a respirar en los sesentas y renegando de una nacionalidad despiadada. En un monólogo memorable, Torres, una cantante de rancheras lesbiana nacida en Santa Bárbara de Heredia, no dudará en llamar a su lugar natal como "el culo del diablo" y en calificar a Costa Rica como "la madre culebra".

La fugitiva es quizás la menos caleidoscópica entre las grandes novelas de Ramírez, aficionado a darnos un mural de su tiempo tanto como de sus personajes. Aún así, el relato transcurre entre la historia social y política de la ciudad de San José –del asesinato de Tinoco y de Moreno Cañas a la guerra civil de 1948–, la vida intelectual centroamericana de 1920 a 1960 y la aventura intelectual y pasional, a veces desgarradora, en ocasiones angelicalmente diabólica, de Amanda Solano.

El artilugio, como una máquina del tiempo narrativa, se logra con rara precisión en la espiral de voces que se juntan y se distancian, se dicen y se contradicen en un laberinto de espejos fragmentos que la oralidad mantiene unidos. Como en todas las novelas de Ramírez, *La fugitiva* replantea un tema central en la narrativa contemporánea: los límites entre la ficción y la realidad.

La novela, dividida en tres capítulos –además de un prólogo y un epílogo–, se narra a sí misma por medio de tres voces radicalmente distintas que le recuerdan al lector que, aunque estemos delante de un ícono, la verdad no la tenemos y nunca la sabremos. En la página 172, su amiga Marina lee una de las cartas de Amanda: "Recuerda lo que Proust enseña, que 'la posesión de lo que se ama es un goce más grande aún que el amor'. Y luego advierte que 'muy frecuentemente los que ocultan a todos esta posesión sólo lo hacen por miedo a que les quiten el objeto amado. Y esta prudencia de callarse amengua su felicidad'."

Aunque para algunos de los lectores costarricenses Amanda sea un modelo real, y no serán defraudados cuando lean *La fugitiva*, Ramírez multiplica su imagen en las voces que quisieron poseerla, sin lograrlo, y en la contradicción esencial que encerró su vida de prisionera-fugitiva: ¿quién soy, quién quiero ser y cómo llegar a serlo, desde la diferencia más radical y absoluta? Como ella misma lo dice en una de sus cartas –y en las de Yolanda Oreamuno–: "Es horrible ser diferente. Ya lo ves si es horrible, que para aquellos seres a quienes la naturaleza marca con una deformidad y vuelve diferentes en el terreno fisiológico, todo es siempre y por siempre terrible". Amanda sabe que está marcada a sangre y fuego por el estigma de la belleza y que eso la separa de los demás

Edith, también escritora, *la green eyes*, como denomina en un poema Efraín Huerta a su modelo real, se lo dice en una frase que ha pasado a la posteridad: "Amanda hace todo lo que puede como mujer para disimular su condición de ángel".

Marina Carmona, "la fea", el revés de Amanda, lo define con "...pero era más bien una doble condición, ángel y demonio, contra los que tenía que luchar cuerpo a cuerpo, en combate con su doble condición, igual que Jacob, sin que yo quiera usar la palabra *demonio* en el clásico sentido peyorativo de encarnación del mal. Demonio como rebeldía. Demonio como Dionisio, enfebrecido de pasión sensual..."

Parece haber sido escrito para ella, y para nosotros, una frase de uno de los cuadernillos de *A la sombra de las muchachas en flor* –la segunda parte de *En busca del tiempo perdido*–: "Por tanto, si la obra permaneciese inédita, si sólo fuese conocida por la posteridad, ésta, para dicha obra, no sería la posteridad, sino un conjunto de contemporáneos que hubieran vivido simplemente cincuenta años más tarde".

EL BREVE ARTE DEL DESTINO

A pesar de que ha producido algunos de los mayores cuentistas modernos –Borges, Rulfo, Cortázar, Monterroso–, el cuento es un género poco popular en la actual literatura latinoamericana y hoy son escasos los grandes escritores que se atreven a cultivarlo con pasión y precisión. Solo en el mundo anglosajón el relato corto sigue gozando de una extraordinaria popularidad –de Poe a Wolff– gracias a la tradición y vigencia de revistas como *The New Yorker* y de premios como el O'Henry. En Iberoamérica los editores son reacios a publicarlos y los narradores a escribirlos y son limitadas las revistas de actualidad que aceptan mezclar la reflexión con la ficción.

Hace unos años, García Márquez sentenció que el novelista peruano Alfredo Bryce Echenique era el único en el mundo que se disponía a componer un libro de cuentos. Las colecciones de relatos no se escriben así nomás sino que se reúnen, se hacen solas, se van agrupando a lo largo de los años como fragmentos a su imán. Las excepciones, casi todas estadounidenses, parecen confirmar la regla. Bryce, por el contrario, se propuso realizar un libro de cuentos con su *Guía triste de París* (1999), pero, contradiciendo sus intenciones, el resultado es mediocre y el tomo no pasa de ser un anecdotario dispar de la fauna parisina. En el extremo se coloca Ramírez con la pulcra densidad estilística de Catalina y Catalina.

Por un lado, el nicaragüense se acerca a García Márquez en su convicción de que las buenas colecciones de relatos se arman con el tiempo y la madurez. Por el otro, un escritor se prueba en el género breve, parece confirmar Ramírez. Es como el entrenamiento cotidiano para el corredor de fondo. Un escritor que no sea capaz de escribir un cuento de vez en cuando no es un buen escritor. Estos dos aspectos de la creación literaria, el conjuro del azar y la tenacidad sistemática, combinan a la perfección en este nuevo volumen.

Ramírez comenzó su carrera como cuentista en 1963 y en 1976 se convirtió en uno de los mejores representantes latinoamericanos del género con el que sigue siendo uno de sus mejores libros, *Charles Atlas también muere*. *Catalina y Catalina* (2001) añade a aquel volumen algunas narraciones notables. Relatos como el que le da nombre al libro, así como "La viuda Carlota", "Vallejo" o "Gran Hotel", pueden añadirse con justicia a la lista de sus textos antológicos, al lado de "Charles Atlas también muere", "El centerfielder" o "A Jackie, con nuestro corazón".

En medio de sus novelas Ramírez siempre ha seguido escribiendo cuentos y los ha intercalado a su bibliografía para no olvidar el género narrativo primigenio como al primer amor: *Clave de sol* data de 1992 y sus *Cuentos completos*, cuya primera edición es de 1997, fueron reeditados por el Fondo de Cultura Económica en el 2014.

En *Catalina y Catalina*, Ramírez decanta, hasta llevarlos a la síntesis expresiva, algunos de los rasgos estilísticos que lo han hecho célebre en sus textos mayores: la ironía antes que nada, pero sin llegar a la sátira; la mezcla genial de otros discursos al interior del discurso narrativo –la crónica periodística y la narración deportiva, el relato policíaco e incluso el libreto para un ballet imaginario–, el melodrama –los celos, las traiciones, las infidelidades, las mentiras, las tragicomedias–, la cultura popular latinoamericana y la sempiterna presencia de la dimensión política en la cotidianidad de sus pobres seres. Por encima de todo, como un espectro, parece alzarse la sombra siniestra de 40 años de dictadura somocista, del gran titiritero que es el destino que arma y desarma la existencia siempre precaria de los personajes.

No llega al escarnio porque el narrador se vale de un dominio absoluto de la situación dramática para crear una galería de seres difícilmente olvidables –incluyendo a una giganta de feria en desgracia–, que se muestran al mismo tiempo en la veladura de la ironía y de la compasión. Son historias tristes –quizá con una excepción en la que gana el humor agridulce– y algunas son tristísimas. Como dice Tito Monterroso: "si es verdad que en un buen cuento se concentra toda la vida, y si la vida es triste, un buen cuento será siempre un cuento triste".

Pero esa tristeza arrinconada, así como la nostalgia que administra la cuidada rememoración de algunos relatos –"Vallejo", por ejemplo, y la hermosa memorabilia sobre los años en Alemania–, no se relata nunca sino que tiñe tanto la compleja armazón de la estructura literaria como la atmósfera y la caída de los personajes en el inexorable despeñadero de la vida. Pocas veces el desplome es directo –"Gran Hotel", por ejemplo, donde el autor bordea el relato policíaco–; generalmente se presenta mediatizado por el melodrama y por un sosegado barroco –la mediocre y a la vez conmovedora exageración latinoamericana– que enriquece y potencia el discurso realista y lo lleva al límite de la emoción. Los meandros que rodean la caída del antihéroe –su antidestino– conforman lo primordial del tejido dramático de los relatos.

Ramírez regresa a algunos de sus temas esenciales: el beisbol, por supuesto –una pasión nicaragüense y caribeña–, el fútbol, la subcultura de los medios masivos de comunicación –la gacetilla de prensa, el cine mexicano, la televisión y la muerte cursi–épico–melo–apocalíptica de Diana de Gales– y la divertida obsesión por los logos y estereotipos comerciales, que comparte con la clase media latinoamericana.

Isak Dinesen dijo alguna vez que la diferencia entre el cuento y la novela es que el primero podía narrarse oralmente como si fuera una fábula. Los cuentos de Sergio Ramírez no tienen esta cualidad de leyendas al pie de una fogata, porque, debido a su artesonado estilístico, participan más de la definición de relato que nos dejó Henry James: novelas sin ripios. El buen artificio es el que no se muestra.

El cuento más subyugante, "Catalina y Catalina", ofrece dos misterios que son dos de las imágenes inolvidables que nos ha legado la cultura occidental: la figura evanescente del padre –el que es y no es, está y no está, desde Homero– y la contemplación de una mujer en combinación y sostén: fumando espero al hombre que yo quiero. ¿Puede haber algo más maravilloso que una mujer que desnuda su deseo, que exterioriza su deseo en ropa interior? Esta narración, de máxima síntesis emotiva y estilística, que se abisma con sutileza en la tragedia humana, condensa la adaptación que hace Ramírez de la tradición chejoviana del cuento como breve, conmovedor y maravilloso arte del destino, al servicio de los pequeños seres de la creación.

TODOS LOS IDEALES HAN SIDO
DINAMITADOS, PERO ME QUEDA LA PALABRA

Con su lucidez de siempre, medio siglo de carrera literaria sobre las espaldas y decenas de libros publicados, el escritor nicaragüense Sergio Ramírez volvió a Costa Rica a presentar su nueva colección de cuentos, *Flores oscuras* (Alfaguara, 2013).

Dos años después de la publicación de *La fugitiva*, que se inspira en la escritora nacional Yolanda Oreamuno, la fila para ingresar a la ceremonia de entrega es larga y numerosos lectores lo reconocen y le piden la firma antes de que pueda acceder a la Feria Internacional del Libro de Costa Rica.

En el 2012, Sergio conmemoró varios acontecimientos: 70 años de edad y medio siglo desde la edición de *Cuentos*, su primer libro, con el que inició un largo camino que lo llevó hasta aquí y que parece dispuesto a continuar para siempre. Tal y como se propuso al dejar la política, pocos años después del fin de la revolución sandinista, su regreso a la literatura está plenamente logrado.

Sin embargo, *Flores oscuras* no oculta su desesperanza y malestar hacia el presente: "Cada libro se coloca como un espejo del momento de la vida en que uno lo escribe. Yo vengo de regreso del idealismo de mi juventud, que me llevó a abandonar la escritura para entrar en la revolución y querer cambiar el mundo. Después de todo lo que ocurrió en Nicaragua y de lo que está ocurriendo ahora, tengo una gran inconformidad. Una desazón frente a lo que está pasando. Pero yo sé que no puedo ser hombre de acción. Quizá este sentido de pesadumbre que hay en el libro es porque están ahí las cosas que yo no puedo cambiar".

Tampoco puede cambiar la muerte de su "hermano mayor", el escritor costarricense Samuel Rovinski, quien falleció unos pocos días después de presentar *Flores oscuras*.

214

– Vos sos uno de los pocos escritores de tu trayectoria y prestigio en Latinoamérica que se han mantenido fieles al cuento y que, de una manera tesonera, tenaz y muy brillante, sigue insistiendo en publicar cuentos. ¿Qué le ha pasado al género?

– Yo nací como escritor en el universo del cuento más que en el universo de la novela. El cuento tenía un prestigio autónomo en América Latina. Yo tenía un amigo mayor que yo, Juan Aburto, cuentista, y él me llevó de la mano a entrenarme como cuentista, dándome a leer primero lo que tenía en Managua. Yo iba desde León a Managua a verlo y él tenía una vitrina que era su biblioteca y gracias a él pude leer a Chejov, Maupassant, Ambroce Bierce, Faulkner. El solo tenía cuentos y desde entonces gané esa afición por el cuento.

Yo no pensaba en la novela, a la novela entré mucho después. Yo quería aprender las reglas, los secretos, de esta escritura del cuento y me he mantenido fiel a eso. Era un momento en que el cuento tenía un gran prestigio por sí mismo.

Luego me parece que las editoriales han ido relegando el cuento y por supuesto un joven que quiere empezar quiere romper el naipe con una novela. Nadie dice: "Voy a presentarme al mundo literario con un libro de cuentos".

Sin embargo, creo yo que alguien que aspira a ser escritor debería probar el rigor que tiene el ejercicio del cuento y darse cuenta de que con el cuento no se juega, que el cuento es una cosa muy seria, muy rigurosa, que tiene unas reglas que debe de cumplir.

No estoy diciendo que la novela no tenga sus reglas pero la novela es un campo abierto de exploración, muy amplio, y uno puede moverse con mayor libertad. En el cuento no hay libertad, en el cuento hay unos estrechos límites de los cuales uno no puede uno salirse. Y como ejercicio literario a mí me resulta fascinante.

– ¿Es adrede que intercalás una o dos novelas con la publicación de un libro de cuentos? ¿Tenés esa disciplina?

– Yo digo que más o menos adrede. Lo que pasa es que voy reuniendo temas que voy apartando como los voy obteniendo, de distintas fuentes, que me parece que son propios para el cuento. Cosas que encuentro en los periódicos y que voy subrayando, que aparto y recorto, notas que hago de determinadas cosas y que yo sé que eso podría ser alimento para un argumento de cuento más que de una novela. Entonces, cuando ya tengo temas suficientes, me pongo a escribir estos cuentos. Algunos se publican antes en revistas o en suplementos literarios, que fue siempre el destino de los cuentos. Nadie se sentaba a escribir un libro de cuentos sino que reunía los cuentos ya publicados.

– Aunque vos lo has hecho y te has sentado a escribir un libro de cuentos.

– Exactamente. Ahora sí yo digo: "Me voy a escribir este libro de cuentos", que eso debiera ser un poco anormal. No todos los cuentos que se publican en este libro han sido publicados en revistas. Algunos de ellos sí, pero ya no es un requisito.

– En tu caso, el ejercicio de las formas breves, como las llama Piglia, ¿es para mantener caliente la mano, para ensayar otras formas, ser más riguroso, explorar temas que de pronto podrían llegar a tener un carácter mayor en una novela?

– No creo que para mí el cuento sea un estadio preparatorio para la novela o un ejercicio de calentamiento para escribir una novela. Para mí sigue siendo un género autónomo que tiene su propia realización, su propia culminación, y obtiene su propia corona, por aparte de la novela. El único vínculo es el rigor.

El rigor que se obtiene escribiendo un cuento sirve mucho para el ejercicio de la novela porque muchas veces se puede pensar que la novela es un mar tan abierto que uno puede navegar con cualquier cantidad de palabras. Eso sí, el cuento enseña ese rigor de ir a lo esencial, a no desperdiciarse.

– ¿Vos considerarías que hay una poética del cuento latinoamericano o de tu propia producción cuentística?

– Yo diría que sí. El cuento tiene un ars narrativa así como hay una ars poética. Y sin embargo, parte de esta poética es que la estructura del cuento tiene más importancia que la que puede tener en la novela porque la novela puede llegar a resolverse en una estructura múltiple. La novela es el género de géneros, en la novela cabe todo, desde relato periodístico al reportaje, a la referencia histórica, a los *collages*. Bueno, ya desde Cervantes sabemos eso.

Pero en el cuento yo sé que estoy obligado a contar una sola historia rigurosamente. No puedo desviarme y, por lo tanto, sé que si voy a contar una sola historia tengo pocos personajes y tengo que saber a dónde voy. En la novela yo puedo salir muy bien sin saber a dónde voy. Es un universo tan amplio, tan complejo. En eso consiste para mí la poética del cuento, en que el continente es tan importante como el contenido. Las formas de solución que uno le da al relato tienen una estructura muy firme, muy bien definida.

– ¿Cómo ves retrospectivamente tu producción de cuentos? Empezaste como cuentista. Yo diría que algunos de tus cuentos están entre los mejores de la producción latinoamericana. Podría citar una media docena. ¿Cómo ves ese ejercicio al trascurso de medio siglo?

– Yo veo que mi tránsito ha sido desde la espontaneidad y el entusiasmo hacia el rigor, de la velocidad hacia la lentitud, de la irresponsabilidad hacia la responsabilidad. ¿Cuál es el cambio? La reflexión sobre la página escrita.

Pero, ¿pierde uno espontaneidad entregándose a la reflexión sobre la página escrita? Esa es una pregunta que tiene que ver con la edad. Alguien que a los 17 años está reflexionando sobre la página ya sería un escritor que nacería maduro y entonces eso sería un absurdo. Juventud, espontaneidad, improvisación, todo eso va junto, son connaturales.

217

Ahora yo corrijo mucho, busco la perfección, que nunca se encuentra, pero la busco. La perfección del idioma. Me detengo en un párrafo porque el párrafo tiene que respirar, la sintaxis, que no haya cacofonías, que el párrafo tenga una comprensión. Me pongo en la posición del lector que debe comprender lo que yo le estoy transmitiendo. Entonces todo eso va tomando tiempo, sea un cuento o sea una novela.

Claro, yo puedo escribirme un cuento en una tarde. Si yo tengo la idea de lo que quiero desarrollar, el argumento y el final, yo puedo escribir el cuento. Pero el proceso apenas empieza ahí porque lo que tengo apenas es un borrador, un borrador muy grueso. Después tengo que hacer el proceso de corrección y eso toma mucho tiempo.

– En este libro que estás presentando, *Flores oscuras*, hay relatos que aparentemente empezaste en los setentas en Costa Rica o incluso en fechas anteriores. ¿Hay cuentos que te han tomado muchísimo tiempo o que tuviste primero la idea, apuntaste un esbozo, un boceto, y tuvieron una forma definitiva para este libro?

– Solo me ha ocurrido en un caso de un cuento que está incluido en este libro, que se llama "La cueva del trono de la calavera", que yo lo escribí en Costa Rica con otro título. Se llamaba "Bendito escondido" porque yo quería narrar una experiencia de la infancia, de la amistad con un niño, que luego se vuelve ladrón. Yo lo escribí y se publicó pero releyéndolo muchos años después me di cuenta que lo que había querido decir estaba puesto en términos demasiado complicados y yo quería aliviarlo y hacerlo más transparente, más directo, más claro, y que se entendiera que estas son dos historias que al final se juntan, que van en paralelo, pero que encajan al final. Y entonces por eso lo volví a escribir.

Pero para mí es una excepción. No pretendo que todas las cosas que escribí hace 50, 40 años, vuelva a revisarlas y volverlas a escribir porque eso sería de nunca terminar.

– Mencionaste que intentabas alcanzar la perfección, al menos estilística. Pienso que, por ejemplo, algunos cuentos de *Catalina y Catalina* (2001), rozan esa perfección. ¿Te has sentido alguna vez, ya sea en algún otro libro o en este, cercano por lo menos a la perfección deseada o la satisfacción?

– Reconocerme en la satisfacción de que yo llegué al punto en esa historia donde yo quería llegar, que logré lo que quería lograr. Yo creo que esa satisfacción la sentí la primera vez cuando escribí "El centerfielder". O en un cuento como "Catalina y Catalina", esta relación conflictiva de la madre y de la hija en tiempos de la revolución, de la guerra. Al final yo logro que en la frase final, cuando las dos mujeres se están comunicando por teléfono, que al final no se comunican, el cuento se cierre allí. O en "Charles Atlas también muere".

Yo sentí que yo había llegado al punto al que yo quería llegar. Pero sobretodo porque yo tenía el final. Incluso, en "Catalina y Catalina", yo ya tenía la frase final. Y cuando uno tiene la frase final escrita en la cabeza, ese es un puerto seguro al que uno seguramente tiene que llegar.

– ¿Te sucede comenzar a escribir el cuento cuando sabés cómo empieza y cómo termina o lo hacés de otra forma?

– Cuando yo comienzo un cuento generalmente sé cómo va a terminar. Quizá no tenga la frase. Si tengo la frase, mejor, pero a dónde voy a dar sí lo tengo que saber porque si no me pierdo. Tengo que saber a dónde voy a ir. Lo que yo tengo que resolver primero es quién va a contar el cuento. Eso es muy importante definirlo…

– El punto de vista.

– …porque si te equivocás en el punto de vista podés arruinar la historia. Hay que escoger muy bien quién va a contar el cuento. Eso es un paso previo o una decisión previa y que es necesario tener.

– Generalmente tus cuentos están llenos de humor, de una musicalidad, de una cercanía a la oralidad popular, a la cultura popular. En *Flores oscuras* yo encontré un tono

219

pesimista, aunque no sé si llamarlo así. Algunos cuentos son sombríos. La crítica los ha elogiado pero ha mencionado también la cercanía con la crónica periodística. ¿Considerás que tienen ese carácter un poco más duro en relación con el resto de tu producción?

– Yo creo que cada libro se coloca como un espejo del momento de la vida en que uno lo escribe. Haciendo una autorreflexión sobre este libro encuentro que este es un fruto que se madura cuando yo vengo de regreso del idealismo de mi juventud, que me llevó a abandonar la escritura para entrar en la revolución, querer cambiar el mundo por medio de la acción, dejar la pluma y emprender la acción, comprometer mi vida, la seguridad de mi familia, dejarlo todo atrás por tratar de encontrar las claves de un mundo diferente.

Después de todo lo que ocurrió en Nicaragua y de lo que está ocurriendo ahora, yo siento que tengo una gran inconformidad, igual que la que tenía cuando el régimen de Somoza. Una desazón frente a lo que está pasando en Nicaragua que yo quisiera cambiar. Pero yo sé que no puedo ser hombre de acción.

Es decir, a la edad que yo tengo, la acción política se vuelve patética o se vuelve ridícula. Entonces, ¿qué es lo que me queda? Me queda la palabra. Yo regresé a la palabra, regresé a la escritura, y ese es mi instrumento de acción. Quizá este sentido de pesadumbre que hay en el libro es porque están ahí las cosas que yo no puedo cambiar.

Pero, además, si yo amplío el horizonte y me coloco en la época en que estamos viviendo, tengo una gran pesadumbre también porque todos los ideales han sido dinamitados.

Estamos viviendo en un mundo banal, superficial, donde el enriquecimiento fácil, el dinero a corto plazo, se acepta con toda naturalidad como meta de las personas. La corrupción orgánica ya no asusta a nadie, nadie habla de ideales, hoy están depreciados, y eso es parte también de la pesadumbre que yo muestro en lo que escribo en este libro.

No quiere decir que no tenga esperanzas porque yo sí tengo esperanzas en un futuro distinto para la humanidad. Pero esto es una foto fija de lo que yo sentí y en el momento en que se escribió este libro.

— Algunas críticas han señalado la relación del libro con la crónica periodística. Hay un cuento sobre la muerte de Natividad Canda, que es algo que nos toca de lleno a los costarricenses y que desgraciadamente nos separa como pueblos, y que marca la problemática en que eso se circunscribe. ¿Vos ves una relación con la crónica?

— Sí, como procedimiento sí.

— ¿Cómo técnica?

— Sí, como técnica de escritura yo la uso deliberadamente. Me acerco a la herramienta, tomo la herramienta de la crónica periodística para resolver un relato literario porque del otro lado yo aspiro también a que el relato periodístico propiamente como tal se acerque al relato literario. Me parece que esta juntura debe ser indisoluble. Entonces yo aplico estas técnicas, estas herramientas de la crónica, para realizar un relato literario fingiendo el relato periodístico.

Siempre me ha fascinado a mí la estructura y la textura, la tesitura, del relato periodístico aplicado a la literatura. Para mí es una manera de tomar distancia. Resuelvo esos problemas de la toma de distancia frente a lo que estoy narrando.

No quiero involucrarme en lo que estoy narrando, sobre todo en un relato donde uno va en el filo de la navaja, como este de "Abbott y Costello", que estás mencionando, del caso de Natividad Canda, en que es muy fácil involucrarse.

Entonces yo establezco esta distancia del relato periodístico para poder narrar los hechos, poner los hechos, todas las voces, y que no haya ninguna contaminación de mi parte en lo que estoy narrando.

— En *Flores oscuras*, de lo que más me gustó, es esta galería de personajes populares, extraordinarios, como el boxeador que tiene un tremendo récord de pérdidas o la vida del circo, que todavía hay en América Latina, prácticamente arruinados, o como el propio desenlace y destino de Canda, que aparentemente vino a Costa Rica a ser despedazado por los perros. Se encuentra esta mezcla entre humor, tragedia, comedia y picaresca. ¿Te sentís cómodo contrastando esos sentimientos tan extremos en la condición humana?

– Sí, y sobre todo porque en este universo de personajes menores yo siento que es donde el cuento mejor calza. La pequeña épica. Yo no me veo escribiendo un cuento de la gran épica. Para eso está la novela.

– ¿Te costó acercarte a esa historia de Natividad Canda, que dio muchísimo de qué hablar en su momento?

– Sí, me costó porque yo viví muy íntimamente esa tensión. Yo dejé que el tema se enfriara. Reuní los materiales, hice una exploración muy profunda de los expedientes, de las noticias de los periódicos, y fui a ver a muchas fuentes.

Me interesaba mucho no solo el escenario del hecho, aquí en Costa Rica, sino de dónde venía el personaje, y aquí está lo importante de una historia como esta. No editorializar el relato como se dice en inglés. Nada de opiniones. Los hechos tenían que hablar por sí mismos.

– Hace dos años publicaste *La fugitiva* (Alfaguara, 2011). ¿La recepción internacional que ha tenido se ha independizado completamente del referente real o histórico que le sirvió de partida, que es la escritora costarricense Yolanda Oreamuno?

– Sí, claro que sí, porque los temas de la novela se abren en círculos concéntricos, esta piedra cae en Costa Rica, donde se sabe de la identidad del personaje –bueno, Amanda Solano es Yolanda Oreamuno–, luego los círculos se van ampliando. Un lector que no está vinculado con esta realidad tiene que tomarlo como un personaje de ficción.

– En febrero pasado organizaste el encuentro de narradores "Centroamérica cuenta" y una vez más estás empeñado en la integración regional. ¿Pensás que este es un sueño realizable? ¿Integrar por lo menos culturalmente a Centroamérica?

– Yo creo que sí. Mucho se discute acerca de si realmente Centroamérica tiene una identidad o no la tiene. Yo siempre he creído que sí, que lo que hay que hacer es apuntalarla y desarrollarla.

Este esfuerzo por la cultura integrada de Centroamérica está descuidado y yo he querido hacer algo. Por eso es que empezamos este año el encuentro "Centroamérica cuenta" en Nicaragua. Lo vamos a repetir en mayo del año próximo. Vamos a crear un sitio cultural que también se llama "Centroamérica cuenta", una especie de blog múltiple de creación literaria.

También tenemos Carátula, esta revista de la cultura centroamericana que para mí es un gran éxito porque es leída por 25.000 o 30.000 personas cada vez que sale. Esto, conseguirlo con una revista de papel, no sería posible.

LA CRUCIFIXIÓN DE REINALDO ARENAS

... con la tristeza del desterrado que es desterrado de su destierro.
El reino alucinante
Bebemos la sangre fresca del recién crucificado y de un solo giro caemos acá para saborear los tiernos sesos del adolescente fusilado.
Adiós a mamá

En 1989 escuché por primera vez que Reinaldo Arenas tenía Sida. Aunque no lo creí al principio, no me extrañó saberlo, como tampoco me sorprendió enterarme en 1990 que se había suicidado debido al estado avanzado de su enfermedad.

La literatura tiene extraños caminos. A pesar de los lazos íntimos que me unían con su obra, no me sorprendió ni me asustó que, por fin, decidiera ausentarse de la vida y que cerrara ese paréntesis que había dejado abierto desde que salió de Cuba, en 1980, y se refugió en el infierno de Nueva York.

En su vida y en su narrativa, Arenas era un legítimo marginal, un outsider como no se puede ser de otra manera: homosexual; anticomunista en la Cuba castrista; campesino en La Habana; escéptico en una sociedad de himnos, proclamas y desfiles; aguafiestas en el baile de máscaras; disidente en un país que no los admite; descreído moral, religioso e ideológico; maricón en un mundo machista-leninista —como dice Cabrera Infante—; sidoso al cabo de su existencia; y, para colmo de males o bondades, escritor.

Escritor maldito durante casi toda su vida, Arenas formó parte de esa luciferina caterva a la que pertenecieron Jean Genet, el ladrón; Yukio Mishima, el simulador; y Antonin Artaud, el loco. De ahí que el tema de su obra, de *Celestino antes del alba* (1967) a *El portero* (1988), sea el destierro.

Pero más que el exilio, Reinado Arenas expresa la más absoluta transterraneidad e insularidad —un tema reiterado en la literatura cubana—. Arenas es el paria, alejado de todo y de todos, paria de su propio cuerpo, marginal a su propia

224

intimidad, y en impugnación permanente contra el orden social, político y sexual. Un sentimiento que otro suicida, el poeta alemán Paul Celan, apresó en uno de sus textos: "Una vez lo oí: lavaba el mundo sin ser visto, noches enteras... Uno e infinito, exterminados, minar. Luz fue. Salvación". También representa la más quemante soledad de sí mismo.

La marginalidad de Arenas es determinante en su obra maestra, *El reino alucinante* (1969), una visión casi posmoderna del pícaro mexicano del siglo XVIII, Fray Servando Teresa de Mier, así como en otras de sus novelas importantes, *El palacio de las blanquísimas mofetas* (1972) y *Otra vez el mar* (1982).

La extraterritorialidad va acompañada de lo que el propio Arenas describe como una "rebeldía incesante". Sus personajes son crueles, violentos, salvajes, con ocasionales y ritualizados ataques de ternura. Son niños y matronas autoritarias, bisexuales y andróginos, en abierta contradicción con las convenciones sociales.

El revés de la épica latinoamericana

La literatura de Arenas, emparentada tanto con el barroco afrocubano e insular como con el realismo maravilloso, es fantástica porque no atiende a las leyes de la naturaleza.

Nacido en Holguín, en 1943, conoció desde muy pequeño las inclemencias del campo. La naturaleza fue su primera adversaria, junto con su madre, sus doce tías y su abuela pantagruélica. Esto hizo que su mundo personal entrara en contacto con los orígenes míticos y reaccionara ante cualquier forma de autoridad, viniera esta de la familia, del Estado totalitario o del puño de hierro de "la razón y el bien común", profetas de la edad moderna.

Su obra está llena de señales arborescentes: los almendros y las flores cobran vida, el bosque es una esfinge, el cielo es una constelación de signos. El ser humano se torna una confluencia de fuerzas a la vez celestes y demoníacas, voluntarias y naturales, donde la mayor rebeldía es imaginar, como en *El reino alucinante*, o fugarse corriendo sobre las matas como ocurre en el relato "Bestial entre las flores".

En Arenas se yergue como un tema propio la oposición realidad/fantasía, naturaleza/sociedad. La libertad humana consiste en oponerse, como lo hace Fray Servando, a su contemporaneidad y a la sensación de "estar en el mundo", penetrando en el universo nocturno en el que los fantasmas encarnan las pasiones más heterodoxas —contranatura—.

La sensibilidad exacerbada de Arenas, transfigurada en emoción estética en *El reino alucinante*, escrita a los 25 años, dudosamente podía soportar el realismo socialista de la dictadura cubana y el exilio interior en que vivieron los escritores del círculo de Lezama Lima.

Esta circunstancia lo llevó a las paradojas que caracterizaron su vida como escritor. Antes de los 30 años era famoso, traducido al francés, alemán e inglés y ampliamente divulgado en Latinoamérica. A partir de 1970, desaparece de la escena pública debido al endurecimiento del régimen castrista y a su homosexualidad. Se convierte en lo que ya será para siempre: un exiliado en su propio exilio.

El éxodo del Mariel, en 1980, le permitió salir de Cuba y vivir en el nuevo horror que es Nueva York, el purgatorio del "paraíso inhabitable". El Sida no hizo sino completar sus sucesivas e interminables migraciones hacia ningún lugar.

Durante sus años difíciles en Cuba fue perseguido y marginado, su obra invisibilizada, cuando no destruida, y su personalidad fragmentada en miles de astillas que nunca pudo recomponer del todo. Al igual que sucedió con Cabrera Infante y Heberto Padilla, Arenas permaneció en el no lugar de los apátridas, amarrado al potro flagelante de sus propias obsesiones y desgarramientos internos.

Con sus trans/versiones/diversiones, *El reino alucinante* y *La loma del ángel* (1987) —escritas en el envés de las memorias de Fray Servando Teresa de Mier y del clásico cubano *Cecilia Valdés* de Cirilo Villaverde, respectivamente—, y la sátira *El color del verano o nuevo jardín de las delicias* (1991), Arenas reivindica su condición de estar "fuera del juego", para usar el título del libro de Padilla que provocó en 1971 la ola de represión contra los escritores cubanos y la ruptura entre los intelectuales latinoamericanos y la revolución.

Arenas, enemigo de toda posible institucionalización de la imaginación, se opone explosiva y sarcásticamente a la corriente principal de la narrativa latinoamericana con sus alegorías violentas —sórdidas, grotescas, maravillosas—. La suya es la literatura clandestina del leprosario, una mueca de odio que grita la épica del apestado.

JORGE VOLPI Y *EN BUSCA DE KLINGSOR*[39]

Por un raro privilegio estoy aquí, esta noche, delante de ustedes, presentando o intentando presentar al escritor mexicano Jorge Volpi. Siempre me ha fascinado un texto del también mexicano Felipe Ehremberg: "en esta página iba a aparecer (así, aparecer) un ensayo sobre el azar, pero algo me hizo cambiar de parecer." Por qué estamos nosotros aquí y no otros, por qué ustedes y no otros llenaron esta sala, por qué estamos diciendo estas y no otras palabras. Por qué el destino fue substituido por el principio de incertidumbre en la cultura occidental es quizá el secreto principal de esta maravillosa novela llena de secretos que es *En busca de Klingsor*.

Si la causa de la causa es causa de lo causado, como se permite recordarnos Volpi, ¿por qué estamos aquí esta noche? Por Volpi, a quien lo unen una serie de hilos azarosos con Costa Rica, que se han tejido fortuitamente alrededor de esta noche propicia en la que se presenta su novela ante el público costarricense.

Al preparar este preámbulo, que pretendo breve, me di cuenta de que por fin ocurrió algo que todo hombre y mujer espera que le ocurra entre los 30 y los 45 años –y no me refiero a la crisis de la madurez–: me descubrí contemporáneo de mis referencias culturales, que ya no ocurren en el pasado o fruto de una generación anterior sino en el presente. Creo

---

39. Presentación de *En busca de Klingsor* de Jorge Volpi, 28 de setiembre del 2000, Centro Cultural de México, con motivo de la visita del autor a Costa Rica. El texto no fue modificado, en su estilo ni en sus alusiones personales, ya que sirve de testimonio de la recepción de la novela, al año siguiente de haber sido publicada, y del periodo que se inició en la literatura latinoamericana a partir de 1998-1999.

que esta es la primera vez que presento a un escritor, que obviamente no forma parte de mi círculo de amigos, que no solo es un gran escritor sino que es autor de una obra que ya es referencia para mi propia generación y que incluso es un poco menor que yo.

Si cuando empecé a leer y a escribir mi mirada se dirigía naturalmente a autores anteriores al boom —y al boom mismo, por supuesto—, ahora me sorprendo con el hecho de que algunos de los autores más importantes de la actualidad son mis contemporáneos, son parte de mi generación, y que, si bien la tradición está intacta, el presente es tan interesante como el pasado.

Y considero que esto no es solo un efecto óptico, un efecto de alcanzar mi propia contemporaneidad, sino resultado de un punto de inflexión auténtico y real que se ha operado en la literatura latinoamericana entre 1998 y 1999, a partir de la publicación de *Los detectives salvajes* de Roberto Bolaño y de *En busca de Klingsor*.

Sin abusar de la retórica, ni de la amistad, es una oportunidad notable poder presentar a un autor que ya es un escritor importante y que está en el momento justo, en el instante preciso de eclosión o de despegue de su carrera literaria. Cuando algún crítico internacional o algún despacho de prensa señaló que Carlos Fuentes consideraba a Jorge Volpi como su sucesor, escuché a una de las lectoras de Volpi decir: "Pero, ¿qué se ha creído Fuentes?", dándole vuelta al sistema de referencias, como queriendo decir: "¿Cómo es que Fuentes se compara con Volpi?" Me pareció un giro en la perspectiva temporal muy interesante, en que el espejo de la actualidad muestra la distorsión de lo que está demasiado cerca.

Sin embargo, en esto hay algunas cosas que precisar: probablemente la literatura latinoamericana no vuelva a vivir esa especie de estado de gracia que fue el *boom* en sus inicios: una coincidencia total entre público, crítica, industria cultural y calidad literaria. Pero también es cierto que a partir de 1999 la literatura latinoamericana regresó a una ambición narrativa que no tenía desde hace 20 años. El rechazo a la degradación del realismo mágico y al facilismo literario se da claramente con la publicación y éxito editorial de *Los detectives salvajes* (1998) y cristaliza con *En busca de Klingsor* (1999), tras haber ganado un premio hecho para destacar, justamente, la fascinante y seductora dificultad narrativa. Un premio, el Biblioteca Breve, de una editorial mítica, Seix Barral, que no por casualidad, o por esa otra casualidad que es el espíritu del tiempo, fue ganado en los años sesentas por tres de los autores más emblemáticos del boom: Vargas Llosa, Cabrera Infante y Fuentes.

No porque lo tengamos a la par hay que negar que esta novela es, sin exageraciones, una obra maestra y que es comparable en polifonía y densidad a algunas obras precedentes de la gran tradición iberoamericana. Volpi ha logrado una mezcla imposible y lograda de *La historia del tiempo* del físico inglés Stephen Hawking con la riqueza narrativa de la gran novela del siglo XIX —pensemos en Dumas, en Walter Scott, en Balzac, en Tolstoi— y la precisión y eficacia estilísticas de un Vargas Llosa o de la tradición anglosajona.

Cabrera Infante —¿y cómo se le puede reprochar a Cabrera Infante que exagere?—, jurado permanente del premio Biblioteca Breve, ha dicho de *En busca de Klingsor* que "es una novela alemana escrita en español". En este sentido, hay que precisar que Volpi no es el sucesor de Fuentes pero sí su reverso. La obra de Volpi dice, sin contradecir a Fuentes, que no hay que parecer mexicano para escribir una gran novela mexicana. Mientras Volpi publicaba su novela, Fuentes antologaba los mejores fragmentos de su babélica e inconmesurable obra narrativa dedicada a los mitos mexicanos.

Mientras Fuentes se autonombró cronista de Indias del siglo XX mexicano y el conjunto de su obra se denomina "La edad del tiempo", Volpi se ha liberado de las ataduras del tiempo en una nueva teoría de la relatividad narrativa en la que todas las certezas quedan en suspenso y se ven substituidas por incertidumbres. Al discurso épico, totalizador y grandilocuente de Fuentes, Volpi opone las partículas elementales y descompone las pasiones humanas en átomos.

Para volver al barroco cubano, habría que argumentar que para escribir una trama perfecta no hay que ser alemán ni dejar de ser mexicano y muy latinoamericano. *En busca de Klingsor* expande poderosamente el campo de irradiación de lo narrativo en Latinoamérica y lo lleva a terrenos desconocidos o inexplorados.

Volpi y el grupo generacional del que forma parte –la generación del crack–, se opusieron al realismo mágico con más literatura, no con menos literatura, como pretendió un cierto minimalismo narrativo que imperó entre los años ochentas y noventas. El mensaje fue: lo malo del realismo mágico es el mal realismo mágico. Lo malo de la mala literatura es precisamente eso, no que sea latinoamericana, realista, fantástica o lo que quiera ser. Y viceversa: la buena literatura latinoamericana no tiene que simular ser latinoamericana. Como diría Borges: El Corán no menciona nunca la palabra camello, y seguramente tampoco turbante ni desierto ni duna ni nada de lo que para nosotros constituye el arquetipo perfecto de lo que no es latinoamericano.

El éxito editorial de *En busca de Klingsor*, que es indudable –traducciones a 14 idiomas, premios, antologías, reedición de libros anteriores–, es quizá fruto del azar, no de la casualidad. A sus 30 y tantos años, Volpi es un escritor formado, con una impresionante trayectoria literaria a sus espaldas. En su más reciente novela, la sexta, para ser más precisos, lo que sorprende es su absoluta conciencia literaria para desarrollar, como dice uno de sus personajes, la trama del siglo.

En otro lugar he contado la anécdota del escritor costarricense que vivió la Revolución Cultural en Pekín, como enviado de varios periódicos latinoamericanos, y como vivían juntos los corresponsales extranjeros y se aburrían como uno solo podría aburrirse en una gigantesca y tosca caja de fósforos de apartamentos en un barrio nuevo de Pekín, en los años sesentas, se reunían los sábados por la noche a jugar. Y que uno de los juegos fue escoger los tres personajes más importantes del siglo XX, que sobrevivirían a la posteridad y al juicio del tiempo. Pasaron horas en interminables votaciones y al final escogieron, inevitablemente, a los tres. Como casi todos se encontraron involucrados con los procesos de descolonización de sus respectivos países y muchos eran comunistas, escogieron a Lenin como el gran conductor de pueblos. Como el gran pensador escogieron, obviamente, a Einstein, y como gran artista a Chaplin.

Leyendo *En busca de Klingsor*, me ha maravillado cómo Volpi ha hecho una selección muy parecida: si los corresponsales extranjeros no pudieron en los años sesentas escoger a Hitler, ahora lo hubieran hecho, porque, aunque su nombre nos escupa a la cara, Hitler fue el personaje más influyente del siglo XX. En cuanto a Chaplin, si bien Volpi no lo menciona expresamente, la novela se inicia con el cine, el gran fenómeno de la cultura de masas del siglo XX, una invención del siglo, la gran linterna mágica de la modernidad. Y por las páginas de la trama no desfila Charlot pero sí otros íconos y mitos de la cultura popular de la primera mitad de siglo, como Josephine Baker, Marlene Dietrich y los cabaret berlineses durante la República de Weimar, con sus obvias referencias a Brecht —y con nuestro obvio referente a la película *Cabaret* y a la imaginería anterior y subsiguiente—.

¿Se imaginan ustedes una novela latinoamericana cuyos protagonistas de fondo, como convidados de piedra, en movimiento, sean Einstein, Hitler y la Segunda Guerra Mundial? Esta es la trama del siglo, pero revelada por medio de los pequeños dramas y melodramas de un grupo de personajes que adquieren realidad en la densidad narrativa de la novela.

La trama del siglo, la trama de la novela. Volpi ha recuperado para la narrativa latinoamericana un género, el de la novela de espionaje, y el del espionaje científico, concretamente, mezclado con la búsqueda mística de la verdad, valiéndose de los grandes materiales que le ofrecía su época. Así, ha obrado igual que lo hizo Dickens al tomar la

Revolución Francesa o Tolstoi con las guerras napoleónicas. Volpi ha culminado el mejor siglo de narrativa latino-americana llevando al límite la ambición y el aliento narrativo de su tradición y de su tiempo, sin negarse a intentar contestar –como solo lo puede hacer un novelista– las preguntas que han marcado, como gigantescas arrugas, el rostro de nuestro siglo: ¿cómo vivir después del Holocausto y de la Segunda Guerra Mundial?, ¿qué es la sabiduría científica sin la ignorancia política?, ¿cómo la ciencia se ha vuelto la mejor aliada del poder?, ¿cómo la cultura que produjo a Goethe, a Wagner, a Hegel, a Nietzsche y a Marx, también produjo a Hitler, a Gobbels, a Himler y a Göering? Todos genios, posiblemente, de una edad oscura, todos genios al revés, como la imagen mitológica de Klingsor es el reverso del bien, y como el bien y el mal son solo caras de un mismo rostro. Muy poco más se le puede pedir a un escritor.

MADAME BOVARY EN NUEVA HORRORCK

Después de haber ganado el premio Alfaguara, en el 2003, Xavier Velasco recordó una frase de Carlos Fuentes: "qué haría Madame Bovary hoy con una American Express". Debió agregar: "y en Nueva York". El personaje de *Diablo guardián*, Violetta/Rosalba, no es Madame Bovary sino una Eréndira –la niña prostituta de García Márquez– que habla como La Maga de Cortázar metida dentro de un chat–room de adolescentes esquizofrénicos –La Maga convertida en La Maje– con $100 mil para gastar en el planeta-mall en que se ha convertido el inmundo mundo y le va remal. Existo mientras consumo, consumo mientras tengo dinero, tengo dinero mientras existo. Soy lo que consumo: "¿Nunca has sentido que una tienda te comprende?", dice en el paroxismo del cash.

Diablo guardián es lo opuesto de la novela del crack –la generación del también mexicano Jorge Volpi–. Es la novela del cash. ¿Cómo hacés para que una novela-moviola-videoclip-chat-room-rap-bolero-&-rock-and-roll-trendy de 500 páginas se mueva como un cuento bien contado y nunca merme en su ritmo trepidante, mesmérico, hipnótico, magnético, extravagante, relampagueante, chispeante y, para colmo, divertido, ácido y satírico? Ahí está el detalle, joven, diríamos en los cuarentas. No mames, güey, diría *Amores perros*.

No por nada Xavier Velasco ha sido durante bastante tiempo cronista de los dos ámbitos mágicos que más lo enredan en su cadencia: la música y la noche.

Diablo guardián fue escrita como un poema o, mejor aún, como una canción, no sabemos muy bien de qué género, solo que tiene 500 páginas, y ahí está el detalle, pero sin Cantinflas. El secreto es el contrapunto y la constante apelación a un idiolecto de la clase media del D.F. que, en realidad, es una (im)pura (re)invención del autor.

El habla popular mexicana es una de las mayores creaciones verbales y literarias de Latinoamérica y quizá del mundo, desde el flor y canto precolombino –la poesía azteca– hasta la *Picardía mexicana*, Cantinflas, los albures, los narcocorridos, la telebasura de Televisa y Teleazteca y el nuevo cine mexicano. Velasco se vale de esa lengua, recreándola, enrevesándola y desnudándola, para hacer verosímil su personaje y su universo textual.

Si esta novela está fatalmente condenada a algo parecido a la posteridad, o a la post-posteridad, o lo que quede de ella, después de la posmodernidad, es por esa voz-personaje-historia-texto-cuerpo, que es una de las más logradas invenciones de la narrativa mexicana reciente: Violetta/Rosalba/Coatlicue/Virgen de las Palabras: "¿Sabes para qué sirve el dinero? Para comprar a tus demonios".

"Si el problema comienza por la sangre, yo tendría que estarme cortando las venas", dice la protagonista. Más adelante añade, en la misma página: "Si de verdad mis genes son tan corrientes como sospecho, mi problema está en que soy una mercancía de Sears empeñada en llegar a un aparador de Saks. ¿Cómo haces para que una blusa de diez dólares parezca de quinientos?".

La novela no ocurre en la ciudad de México o en esa ciudad-ícono del siglo XX que es Nueva York, de la que Violetta/Rosalba da una de sus mejores definiciones: "En New York nadie es rico. No suficientemente, ¿ajá? Siempre hay algo que no puedes tener... Te compra y te tira, por eso la quieres". Esa muletilla, *ajá*, termina siendo en el libro como el cursor de la pantalla de la computadora.

No acontece en la ciudad, como digo, sino en las palabras de Violetta y esto la hace una novela de lenguaje, pero no una novela experimental, sino una novela oral, hablada, coloquial, perramente vociferada que el lector traga a grandes trancos de lectura como si ingresara vertiginosamente en un videojuego o en

235

ese hiperespacio que es la historia imaginada por la propia imaginación.

No hay respiro, pero no queremos que haya respiro, porque los capítulos de Pig, el personaje que le sirve de contrapunto y a la vez de revelador y de fijador testimonial al personaje central, son rápidamente devorados para inyectarnos un poco más de la adrelina picaresca de Violetta, con sus pretenciosas zambullidas al inglés, con su mexicanísimo argó en chilango, con su repertorio en rock hilarante.

La novela ocurre, acontece, sucede y permanece en un gigantesco mall de palabras, nuestras catedrales de la post—posmodernidad, donde el silencio ya no existe y siempre hay un rap, un carajo, una algarabía perenne y discotequera, puteril, drogada y anochecida –siempre es de noche en un mall– que sigue el ritmo de nuestra respiración agitada y consumista: to Visa o not to Visa.

Diablo guardián ocurre en un mundo después del silencio, donde el silencio es imposible y quizá aterrador. Consumo, luego existo, o consumo y luego hablo y hablo y hablo como consolación al tedio de estar vivos –o tal vez de no estar muertos–, porque todos los héroes pierden, dice Xavier Velasco y confirma su heroína, Violetta/Rosalba.

La novela ocurre en un walkman –chum, chum, chum, como ruido de fondo– como quería el novelista chileno Alberto Fuguet, justamente uno de los jurados de este desopilante, herético, pícaro, desalmado y transgresor premio Alfaguara, cuando inventó aquella otra aldea global latinoamericana de nombre McOndo, a lo que Violetta/Rosalba podría contestarle: "Una zona asquerosa. Gente hablando español y de repente algún McDonald's cochambroso. O como tú decías: chancroléptico. Detesto los Mc'Donald's. Un día mis papás nos tuvieron horas haciendo cola para entrar a uno, creo que era el primero que ponían en México. Yo tenía no sé, como doce años. Y estaba segurísima de que la eme tenía el mismo amarillo de las vomitadas de los clientes. Ya sé que no tiene sentido: la chica *cheesy* no se halla en Mc'Donald's".

Esta novela ya es una fábula poslatinoamericana: lo que Fuguet intentó crear, una narrativa sin realismo mágico, antirreal maravilloso, viene a hacerlo *Diablo guardián* con una historia que ni siquiera es mexicana en su sentido posapocalíptico, a pesar de que su personaje se expresa como una atropellada clasemediera del D.F., sino que se interna en los intersticios del lenguaje hablado y de la cultura del siglo XX-XXI, fin y principio de siglo, cultura con ya no sé cuántos post encima —quita y pon, el ping pong de la posmodernidad—.

Xavier Velasco compone un patch—work incendiario de palabras íntimamente trenzadas con su ritmo interior como un cuerpo elástico que deja que el lector le dé la forma que quiera, al cabo que hizo decir a uno de los más influyentes críticos españoles, Rafael Conte: "...pero no se sabe en qué lengua está escrita y creo que ha traspasado los límites que toda experimentación debiera imponerse para ser útil de verdad". "Sí, cómo no", diría Violetta/Rosalba o "a poco".

Es decir: una experimentación inútil, como toda la literatura que se precie de serlo. Dudo que haya un mejor cumplido para un escritor que, además, se precia de llegar a ser popular de la mano de un premio globalizado. Esa lengua es la voz que escuchamos desde el primer capítulo y que secuestra la acción y la articula, masculla, vocifera, mastica y vomita, la recrea y la reinventa desde el principio. ¿De qué habla? De todo y de nada, de la vida, del mundo, de sí misma, de nosotros. Esa es la función de la literatura.

Esta novela termina siendo una irremediable fantasía verbal de la condición humana en el tercer milenio, una sátira explosiva sobre la descomposición de la clase media globalizada, en este caso post chicano-mexicano-latino-americana, y del "american way of life" trasladado a las ínfulas esperpénticas del subdesarrollo. No está mal.

¿QUÉ HAGO EN MEDIO
DE ESTA REVOLUCIÓN?

El escritor uruguayo Rafael Courtoisie (Montevideo, 1958) se dio a conocer en el ámbito continental como ganador del premio internacional de poesía Loewe, otorgado en España, en 1995, por su libro *Estado sólido*, posteriormente publicado por Visor. Ya para entonces era dueño de una considerable trayectoria, tanto en poesía como en narrativa, géneros que siempre le han sido afines y que naturalmente se dan la mano en su estilo corrosivo, desopilante y desmitificador.

Lengua de Trapo publicó su novela *Caras extrañas* en el 2001. En un género intermedio entre el texto experimental, el cuento y la novela, Courtoisie ya había publicado antes la trilogía *El mar interior* (1990), *El mar rojo* (1991) y *El mar de la tranquilidad* (1995), las narraciones de *Cadáveres exquisitos* y sobre todo *Vida de perro* (1997, finalista del premio Rómulo Gallegos) y *Tajos* (Lengua de Trapo, 1999).

La narrativa de Courtoisie nace de esa escritura automática que describe Mario Benedetti al hablar de su estilo: "...descierne o inventa relaciones originales, a veces casi secretas, ente los seres y los seres, entre las cosas y las cosas y, cómo no, entre los seres y las cosas".

Si en *Vida de perro* Courtoisie ensayó una historia universal de la infamia desde el perro, para hablar del peor amigo del hombre, es decir, del hombre mismo, en *Caras extrañas* prosigue su intento justamente desde la peor invención humana, la guerra, no hablando en alegorías sino en una especie de cómic trágico.

Este nuevo libro, que yo no me atrevería a calificar de novela –quizá posmoderna, para usar un término a la moda y pasado de moda–, a pesar de sus capítulos, algunos magistrales, y de sus personajes entrañables, el autor parte de un género tan sudamericano como "la joda" –cultivado por

238

Macedonio Fernández, Cortázar y más recientemente a César Aira–, la parodia sentimental, para decir en broma cosas terriblemente serias.

El resultado parece salido de una película del director yugoslavo Emir Kusturica, sin dejar de ser una tragicomedia latinoamericana: en un ritmo frenético, trepidante y a veces histérico, se cuenta una revolución al revés, patas arriba, en la que cualquier cosa puede ocurrir y brotan las situaciones más disparatadas:

"No quedó nada de las calesitas. Mataron sin piedad al gusano loco. Aplastaron a los autos chocadores, desguazaron el tren fantasma, practicaron tiro al blanco con la rueda gigante y dinamitaron la montaña Rusa". Así se describe el contraataque del ejército que localizó el "brote sedicioso" en un parque de juegos infantiles.

Todo el libro trasunta una maravillosa e invidiable libertad expresiva. Está Kusturica, pero también, sin que sean nombrados, Fellini, Los Tres Chiflados, Los Hermanos Marx, el cine, Tim Burton, la CIA, el teatro del absurdo, el cómic y la cultura popular. También el tango –¿cómo no?–, el inevitable Carlos Gardel –desde el título, tomado de una *tanguedia*– y, por supuesto, la larga secuela de dictaduras y dictadores, rebeliones y revoluciones, guerrillas y guerrilleros latinoamericanos, en un escenario de guiñol o de marioneta. Queda demostrado, entonces, que nuestros tiranuelos fueron, efectivamente, de opereta o, peor aún, de historieta.

Aparte del placer de la lectura, que ya no es poco, de algunos capítulos de verdadera antología y disparate –recomiendo "Los barberos de Sevilla", "Árboles" y "Marx y el vampiro"–, *Caras extrañas* ilustra de una manera envidiable la nueva condición del escritor latinoamericano en el siglo XXI: liberado de la tradición, el pasado no es una pesada carga ideológica, colonial o nacionalista, sino una excusa para inventar el futuro de la literatura. Es decir: a partir de ahora se puede hacer cualquier cosa con Latinoamérica sin necesidad de mencionarla.

ÍNDICE

Carlos Cortés, arqueólogo/ 7

I / El fin de la literatura universal y la tradición moderna
La novela latinoamericana
y el fin de la literatura universal / 15
La literatura latinoamericana (ya) no existe, *revisited* / 28
La trama de Ariadna: los clásicos como contemporáneos / 36
La ciudad como espacio de la imaginación moderna / 43

II / Tres escritores modernos
Faulkner y la pérdida del reino / 51
El curioso caso de F.S. Fitzgerald / 54
Celine sin ce(n)sura / 59

III / Cronistas de Indias
La verdadera historia del falso reportaje
en Centroamérica / 69
Crónicas americanas: de las muertas de Juárez
a los suicidios de la Pat/agonía / 84
El último cronista de Indias / 97

IV / Centroamérica
Literatura centroamericana del siglo XXI:
en los confines de la (des)memoria / 103
Traductores sin traducciones / 120
¿Qué cuenta Centroamérica? / 146

V / Retratos de familia
El último justo / 153
Cortázar y la máquina de imaginar / 163
¿Por qué ustedes hablan igual que los cachacos? / 168
El hacedor de mitos / 173
La *summa fabularum* de Carlos Fuentes / 177
Ni con dios ni con el diablo / 184

El silenciero / 192
Fernando del Paso y Palinuro / 198
Sergio Ramírez y La fugitiva / 205
El breve arte del destino / 210
Todos los ideales han sido dinamitados,
pero me queda la palabra / 214
La crucifixión de Reinaldo Arenas / 224
Jorge Volpi y En busca de Klingsor / 228
Madame Bovary en Nueva Horrorck / 234
¿Qué hago en medio de esta revolución? / 238

www.ingramcontent.com/pod-product-compliance
Lightning Source LLC
Chambersburg PA
CBHW022112240626
47153CB00007B/2341